ERICH SCHÜTZ

Bodensee *Bordeaux*

BODENSEE-GEHEIMNISSE Ein skurriles Bild bietet sich dem Kommissar: Da sitzt der bekannte Sternekoch Hanspeter Rapp tiefgefroren in seinem eignen Kühlraum, vor sich ein Glas sowie eine Flasche Rotwein. Bald wird bei ihm noch Rauschgift gefunden. Die Polizei vermutet einen Selbstmord, zumal Hanspeter Rapp gerade sein Stern aberkannt wurde. Der Gourmetjournalist Leon Dold riecht aber einen ganz anderen Braten. Hanspeter hatte ihm kurz vor seinem Tod gesteckt, dass der größte Winzer am See, Baron von Hohenfels, seinen Rotwein als Bordeauxwein nach China verkaufen will. Leon schleicht sich in den Weinkeller des Barons und wird Zeuge davon, wie von Hohenfels billigen Rotwein in teuren Bodensee-Bordeaux »verwandelt«. Weitere Recherchen führen den Journalisten auf die Spur eines skrupellosen Millionendeals. Als Leon Dold erfährt, dass die Chinesen das gesamte Weingut am Bodensee kaufen wollen, gerät er in die Fänge der chinesischen Triaden.

© Martina Schütz

Erich Schütz, Jahrgang 1956, ist freier Journalist, Buchautor und Autor verschiedener Fernsehdokumentationen und Reiseberichte, zudem Herausgeber mehrerer Restaurantführer. Aufgewachsen im Schwarzwald, lange in Berlin und Stuttgart zu Hause, erfüllte er sich vor über zwanzig Jahren seinen Traum und zog an den Bodensee. Die verführerische, spannende Grenzregion übt auf den Gourmet und Autor einen besonderen Reiz aus, der sich in seinen Büchern niederschlägt. Erich Schütz' Krimis und Kulturführer sind ein Muss für alle See- und Krimifreunde.

ERICH SCHÜTZ

Bodensee *Bordeaux*

Kriminalroman

GMEINER

Personen und Handlung sind frei erfunden.
Ähnlichkeiten mit lebenden oder toten Personen
sind rein zufällig und nicht beabsichtigt.

Besuchen Sie uns im Internet:
www.gmeiner-verlag.de

Im Ehnried 5, 88605 Meßkirch
Telefon 07575/2095-0
info@gmeiner-verlag.de

1. Auflage 2022

Lektorat: Claudia Senghaas, Kirchardt
Herstellung: Mirjam Hecht
Umschlaggestaltung: U.O.R.G. Lutz Eberle, Stuttgart
unter Verwendung eines Fotos von: ©Igor Normann / stock.adobe.com
Druck: CPI books GmbH, Leck
Printed in Germany
ISBN 978-3-8392-0109-1

Mit einem Buch und einem Wein,
ist der Mensch nie allein!

Deshalb ein Tipp des Autors: Der Leser sollte sich, vor dem Beginn des Lesens, mit den richtigen Weinen eindecken. Spätestens während des Lesens steigt bei jedem Weinfreund garantiert das Verlangen nach den feinsten Tropfen der Bodensee-Winzer.

Um die Basis des Krimis zu verstehen, sollte der Leser auf jeden Fall zuvor einen Bodensee Spätburgunder sowie einen guten Bordeaux genossen haben.

Vorneweg schwärmt der Protagonist in diesem Roman von einem

Auxerrois, des Weinguts Aufricht, Meersburg-Stetten,

sowie von einem

Müller-Thurgau, des Weinguts Kress, Überlingen.

Ebenso beschreibt der Autor die Vorzüge des

Muskateller trocken, Thomas Geiger, Meersburg und
Souvignier gris, Weingut Lanz, Nonnenhorn.

Mit diesen Weinen ausgestattet wird dieser Wein-Krimi eine genussvolle Unterhaltung bieten.

BODENSEE-BORDEAUX

Lebendig und richtig gesund sieht er aus, wie in den letzten Tagen seines Lebens eher selten. Als würde er friedlich ein Nickerchen halten, sitzt der 60-jährige Gourmet und Sternekoch Hanspeter Rapp in seinem vollgestopften kleinen Kühlraum. Sein dicklicher Bauch ist eingezwängt in seiner obligatorischen weißen Kochjacke. Darunter trägt er, wie eigentlich zu Lebzeiten immer, eine Pepitahose. Regungslos sitzt er in seiner Kochmontur auf einem braunen Holzstuhl mitten in dem kalten Raum.

Rapp ist tot. Seit wann er so dasitzt, weiß man nicht. Der Mann ist tiefgefroren.

Doch selbst leblos umspielen seine Mundwinkel noch immer ein schelmisches Lächeln. Eine hellrote Haarlocke hängt ihm verwegen in sein rundes Gesicht. Auf seinem ebenfalls rötlichen dicken Schnauzbart hat sich Raureif auf die Haarspitzen gelegt. Ein leichter Blauschimmer ziert seine rötliche Nasenspitze.

Auf dem Boden, neben seinen weißen Clogs vor dem Stuhl, stehen eine Weinflasche sowie ein leeres Weinglas mit einem winzigen Rest Rotwein.

Das Thermometer zeigt minus 18 Grad.

Ein Assistent, der Kriminaltechniker, hat die dick isolierte Tür des Kühlraums geöffnet und hält sie mit einem Metallkoffer, den er davor auf den Boden gestellt hat, offen. »Was hat denn ein Rotwein im Kühlhaus zu suchen?«, rätselt Kommissar Horst Sibold als Weinzahn süffisant und zwängt sich, mit Plastikhüllen über seine Schuhe gestülpt, in den engen, kalten Raum. Unschlüssig bleibt er stehen.

»Die Spuren jedenfalls dürften gut konserviert sein, aber ansonsten macht das doch alles keinen Sinn«, überlegt er. »Äußerlich sehe ich keine Gewaltanwendung. Aber warum, um Gottes willen, soll der Mann im Kühlhaus seinen Wein getrunken haben?« Und wie um seinen makabren Scherz nochmals deutlich zu machen, wiederholt er höhnisch: »Und dann noch einen Rotwein!«

»Den Todeszeitpunkt wird die Pathologie in dem starren Körper schwerlich bestimmen können«, überlegt der Kriminaltechniker. Sibold nickt ihm zu, schaut auf die Leiche des tiefgefrorenen Kochs und lässt seinen Blick über die vereisten Vorräte schweifen.

»Guck mal, was der Sternekoch alles tiefgekühlt hat«, spottet er bissig, »dabei hat er doch immer seine absolute Frischeküche gepriesen.« Sein Blick schweift über einige Kisten Pommes. Okay, denkt er, welcher Koch macht heute noch Pommes selbst? Aber darüber hängen fünf von der Kälte steif gefrorene Rehrücken, und Sibold erinnert sich daran, wie ihm der jetzt tote Sternekoch Rapp zu Lebzeiten garantiert hatte, dass er Reh auf keinen Fall als Tiefkühlkostware verarbeite, sondern das Wild, immer sofort von seinem Jäger aus der Decke geschlagen, in seiner Küche zerwirken, braten und frisch servieren würde.

Beim Thema Fisch zeigte sich der ausgezeichnete Bodenseekoch als Gourmet in seinem Element noch rigoroser. »Frisch! Nur frisch! Tagesfrisch!«, war sein Credo. Doch Sibolds Augen haben das Regal mit den vereisten Garnelentüten, Muscheln und verschiedenen Fischfilets schon erspäht. Schmunzelnd greift er in eine offene Styroporkiste und nimmt einen ganzen, ausgenommenen erstarrten Fisch heraus.

»Eine Forelle?«, rätselt der junge Kriminaltechniker vom Gang aus. Der Kommissar streift etwas Eis von der Fischhaut und grinst: »Ein Felchen, gefroren! Dabei hatte der Herr Sternekoch doch immer behauptet, Felchen könne man nicht einfrieren, das schmecke jeder Gast sofort!« Dann schaut er mit dem Felchen in der Hand überheblich lächelnd zu dem toten Koch und triumphiert: »Überführt!«

»Lassen Sie uns ein paar Aufnahmen machen«, unterbricht der Leiter der Spurensicherung die kulinarische Ermittlung des Kommissars. Er war mit voller Besatzung aus Friedrichshafen angerückt. »Sie dürfen dann sofort wieder in die Speisekammer Ihres Lieblingskochs«, lächelt er dem Kommissar ins Gesicht und fügt fast schon spöttisch hinzu: »Ich hätte Sie sowieso eher im Weinkeller vermutet.«

Es ist ein offenes Geheimnis, dass Horst Sibold gerne ein Glas Wein zu viel trinkt. Nach einer Alkoholfahrt wurde der 63-jährige Beamte sozusagen strafversetzt und schiebt seither Dienst als Kriminalkommissar in dem kleinen Polizeirevier Überlingen. Er ist froh, dass er nach der Alkoholfahrt mit einem blauen Auge, ohne Disziplinarverfahren, davongekommen war.

Überlingen ist ein kleines, geruhsames Städtchen. Kleindiebstähle, vielleicht auch mal ein Raub mit dem Straftatbestand der Nötigung, mehr kommt ihm hier nicht unter. Der Kommissar hakt die Strafversetzung als Beförderung in den Vorruhestand ab. Und jetzt ein Mord in Überlingen?

Der technische Assistent zeigt auf die dicken Wände des modernen Kühlraums. Der weiße Kasten wurde offensichtlich neu in den Flur des alten Gasthauses eingebaut. »Man kann die Tür auch von innen öffnen«, stellt er fest und verweist auf den reversiblen Verschluss. »Aus Versehen sitzt demnach der Herr Rapp hier drin nicht tiefgefroren fest. Hätte er sich frei bewegen können, wäre er leicht aus dem Raum gekommen.«

Ohne eine weitere Erklärung nimmt der Assistent seinen Metallkoffer von der Tür weg und schließt sie von außen.

Sofort öffnet sich die dicke Tür des Kühlraums wieder. »Was soll der Quatsch?«, raunzt ihn der Kommissar an. Schnell hatte er die Tür von innen aufgestoßen und flüchtet jetzt mit seinen Plastiktüten um die Füße aus dem kalten Kühlraum.

Der Leiter der Spurensicherung lacht: »Jetzt wissen wir auf jeden Fall, dass Herr Rapp, wenn er hätte wollen und noch fähig dazu gewesen wäre, sich leicht aus der misslichen Lage hätte befreien können.«

»Hätte, hätte, Fahrradkette«, knurrt der Kriminalkommissar, »machen Sie Ihren Job, und dann nichts wie in die Pathologie mit dem Mann! Dann sehen wir weiter.«

Nachdenklich betrachtet er den Magnetverschluss der Kühlraumtür und beäugt den toten Koch auf seinem Stuhl nochmals intensiv. »Den Rotwein wird er wohl kaum bei 20 Grad minus hier drinnen getrunken haben, die Frage ist nur: Hat er ihn überhaupt getrunken? Oder warum steht diese Flasche mit dem Weinglas neben ihm?«

MONTAG

Was für ein beschissener Wochenanfang. Gestern Abend hatte Leon seine Freundin Lena an den Bahnhof gebracht. Sie besucht für eine Woche ihre Schwester in Karlsruhe. Sein Freund, der Sternekoch Hanspeter Rapp, hatte sonntags geschlossen. Also ging er nach Hause und hatte sich ein Paar Lammbratwürste in die Pfanne gehauen, aus der Gefriertruhe ein kleines Glas Kalbsjus in heißes Wasser gestellt, aufgewärmt und dazu eine Flasche Auxerrois vom Weingut Manfred Aufricht aus Stetten bei Meersburg geöffnet.

Natürlich war die Reihenfolge umgekehrt, zuerst hatte Leon den Wein aufgemacht und probiert. Der Auxerrois zählt zu seinen Lieblingsweinen vom Bodensee. Er erinnert an Weißburgunder, ist im Vergleich zu ihm jedoch bukettreicher, fruchtiger und hat weniger Säure. Ein Weißwein genau nach seinem Geschmack!

Danach hatte er am Vorabend, noch mit sich im Reinen, auf eine ruhige Woche mit sich selbst angestoßen. Ohne Lenas ständige Verabredungen und Terminplanungen träumte er von einer Lockdown-Woche, wie ihn der Corona-Virus vor einem Jahr zweimal verordnet hatte.

Nach dem Abendessen hatte er sich zuerst in sein Fernschach vertieft. Seit einiger Zeit spielt er mit seinem Freund, dem Kommissar Horst Sibold, regelmäßig das königliche Spiel online. Meist sind die Partien ausgeglichen. Gott sei Dank! Denn Leon hasst es zu verlieren. Deshalb sucht er im Fernschach oft zu Beginn eines Spiels im Internet nach gewonnenen Partien von Großmeistern und spielt deren Eröffnungszüge frech nach.

Diesmal aber ist ihm die Führung schnell entglitten. Im aktuellen Spiel hat Horst Sibold, im Gegensatz zu Leon, noch seine Dame, einen Springer und einen Bauern. Leon dagegen hat keine Dame mehr und nur noch einen Turm und einen Springer sowie zwei Bauern. Somit führt sein Gegner nach dem Wert der Figuren eindeutig. Trotzdem gibt Leon nicht auf, er sieht noch eine letzte Chance.

Sibolds König steht auf der Grundlinie in der Ecke H8, seine Dame steht ebenfalls auf der Grundlinie auf D8. Leons Pferd könnte in die Mitte der beiden Figuren auf F7 springen, sodass er gleichzeitig seines Spielpartners König Schach bieten und zusätzlich seine Dame bedrohen würde. Dank der gefürchteten Springergabel könnte er sich somit im übernächsten Zug Sibolds Dame holen.

Im Weg steht aber noch das Pferd seines Gegenspielers, das ebenfalls das Feld F7 abdeckt. Leon muss für seine anvisierte Gabel deshalb jetzt seinen Turm opfern. Mit ihm schlägt er dessen Pferd, das von Sibolds letztem Bauern gedeckt ist, und bietet gleichzeitig Schach. Leon wird seinen wertvollen Turm verlieren, sein Gegner wird die Figur sicherlich schlagen, hofft er. Dann würde seine Springergabel funktionieren.

Mit dieser Aussicht gefällt ihm das Spiel wieder. Seinen Auxerrois hatte er ausgetrunken. Zufrieden mit sich und der Welt ging er gestern Abend ins Bett.

Und jetzt, heute Morgen, liest er das: Hanspeter ist tot!

Was für eine ungeheuerliche Nachricht!

Leon hatte noch mit Appetit zwei Spiegeleier mit Speck und Zwiebeln in die Pfanne gehauen, sich eine Tasse Kaffee auf den Tisch gestellt und seine Lokalzeitung aufgeschlagen. Den politischen Teil der *Heimatzeitung* legt er ungelesen zur Seite. Die politischen Nachrichten liest er meist schon früh im Bett digital in der *Süddeutschen Zeitung*, der *taz* und *Spiegel-online*. Im *Heimatblatt* interessiert ihn nur der Lokalteil.

Heute aber hätte er gerne darauf verzichtet. Die Meldung auf der ersten Überlinger Seite will er zunächst nicht glauben. Sein Freund Hanspeter lacht ihm fröhlich entgegen. Ein Bild, wie man ihn kennt. Daneben die Überschrift, die ihm seinen Appetit schnell verdirbt. Leon liest zweimal: »Hanspeter Rapp tot aufgefunden. Die Polizei vermutet Suizid. Die Leiche saß im Kühlraum auf einem Stuhl!«

Erst als die Spiegeleier schon fast verbrannt sind und stinkender dunkler Qualm aus der Pfanne durch die Küche wabert, springt Leon auf, reißt die Pfanne mit den jetzt fast schon schwarz verbratenen Eiern und Zwiebeln von der Gasflamme. Unachtsam stellt er sie irgendwohin auf den Tisch, nimmt einen großen Schluck aus seiner Kaffeetasse und steckt die Nase wieder in die Zeitung. Er will nicht glauben, was er da liest.

Wie benommen blättert er weiter. Da springt ihm auf der Landesseite der Name seines Freundes Hanspeter Rapp erneut ins Auge. In einem Artikel werden die neuen Sterneköche vorgestellt. Am Wochenende hatte die *Michelin*-Redaktion ihre neue Auszeichnungsliste veröffentlicht. Nach 20 Jahren haben die *Michelin*-Kritiker dieses Jahr Hanspeter Rapp nicht mehr mit seinem fast schon obligatorischen Stern ausgezeichnet. Makaber, diese beiden Nachrichten in einer Ausgabe, denkt Leon und wischt die Zeitung bestürzt vom Tisch.

Die Sterneverleihung, beziehungsweise in Hanspeters Fall die Aberkennung, fand in Berlin statt. Der Bericht darüber wurde im Gesamtblatt der *Heimatzeitung* in Konstanz gesetzt. Von dem schrecklichen Geschehen in Hanspeter Rapps Lokal in Überlingen hatte in der Zentralredaktion zu dieser Zeit wohl noch kein Redakteur etwas gewusst.

Aber jetzt, heute Morgen, dieser Hammer!

Leon stochert appetitlos mit der Gabel in der Pfanne herum. Er schabt das Eigelb aus dem verkohlten Eiweiß. Hanspeters Stern – was soll's, denkt er, der ist seinem Freund jetzt tatsächlich gleichgültig. Aber dass er tot sein soll, will Leon nicht glauben und erst recht nicht, dass sich ein Typ wie Hanspeter selbst umgebracht haben soll.

Nie und nimmer!

Und dann noch wegen der Aberkennung des *Michelin*-Sterns?

»Restaurantkritiker sind wie Eunuchen. Sie wissen, wie es geht – aber sie können es nicht!«, war einer der ersten Sätze, den Hanspeter ihm als ein Zitat von Paul Bocuse an den Kopf geworfen hatte, nachdem Leon einmal kritisch über die Küche Hanspeters geschrieben hatte.

Später wurden sie Freunde. »Du bist der einzige Gourmetkritiker, den ich ernst nehme«, adelte ihn Hanspeter hinterhältig und lachte: »Weil du gar kein Kritiker bist, sondern einfach nur ein Fresssack, der darüber schreibt, was ihm schmeckt!«

Damit hatte Hanspeter den Nagel auf den Kopf getroffen. Leon nannte sich zwar selbst Gourmetkritiker, doch er verstand sich eher als Tippgeber.

Wer ist er denn, dass er die Tricks der Küchenprofis herauszuschmecken wüsste, wie sie zum Teil geschickt Convenience in ihre Gourmetgerichte verarbeiten, mit reinem Glutamat ihre Soßen perfektionieren oder wenn sie die fix und fertigen Gänseleberparfaits vom *Rungis Express* – dem exklusiven internationalen Spezialitätenimporteur – geliefert, nobel auf ihren hippen Tellern zu Türmchen mit Schäumchen angerichtet, servieren, als wäre alles hausgemacht. Dabei ist vieles von abgeklärten Profis in Großküchen zubereitet und wird dann stolz vom Maître vor Ort serviert – und das soll er herausschmecken?

Erst vor drei Tagen hatte Leon Dold von Hanspeter Rapp überraschend eine Mail erhalten. Hanspeter wollte ihn unbedingt treffen, »allein«, stand in der Mail unterstrichen und »dringend«. Am gleichen Abend noch hatte Leon versucht, seinen Freund in seinem Gasthaus anzurufen. »Mitten im Service«, hatte Koni Hengstler, der Restaurantleiter, ungewöhnlich unfreundlich in die Röhre genuschelt und frech wieder aufgelegt.

Wie sonst aber üblich, hatte Hanspeter später nicht zurückgerufen. Leon hatte den Verdacht, Koni hätte seinen Anruf nicht weitergegeben. So hat er es später auf Hanspeters Handy erneut versucht. Aber auch mobil nahm er nicht ab, und danach blieb der sonst immer garantierte Rückruf ebenso aus.

Fassungslos hebt Leon die eben in seiner Ratlosigkeit heruntergeworfene Zeitung vom Boden wieder auf und liest erneut die Meldung vom Tod seines Freundes. Er weiß nicht, ob er mehr von dem Tod geschockt ist oder von der Stellungnahme der Staatsanwaltschaft. Ein Sprecher verweist dreist auf einen ähnlichen Suizidfall in der Sterneszene.

»Stern weg – Starkoch begeht Selbstmord«, war vor Jahren eine Schlagzeile in Frankreich. Damals hatte sich der französische Starkoch Bernard Loiseau mit einem Jagdgewehr eine Kugel in den Kopf geschossen, nachdem er erfahren hatte, dass der *Guide Michelin* ihm in einem Jahr einen seiner Sterne abgesprochen hatte.

Natürlich lastet auf allen Sterneköchen ein enormer Druck, dass die Schreiber der Feinschmeckerbibel jährlich die Qualität ihrer Küche auf ein Neues als herausragend bewerten. Ein Stern heißt für die *Michelin*-Gourmets: »Eine Küche voller Finesse – einen Besuch wert!« Für die Restaurants bedeutet der Stern zunächst meist einen Umsatzzuwachs von 30 Prozent. – Bei Aberkennung eben leider, meist gegenläufig, ein Minus desselben Prozentwerts.

Dabei gehen die Kritiker des roten Buchs offiziell völlig unabhängig vor. Gesponsert von dem Reifenkonzern *Michelin* sind sie frei in ihrer Wertung. Die Sterne vergeben sie ausschließlich nach ihrem eigenen Urteil. In einem Jahr verleihen sie dem einen Koch den begehrten Stern, ohne zu begründen, warum. Eine Erklärung gibt es auch nicht, wenn sie den gerade hochgelobten und geadelten Küchenchef im nächsten Jahr einfach ohne Worte übergehen. Dazu müssen sie nichts und niemandem etwas darlegen, keine bösen Urteile oder Verrisse. Die plötzliche Nichtbeachtung des bisherig gefeierten Sternekochs ist Strafe genug.

»Die können mich doch alle«, hatte Hanspeter Rapp gerade vor Kurzem getönt, als Leon ihn auf den möglichen Verlust seines Sterns angesprochen hatte. Leon glaubt keinem Koch, der ihm versichert, er mache sich nichts aus dem begehrten *Michelin*-Stern, aber Hanspeter hatte er geglaubt. »Wenn meine Gäste nun mal Wiener Schnitzel oder Zwiebelrostbraten mit Pommes bestellen, was soll ich da tun?«, echauffierte er sich. »Den Spaßvögeln von *Michelin* ist das nicht wertig genug. Aber was wertig ist, sagt mir am Abend allein meine Kasse!«

»Meine Werbung benötigt längst kein Stern mehr, auch auf Schreiberlinge wie dich, Leon, kann ich verzichten«, hatte Hanspeter gestichelt und ihm auf die Schulter geschlagen. »Ich habe lieber Stammgäste, die immer wieder kommen, gerne und gut essen und trinken und dann auch noch bar bezahlen. Nur das zählt!«

Hanspeter Rapp hatte das Traditionsgasthaus *Adler* in der sechsten Generation, in den Höhen über dem Überlinger See, dem nördlichen Finger des Bodensees, übernommen und den Ruf als Gourmet-Restaurant über die Jahre hinweg erfolgreich ausgebaut.

»Selbst dieser beschissene Corona-Virus hat uns kaum geschadet«, hatte Hanspeter nach den verschiedenen und überaus langen Lockdowns der Gastronomie trompetet. Vom Sterne-Gastgeber wurde er über Nacht zum Sterne-Caterer und verkaufte seine Gerichte in umweltfreundlichen Bambusschalen über die Straße. »Du glaubst es nicht«, hatte er ihm hinter vorgehaltener Hand stolz verraten, »ich hatte viel weniger Kosten, weniger Arbeit und am Ende des Jahres unterm Strich auch nicht viel weniger in der Kasse.«

Leon schüttet seinen Kaffee, der inzwischen kalt geworden ist, ohne Genuss in sich hinein. Auch die schwarzgebrutzelten Eier mag er nicht mehr. Durch seinen Kopf jagen fröhliche Szenen und schönste Erinnerungen, die er meist am Stammtisch oder in der Küche mit seinem Freund Hanspeter erlebt hat. Er hört ihn lachen und fluchen. Nein! Suizid? Hanspeter? Niemals! Da ist er sich absolut sicher!

Aber, verdammt, was hatte er nur von ihm gewollt? Warum hatte er ihn so dringend und allein sprechen wollen?

Leon Dold war vor drei Tagen, gleich nach dem Erhalt der Mails und den erfolglosen Telefonversuchen, zu Hanspeter gefahren. Wie immer fuhr er mit seinem alten Porsche direkt hinter das Gasthaus. Meist ging er durch den Personaleingang in die Küche. Auch an diesem Donnerstagmorgen in der vergangenen Woche.

Er wusste, es war Ruhetag in dem Gasthaus. Aber Hanspeter kannte keine Ruhetage, die Hintertür war nie verschlossen. Leon ging wie immer unbeschwert direkt in die Küche. Doch zu seiner Überraschung war sie verwaist, leer wie noch nie. Alle Posten waren blitzblank gescheuert, das Geschirr gespült und versorgt.

Leon rief laut nach seinem Freund, ging durch die Küche in den Gastraum. Die Ahorntische waren frisch gewienert, die Blumenvasen standen leer auf den Tischen, schließlich war Ruhetag.

Leon ging hinter der Küche in das Büro des Küchenchefs. Er grinste. Tohuwabohu wäre eine milde Beschreibung. Leon kennt die Hinterzimmer vieler Wirtsleute. Aber heute sah es bei seinem Freund doch besonders unaufgeräumt aus. Weinflaschen standen auf dem Schreibtisch, geöffnete Weinkartons auf dem Boden. Typisch Hanspeter, dachte Leon.

Seit seine Frau Isabel nicht mehr im Haus war, schien der Patron gelöster, auch freier und fröhlicher, aber Isabel war eindeutig die ordnungssorgende Hand des Gasthauses gewesen. Nach 25 Ehejahren zog sie einen Schlussstrich. »Wenigstens haben wir uns die Kosten der Silbernen Hochzeit gespart«, war der einzige Kommentar, den Hanspeter dazu öffentlich verlauten ließ.

Leon schaute sich neugierig die Weine an, die sein Freund offensichtlich in der vergangenen Nacht getrunken hatte. Sie alle waren vom Weingut Baron von Hohenfels, dem erfolgreichsten Weingut am Bodensee. Das Weingut, so wie auch Rapps *Adler*, standen in ihren Branchen für die feinsten und unverfälschtesten Bodenseegenüsse. Hanspeter Rapp und der Baron von Hohenfels wurden als die Bewahrer der kulinarischen Seetradition eingeschätzt. Sie waren beide kluge und erfolgreiche Geschäftsmänner und -partner und galten darüber hinaus auch als private Freunde.

Leon wunderte sich, warum Hanspeter mehrere Flaschen und Jahrgänge des Spätburgunders sowie das neue Rotwein Cuvée des Barons geöffnet, aber – ganz gegen seine Gewohnheit – keine der Flaschen leer getrunken hatte. Noch mehr hatte er sich über eine Rotweinflasche gewundert, die er als klassische Bordeaux-Flasche mit dicken Schultern und einer Erhöhung im Boden erkannte. Er wollte wissen, was es für ein Bordeaux war, und hatte nach einem Etikett gesucht, aber zu seiner Verwunderung auf der Flasche keines gefunden.

Auch nach mehreren Rufen durch das Haus blieb Hanspeter verschollen. Leon ging die Treppe in den privaten Teil des Gasthauses hinauf. Wie es aussah, mussten gerade die Putzfrauen durch die Räume gegangen sein. Seit Isabel weg war, hatte Hanspeter kaum noch in seiner privaten Küche gekocht, auch das Wohnzimmer war ordentlich aufgeräumt.

Ratlos ging Leon nochmals durch die Gasträume. Plötzlich schien ihm die absolute Ruhe in den alten Gemäuern unheimlich. Unsicher schaute er sich um und stieg dann unverrichteter Dinge wieder in seinen Porsche und fuhr nach Hause.

Und jetzt? Tot im Kühlraum! Ob Hanspeter schon tot war, als er durch das Gasthaus schlich? Aber wie hätte er auf die Idee kommen sollen, in dem Kühlraum nach ihm zu suchen?

Er will es nicht glauben und weiß gleichzeitig sicher: Hanspeter hat sich nicht umgebracht, großer Nonsens!

Aber was war tatsächlich passiert? Und vor allem, was hatte Hanspeter von ihm gewollt?

Sein Arbeitsplan für heute sieht vor, dass er nach der Bekanntgabe der neuen *Michelin*-Sterne seinem Job nachgeht und die Änderungen in der eigenen Rankingliste übernimmt. Doch der Tod von Hanspeter lässt ihm jetzt dafür keine Ruhe.

Leon war jahrelang der investigative Journalist und Polizeireporter des regionalen Fernsehsenders. Heute verdient er sein Geld als freier Gourmetkritiker. Er kennt die *Michelin*-Tester aus Karlsruhe, trifft sie, wenn sie am Bodensee sind. Seit einigen Jahren vergeben sie ihre Bewertungen im März. Dieses Jahr findet sich zum ersten Mal seit 20 Jahren Hanspeters *Adler* nicht mehr in den Top Charts der roten Gourmetbibel.

Er wollte ursprünglich die neue *Michelin*-Klassifizierungen in seiner Köcheliste aktualisieren. Aber es sträubt sich in ihm alles, unter *Adler*, Überlingen, Hanspeter Rapp, den Stern zu streichen. Leon sitzt vor seinem Computer, hat die *Excel*-Datei geöffnet, reißt sich schließlich zusammen und löscht das Gasthaus mitsamt dem Namen Hanspeter Rapp ganz. Hanspeter ist tot, den juckt jetzt tatsächlich auch kein fehlender Stern mehr!

Leon fühlt sich total von der Rolle. Er hat momentan absolut keinen Bock, die Auszeichnungen seiner Bodenseeköche nach den neuen Entscheidungen der *Michelin*-Tester weiter umzuschreiben.

Lena schickt ihn, wenn er miesepetrig ist, zum Laufen. Soll er sie anrufen? Mit ihr würde er jetzt gerne reden. Aber sie könnte ihm in seiner Ratlosigkeit auch nicht weiterhelfen. Also macht er, was sie ihm raten würde, und schnürt die Laufschuhe. Einfach losrennen ist immer die beste Therapie für ihn, behauptet Lena. Zumindest hat er deshalb, trotz seiner täglichen drei warmen Mahlzeiten, meist mit Alkohol, sowie gerne noch manch kleineren Snacks zwischendurch, noch eine ganz passable Figur.

Leon und Lena wohnen am Rande der kleinen Bodenseestadt Überlingen in einer alten Stadtvilla, die sie sich eigentlich gar nicht leisten könnten. Die Besitzerin, Helma Book, wollte ursprünglich auch gar nie Mieter in ihrer Altstadtvilla. Doch als Helma 80 wurde, bestand ihre Tochter, die in Berlin lebt, darauf, dass sie die Parterrewohnung frei machen muss. »Jemand muss nach dir und dem Garten schauen«, hatte sie ihre Mutter schließlich überredet.

Wenn auch Helma während des Vorstellungsgesprächs Leon deutlich machte, dass sie keinen Aufpasser benötige und auch nicht mit einem Gärtner, der einmal im Sommer ihren Rasen mähe und im Herbst die Rosen schneide, unter einem Dach leben müsse.

Doch Lena war mit Helmas Tochter längst schon handelseinig. Lena versprach ihr, immer einen Blick auf Helma zu werfen, und Leon hatte schon zuvor die Hecken im Garten geschnitten. Gemeinsam hatten sie entschieden, die Einsprüche der alten Dame zu überhören, und zogen trotz anfänglicher ablehnender Blicke von Helma in die herrschaftliche Wohnung ein.

Für Lena und Leon war es wie ein Lottogewinn. Die Mieten in Überlingen, und dann noch in dieser Lage, sind für kleine Journalisten in schwindelerregende Höhen gestiegen. Und Leon investiert nun mal sein Geld lieber in den Keller, genauer gesagt, in seinen Weinkeller.

Heute ist Helma bald 90, und Lena und Leon sind nicht nur Betreuerin und Gärtner. Helma hat Lena fast schon adoptiert, sie wurde schnell zu einer Art Freundin der manchmal noch immer schrulligen Lady.

Leon verdient seine Pluspunkte bei Helma als Hundeführer ihrer Sennenhündin Senta. Nur hin und wieder spielt Helma noch die unnahbare, strenge Hausherrin.

Leider aber ist sie längst nicht mehr jeden Tag die Herrin ihrer eigenen Sinne.

»Und morgen treffen wir uns gestern,« zitiert Lena zurzeit oft eines der Bücher, die sie jüngst zum Thema Alzheimer-Demenz und Vergesslichkeit wälzte.

Leon stolpert fast über Senta, die auf dem Fußabstreifer vor seiner Wohnung lauert. Ihre Nase scheint eine besondere Begabung zu haben und wittert, wenn Leon laufen geht. In der Wohnung mag er eigentlich keine Tiere. Heute Morgen aber tätschelt er ihr liebevoll die Schnauze und spricht sogar zu ihr. Wie Leon sich selbst aber hört, bremst er sich auch schnell wieder und denkt: Was weißt du dummes Vieh schon von Hanspeter. Er fordert sie dennoch laut auf: »Komm mit!«, obwohl sie auch ohne seine Worte bis nach dem Lauf nicht mehr von seiner Seite weichen wird.

Gemeinsam laufen sie los. Anfangs zieht Leon immer schnell an, damit Senta nicht auf die Idee kommt, ihr Geschäft schon in dem Wohngebiet zu verrichten. Bei aller Tierliebe, aber nach Sentas Kacke will er sich nicht bücken müssen. Deshalb gibt er Gas am Salem College vorbei in das Spetzgarter Tobel. Dort im Wald kann Senta ihre Notdurft verrichten.

Danach läuft er zur Gletschermühle. Hier hat sich durch einen Wasserstrudel vor 10.000 Jahren ein Strudeltopf mit einem Durchmesser von 20 Metern geformt. Die Ablagerung der Meeresmolasse ist am Rand deutlich zu sehen. Auf diesen Schottern und Grobsanden entstanden Konglomerate und Grobsandsteine. Heute wachsen auf dem Terroir im Überlinger Felsengarten einige der besten Bodenseeweine.

Leon winkt Thomas Kress zu, der gerade nach dem Winterschnitt die zwei stehen gelassenen Fruchtruten je Stock, links und rechts in die Drahtrahmen bindet. Dabei muss er beim Krümmen der Ruten behutsam vorgehen, um ein Abbrechen zu vermeiden. Pro Rute darf der Winzer mit einer Flasche Wein rechnen. Das heißt: weniger Ruten, weniger Wein, aber eine viel höhere Qualität!

Leon bleibt kurz bei Thomas Kress stehen. »Ich bin so geschockt wie du«, stammelt Thomas, »der Hanspeter …«, schüttelt er ungläubig seinen Kopf. Auch er hat von der Selbstmordtheorie der Polizei in der Zeitung gelesen, aber auch er kann sich bei einem Kerl wie Hanspeter Suizid nicht vorstellen.

Thomas Kress zählt zu den Winzern, denen der Müller-Thurgau sein Comeback zu verdanken hat. Höchstens zwei, manchmal auch nur eine Rute hat er pro Weinstock stehen gelassen. Unzählige Ruten liegen abgeschnitten vor seinen Füßen auf dem Boden. Zusätzlich wird er noch einmal im frühen Sommer Trauben aus den Stöcken schneiden. »Nur mit radikalem Ausschnitt bietet der Müller-Thurgau seine vielschichtigen Aromen!«, ist Thomas' Credo.

Großvater Walter Kress sah lange skeptisch zu, was sein Sohn da trieb. Ihm tat das Herz weh, wenn er sah, wie sein Junior Thomas die schönen Trauben aus dem Stock schnitt und einfach zu Boden fallen ließ. Doch Thomas Kress blieb seiner Philosophie treu. Heute steht der Enkel Johannes Kress dem Weingut vor. Er betreibt den Schnitt noch radikaler. »Die Kraft des Rebstocks gibt wenigen Trauben einfach mehr Geschmack als vielen«, stimmt er seinem Vater zu. »Jede Traube braucht Sonnenschein und Luft, um gesund zu reifen und sich zu entwickeln.«

Leon kann, durch seine regelmäßigen Läufe, das ganze Jahr über die Arbeitsschritte im Weinberg zusammenhängend verfolgen. Warum nur hatte ihm kein Berufsberater nach seiner Schulzeit von dem Beruf des Winzers erzählt. Heute würde er sich gerne in die Kunst der Wengerter und Kellermeister einarbeiten – und natürlich zugegeben auch eintrinken.

Mit Hanspeter hatte er die unterschiedlichsten Aromen der Weinwelten kennengelernt. Den ganzen Lauf über denkt Leon an ihn. Erst das immer lauter werdende Hecheln von Senta erdet ihn wieder. Länger als eine Stunde Lauf hält die alte Hündin kaum noch durch. Leon legt eine kurze Pause ein und lässt Senta am Bach des Spetzgart-Tobels Wasser schlabbern.

Dann trabt er langsam mit ihr zurück und entscheidet sich: Ich muss noch einmal in das Büro von Hanspeter! Ich will wissen, was Hanspeter vor seinem Tod bewegte, dass er mich so dringend treffen wollte. Ich muss abermals in den *Adler*, auch wenn die Türen von der Polizei sicher versiegelt sein werden.

Zu Hause füllt Leon Sentas Napf mit Wasser aus dem Gartenschlauch. »Wo wart ihr denn?«, ruft Helma von ihrem Balkon herunter. »Du hetzt den armen Hund noch zu Tode!«

Leon schaut zu Helma hoch und entdeckt sie im Morgenmantel auf dem Balkon. Auch auf die Entfernung sieht er ihr an, dass sie eigentlich böse schauen will. Doch

Leon sieht in ihrem faltigen Gesicht immer ihr schelmisches Lächeln.

»Jeder Lauf mit mir hält deine Senta länger am Leben«, winkt er ab. »Hast du schon gefrühstückt?«, fragt er fürsorglich. Lena hatte ihm vor ihrer Abreise wiederholt ans Herz gelegt, sich um die alte Dame zu kümmern. Helma redet nach wie vor viel, meist mit sich selbst oder mit Senta, aber sie vergisst leider zunehmend, genügend zu trinken, und in letzter Zeit versäumt sie auch noch, regelmäßig zu essen.

Leon wartet noch kurz auf Helmas Antwort, dann winkt er ab und geht in die Küche. Er schält eine Zwiebel, brät sie in Butter glasig und schlägt dazu zwei Eier in die Pfanne. Er streut frisch geschnittenen wilden Schnittlauch darüber und verquirlt die Eier zu Rührei. Auf einem Teller mit einem Krug Apfelsaftschorle trägt er den kleinen Imbiss eine Etage höher in Helmas Wohnung.

»Wo ist Lena?«, fragt sie.

Sicher hat ihr Lena 100-mal gesagt, dass sie zu ihrer Schwester fährt. Aber Leon hat gelernt, der alten Dame ihre Fragen immer wieder geduldig aufs Neue zu beantworten.

»Was bekommst du heute zu essen?«, fragt er danach interessiert nach.

»Spargel«, antwortet sie wie aus der Pistole geschossen.

Leon nickt lächelnd. Erstens ist es erst März, da gibt es noch längst keinen Spargel, und zweitens serviert die Sozialstation ganz sicher das teure Edelgemüse so früh noch nicht. Seit Längerem hat Lena für

Helma *Essen auf Rädern* bestellt. Nur so ist garantiert, dass sie jeden Tag auch wirklich ein warmes Essen vor sich stehen hat.

Trotzdem lässt sich Leon auf Helmas Behauptung ein und rät ihr frech: »Dann machst du am besten eine Sauce Hollandaise dazu, das kriegst du doch hin, oder?«

»Ich mache mir jeden Tag mein Essen selbst!«, schaut sie Leon erbost an. »Was denkst denn du? Mein Mann hat immer gesagt: Ich bin die beste Köchin!«

Über dem Küchentisch hängt der Speiseplan der Sozialstation. Leon liest: Montag, Kalbsgeschnetzeltes mit Reis, von wegen Spargel. Er sieht die alte Dame an ihrem Küchentisch sitzen und seine Rühreier essen. Dazu hatte er ihr ein weiches Toastbrot gelegt. Wichtig ist weich!, denkt er und schenkt sich jeden weiteren Kommentar.

Helma ist wahrlich keine arme Witwe, doch ihre Küche wurde in den 1960er-Jahren eingerichtet. Damals sicherlich modern und teuer, heute wirkt sie nur noch alt und schäbig. Über ihr hängt ein Foto aus vergangener Zeit. Helma ist darauf eine großgewachsene, stattliche Frau: dunkle Haare, Toupierfrisur wie Raquel Welch, straffer Büstenhalter, eng geschnürter Trenchcoat und ein Lächeln mit blendend weißen Zähnen.

Heute sieht Leon vor sich eine alte, gebrechliche Frau. Gebückt sitzt sie am Tisch und isst langsam ihre Eier. Ihre Haare sind nunmehr grau und kurz geschnitten. Helma trägt täglich ein einfaches, dunkles Kleid, wie sie wohl Mutter Beimer aus der *Lindenstraße* tragen würde. Ihre einst perlweißen Zähne sind noch ebenmäßig geformt, aber nur dank des künstlichen Gebisses.

Leon schiebt ihr die noch sprudelnde Apfelschorle hin: »Zu Spargel passt der Apfelwein perfekt.«

Helma nimmt einen Schluck, setzt ab und strahlt: »Willst du mich veräppeln?«, fragt sie im vollen Ernst. »Das ist doch Sekt!«

Leon lacht ihr verschwörerisch zu und weiß längst, das ist alles nicht mehr zum Lachen. Aber solang Helma sich in ihrer Wohnung selbst noch wacker auf ihren Beinen halten kann, wollen Helmas Tochter und auch Lena die alte Dame nicht in ein Heim stecken.

Schnell wechselt er das Thema und sagt, was ihn am meisten bedrückt: »Hanspeter Rapp ist tot, du erinnerst dich an den Wirt im *Adler*?«

»Tot?«, fragt Helma und winkt gelassen ab. »Naja, der war ja schon alt.«

Leon schluckt. »30 Jahre jünger als du!«

»Na hör mal, die Lisa ist viel älter als ich, die war schon aus der Schule, als ich erst reinkam.«

Wer Lisa jetzt ist, will Leon lieber nicht wissen. Er fragt sich, wie Lena sich täglich eine Stunde mit Helma unterhalten kann. Glücklicherweise kommt zweimal täglich vom Sozialdienst eine Pflegerin bei Helma vorbei, die der plötzlich schnell alternden Frau bei der Morgentoilette und beim Bettgang hilft.

»Ich muss noch etwas arbeiten«, lügt er und verschwindet.

Zurück in seiner Wohnung, greift Leon zuerst zu einem Bier, dann duscht er und trinkt ausnahmsweise noch ein zweites. Er weiß noch immer nicht, wie er mit dem Tod von Hanspeter umgehen soll. Er sitzt ratlos am Küchentisch und genehmigt sich, obwohl es heller Vormittag ist, auch noch ein drittes Bier. Dann legt er sich auf die Couch im Wohnzimmer und schläft leicht betrunken, aber unruhig ein.

Er träumt von Hanspeter, wie er sich im Bodensee ersäuft und sich mit einem Revolver in der Hand eine Kugel in den Kopf jagen will. Bevor der Schuss kracht, wacht er erschrocken auf. Ein Hilferuf bleibt ihm in der Kehle stecken, und gleichzeitig fasst er den Entschluss, sobald es dunkel wird, in den *Adler* zu fahren, um sich nochmals in Hanspeters Büro genauer umzusehen.

Um wieder fit zu werden, zieht er erneut seine Sportklamotten an und geht in den Garten. Er nimmt eine Harke und eine Schaufel und gräbt den Humushaufen ab, den er im vergangenen Jahr umgesetzt hatte. Jetzt verteilt er die neue frische Erde im Gemüsegarten. Danach setzt er den frisch angehäuften Kompostberg auf den Platz des eben abgetragenen Humushaufens, um wieder Platz für die neuen Gemüseabfälle zu schaffen. Dann schaut er auf die Uhr und weiß, es ist Zeit für sein nicht ganz legales Vorhaben. Er geht erneut duschen, fühlt sich jetzt wieder frisch und fährt los.

Fotografen reden von der »Blauen Stunde«. Die Sonne ist längst untergegangen, der See liegt wie eine große schwarze Pfütze unter ihm. Er fährt über die Bundesstraße von Überlingen Richtung Meersburg, an den Weinbergen des Markgrafen von Baden und der Wallfahrtskirche Birnau vorbei. Linker Hand steht der *Adler*, ein stattliches Gasthaus mit viel Fachwerk und von Reben umrankt.

So im Dunkeln liegend hat Leon seine Lieblingsgaststätte bei der Anfahrt noch nie gesehen. Sonst ist das Restaurant hell erleuchtet, außen strahlen Flutlichter den großen Ausleger an, ein schmiedeeisernes Kunstwerk von einem Doppeladler, der auf die vorderösterreichische Zeit und die Gründung des *Adler* im 16. Jahrhundert hinweist.

Unvermittelt macht Leon den leicht röhrenden Porsche-Motor aus und lässt seinen alten Wagen relativ geräuschlos auf den Parkplatz rollen, als könnte ihn jemand hören. Auch die Scheinwerfer schaltet er aus und steigt im Dunkeln aus seinem Auto. Unsicher schaut er sich um, geht langsam auf die Eingangstür des Gasthauses zu und sieht die Versiegelung der Polizei.

Vorsichtig wie ein Einbrecher schleicht er um den Gasthof herum. Auch die Hintertür ist versiegelt. Er geht ein Stück weiter zum Kellereingang. Die Bierkutscher, die Weinlieferanten und der Fahrer des wöchentlich liefernden Gastroservice wissen, wo der Schlüssel zum Souterrain liegt, und Leon weiß es auch.

Er greift in das Versteck, zieht den Kellerschlüssel heraus, öffnet die Tür und stapft zunächst unsicher die Treppenstufen in das alte Gewölbe hinunter.

Zuerst macht er nur die Taschenlampe seines Handys an, dann aber traut er sich doch, den Lichtschalter zu bedienen. Grell blitzen die Neonröhren auf. Leon sieht am hinteren Ende des Gewölbekellers die Treppe, die in das Gasthaus hochführt, sie endet an einer Falltür. Er drückt seinen Rücken dagegen und leuchtet mit der Handylampe über die abgenutzten Holzdielen in den Flur des alten Gebäudes.

Es ist absolut ruhig in dem normalerweise lauten Gasthaus.

Er öffnet die Falltür ganz und tritt in den Gang. Hier

verlässt er sich weiterhin auf seine Taschenlampe. Beinahe wäre er an die offene Tür des Kühlraums gestoßen. Sie stand noch nie auf, jetzt leuchtet Leon neugierig hinein. Wenn das Hanspeter sehen würde, denkt er. Im Kühlraumtür liegen aufgetaute Lebensmittel, auf dem Boden steht das Tauwasser.

Inmitten des kleinen Raums steht ein Holzstuhl. Was der da zu suchen hat, fragt sich Leon und will nicht glauben, dass Hanspeter tot darauf gesessen hat, als ihn die Polizei fand. Und wenn doch, dann muss ihn jemand daraufgesetzt haben, ist sich Leon sicher. Für wie bescheuert hält die Polizei denn seinen Freund? Wer setzt sich schon in einen Kühlraum? Wenn er wirklich auf dem Stuhl gefunden wurde, spricht dies doch erst recht für Mord!

Er reißt sich von dem Anblick in dem abgetauten Kühlraum los, schleicht verunsichert durch die Stille in dem ansonsten umtriebigen Gasthaus in Richtung Küche. Im Lichtkegel seiner Lampe findet er leicht den Weg in das Büro.

Überrascht stellt er fest, dass in der Zwischenzeit jemand aufgeräumt hat. Die leeren Weingläser sind weg, aber die angefangenen Weinflaschen des Weinguts Baron von Hohenfels sind noch da, sie stehen jetzt auf dem Boden nach Größe an der Wand aufgereiht in Reih und Glied. Typisch Putzfrauen, urteilt Leon. Aber dadurch haben sie wenigstens die Bordeaux-Flaschen extra aufgereiht.

Leon ist aber nicht wegen der Weinflaschen, sondern wegen der Mails seines Freundes in das Haus eingestiegen. Deshalb schaltet er als Erstes den Computer an und erschrickt kurz, wie hell der Raum plötzlich erleuchtet ist. Trotzdem knipst er ungerührt zusätzlich die Schreibtischlampe an. Es scheint ihm unverdächtiger, wenn Licht im Inneren des Büros brennt, als wenn ein Passant von außen nur das blaue Computerlicht sieht.

Kaum ist der Rechner hochgefahren, verflixt, da fragt der Computer nach einem Passwort. Leon überlegt kurz. Hanspeter war in diesem Fall sicher nicht so kreativ wie in seiner Küche. Zunächst versucht er die Zahlenreihe eins bis vier. Pech. Noch zwei Versuche. Leon entscheidet sich für das Nächstliegende und schreibt »Adler«. Wieder nichts. Noch ein Versuch. Den Rechner hat Hanspeter schon lange, sicher hat er das Passwort nie geändert. Also tippt er »Isabel« ein. Bingo! Der Rechner fährt hoch.

Leon zieht einen Stick aus seiner Tasche und kopiert wahllos alle Dateien, die er erwischen kann. Dann fährt er den Rechner herunter, blickt abermals zu den Weinflaschen und packt alle in zwei danebenstehende Kartons ein. Warum, weiß er nicht genau, aber irgendwie scheint mit den halb ausgetrunkenen Flaschen etwas nicht zu stimmen.

Dann sieht er wieder die Bordeaux-Flaschen ohne Etikett an, was da wohl drin sein mag? Von der schon geöffneten nimmt er einen Schluck, ist aber zu aufgeregt, um ihn richtig zu kosten. Kurz entschlossen packt er auch diese Flaschen in einen leeren Weinkarton, stapelt die drei Kisten aufeinander und balanciert sie vor sich her, dass er aus dem für ihn unheimlichen, leeren und stillen *Adler* hinauskommt.

Zu Hause fährt Leon sofort seinen Rechner hoch und steckt den Stick in die Buchse. Zuerst schaut er sich den kopierten Emailverkehr an und findet unter »Gesendete« die Mails, die ihm Hanspeter geschickt hatte, und auch einen Mail-Dialog mit dem Baron von Hohenfels. Verwundert liest Leon, dass Hanspeter alle Bestellungen bei dem alteingesessenen Weingut storniert hatte und stattdessen in Zukunft seine Bodenseeweine von neuen, jungen Winzern beziehen will. Zusätzlich erklärt er dem Baron: »Du weißt, warum. Ich bedauere deine Entscheidung und finde, wir sollten unserer regionalen, authentischen Seephilosophie, bei allem unternehmerischen Interesse, immer treu bleiben.«

Was soll das jetzt heißen?, fragt sich Leon.

Seltsam, dass Hanspeter ihm von seiner weitreichenden Entscheidung nichts gesagt hatte. Wenn die Trennung der beiden Impresarios öffentlich wird, schlägt das hohe Wellen. Warum trennt sich der angesehene Bodenseekoch Rapp von dem angesehenen Weingut Baron von Hohenfels? Das ist eine Nachricht, als wollte sich das Konstanzer Münster von Konstanz trennen. Es klingt für Leon ebenso unglaublich wie die Nachricht, dass Hanspeter sich umgebracht haben soll.

Leon schaut die mitgebrachten Weine aus Hanspeters Büro an. Er holt sich ein Weinglas und greift zu einer der geöffneten Flaschen mit Spätburgunder. Hanspeter hatte den Korken kräftig in den Flaschenhals getrieben. Leon benötigt ein paar Umdrehungen, bis er locker wird und er ihn lösen kann. Dann hält er sich den Korken unter die Nase und riecht daran, schüttet sich Wein in das Glas und lässt ihn rotieren. Jetzt steckt er die Nase in das Glas und riecht die feine Würze, leichtes Barrique und etwas Vanille.

100-mal hat Leon mit Hanspeter seine Weine durchprobiert, die Abfolge ist ihm in Fleisch und Blut übergegangen. Er genießt die ausgewogene Struktur des Spätburgunder und denkt: Der Baron von Hohenfels kann's halt, warum nur wollte Hanspeter ihm kündigen?

Gespannt greift er als Nächstes zu der Bordeaux-Flasche, geht in die Küche, spült das Glas und seinen Mund aus. Dann schenkt er sich von dem umetikettierten Rotwein ein, riecht vollere Aromen, mehr Barrique, mehr Vanille und dunkle Beeren wie schwarze Johannisbeere, zudem Schokolade. Er hält das Glas gegen das Licht. Der Rotwein ist gegenüber dem Spätburgunder viel dunkler, hat ein kräftiges Rot, aber ein Bordeaux? Da muss Leon kapitulieren, wenn jetzt Hanspeter da wäre, vielleicht wüsste er das Rätsel zu lösen?

Vielleicht hatte er es gelöst?

Wurde er deshalb ermordet?

Die andere Frage ist: Von wem stammt der Wein in der Bordeaux-Flasche? Leon glaubt nicht, dass er in dem Weingut des Barons von Hohenfels abgefüllt wurde. Die Rotweine des Barons sind alle mit Spätburgunder ausgebaut und werden ausschließlich in den klassischen, traditionellen antikgrünen Burgunder-Flaschen abgefüllt. Auch sein neues Rotwein Cuvée, für das er Spätburgunder mit Merlot Trauben verschnitt, und das überschwänglich ein Kritiker als Bodensee-Bordeaux beschrieb, füllt der Baron von Hohenfels, wie es sich am Bodensee traditionell gehört, in Burgunder-Flaschen ab.

Was aber hat diese Bordeaux-Flasche zu bedeuten?, rätselt Leon, während er sich Schluck für Schluck in den unbekannten Roten eintrinkt.

Nebenbei knobelt er an dem sich neu gestellten Rätsel: Was haben der Rotwein des Barons und die mysteriöse Bordeaux-Flasche mit Hanspeters Tod zu tun? – Nichts? Das glaubt er nach diesem Weingelage in Hanspeters Büro auf keinen Fall!

Immer wieder kommt ihm die Kündigung Hanspeters als Kunde des Barons in den Sinn. Was sollten die plötzlichen Unstimmigkeiten zwischen den beiden Leitwölfen Rapp und von Hohenfels?

Leon entschließt sich, morgen das Weingut von Hohenfels zu besuchen. Er hatte dem Baron von Hohenfels schon länger eine größere Story über die Geschichte des erfolgreichsten Weinguts am See versprochen. Jetzt ist der richtige Zeitpunkt, denkt er. Ein Termin im März, wenn die Winzer gerade wenig zu tun haben, klingt unverfänglich.

Leon setzt sich wieder an seinen Computer und fragt in dem Weingut von Hohenfels an, ob er kurzfristig einen Termin mit dem Baron bekommen könne. Das angesehene, österreichische Weinmagazin *Falstaff* habe ihn beauftragt, eine Story über das bekannteste Weingut am Bodensee zu schreiben. Ihm ist gerade ein Termin geplatzt, am liebsten käme er morgen, Dienstag, wann immer der Baron Zeit für ihn habe.

So hofft Leon, wird er schnell mehr über Hanspeters Streit mit dem Baron von Hohenfels erfahren. Vielleicht weiß der Baron auch Neues zu Hanspeters Tod?

DIENSTAG

Im Mittelalter war der gesamte Bodensee rundum mit Reben bepflanzt. Erst die Reblaus sorgte für ein Ende des Massenweins, sie hatte fast alle Reben vernichtet. Die wenigen Rebstöcke, die überlebt hatten, wurden ebenfalls herausgerissen, nur die besten Lagen wurden erst später wieder bepflanzt.

Die Klosterbrüder hatten den heutigen Winzern schon im Mittelalter die besten Seelagen gewiesen. Die Salemer Benediktinermönche hatten nicht umsonst die Wallfahrtskirche Birnau an den Südhang nahe dem See gebaut und rundum ihre Reben gepflegt, natürlich in erster Linie nur zum Wohlgefallen Gottes.

Nach der Säkularisierung schenkte Napoleon dem Markgrafen von Baden unter anderem auch die Weinberge der Klöster am Überlinger See. In der Geschichte des markgräflichen Hauses Baden heißt es, die Schenkung sollte die Beschlagnahme einiger elsässischer Gebiete ausgleichen. Die bürgerlichen Revolutionäre aber warfen dem Markgrafen vor, er hätte dafür Tausende junge Männer als Soldaten Napoleon mit auf den Russlandfeldzug gegeben, von denen fast keiner mehr zurückkam. Fakt ist: Seither zählen die meisten Reben am See zu dem badischen Weinbaugebiet. Auch der ehemalige Rebhof des Klosters Salem, aus dem der Baron von Hohenfels sein heutiges erfolgreiches Weingut formte.

Leon hatte den Termin kurzfristig von dem Weingut bestätigt bekommen. Die Antwort-Mail hatte er noch gestern Abend, schon im Bett liegend, auf seinem Handy gelesen. Der Baron von Hohenfels zeigte sich höchst erfreut, dass Leon sein Versprechen einlösen und sein Weingut porträtieren wolle. Auch er hätte heute Morgen überraschend Luft in seinem Terminkalender.

Leon war klar, der Baron schätzt Publicity, besonders wenn diese ihn keinen Cent kostet. Leon wird den redaktionellen Artikel zusätzlich in einigen Wein- und Gourmetmagazinen platzieren, die den Baron ansonsten nur wegen teuren Anzeigen angehen. Dazu lockte ihn sicherlich *Falstaff*. Das Magazin hat einen Top-Ruf, es ist das älteste und auflagenstärkste Weinmagazin Österreichs, wird aber auch im deutschsprachigen Raum, gerade in Süddeutschland, viel gelesen.

Es ist ein herrlicher Morgen, Leon hat das Dach von seinem Porsche Targa abgenommen. Der Oldtimer aus dem Jahre 1990 bot damals schon, dank des legendären Aluminiumbügels und der kurzen Dachöffnung, auch bei noch frischen Temperaturen die Möglichkeit, offen zu fahren.

Von einem Cabrio hatte Leon schon als Jugendlicher geträumt. Jetzt, da sein Haar, mit fast 40 Jahren, immer lichter wird, kann er sich eine solche Karre leisten. Aber heute soll er, nach Meinung seines Hautarztes, bei Sonnenschein immer einen Hut tragen. Klingt für ihn nach Schikane alter Medizinmänner.

Die Heizung bläst Warmluft an seine Füße, die wärmende Sonne lässt er trotz Warnungen und Vernunft auf seine fliehende Stirn scheinen. Wenn schon Glatze, dann bitte braun! Auch Leon ist eitel.

Wenn er auf den See schaut, sieht er die ersten Freizeitboote kreuzen. Neben der Straße binden die Arbeiter aus Rumänien und Polen in den Reben die neu gewachsenen Triebe an die Spalierdrähte.

Leon könnte die Fahrt zum Weingut von Hohenfels genießen, würde er nicht dauernd an die schwierige Aufgabe denken müssen, die er vor sich hat. Zwei Rätsel muss er knacken: Warum wurde Hanspeter ermordet, denn davon ist er überzeugt! Und warum hat sein alter Freund kurz vor dem Mord dem Baron von Hohenfels die Freundschaft gekündigt?

Irgendwie gärt der Verdacht in ihm, dass die Lösungen der beiden Fragen zusammenhängen und vielleicht auch noch mit dieser ominösen Bordeaux-Flasche zu tun haben? Die für ihn, ohne Etikett, bisher einfach keinen Sinn ergibt.

Von der Mediathek seines Handys klimpert Keith Jarretts *The Köln Concert*, doch Leon hört gar nicht hin. Er setzt den Blinker und biegt in die Allee ein, die zu dem exklusiven Weingut von Hohenfels führt.

Hinter Leon liegen die Weinberge des Markgrafen, vor ihm die Rebhänge des Weinguts Aufricht sowie des Staatsweinguts Meersburg. Mit dem Weingut Kress führen die vier die Champignons League der 26 Bodenseeweingüter des *Weinbauverbands Baden* an. Sie sind die Bodensee-Spitzenwinzer, jeder auf seine Art, und jeder so groß, dass alle anderen Winzer im Verhältnis als Kleinbetriebe bezeichnet werden dürfen, abgesehen von der *Hagnauer Winzergenossenschaft*.

Allerdings hat sich der Baron von Hohenfels in den letzten Jahren deutlich von dem Spitzenfeld abgesetzt. Nicht nur am See hat sein neues Rotwein Cuvée für Aufsehen gesorgt. Ein international anerkannter Weinpapst sprach tatsächlich von einem »Bodensee-Bordeaux«. Doch diese Auszeichnung ist eine journalistische Beschreibung, juristisch wäre sie nicht haltbar!

Trotzdem nutzt der Baron von Hohenfels die journalistische Auszeichnung seither frech, als wäre sie amtlich, und bewirbt damit auch öffentlich sein neues Cuvée. Das finden seine Kollegen zwar rechtswidrig, doch der Baron pfeift darauf. Damit wird Leon das Gespräch beginnen, bevor er auf die fraglichen Bordeaux-Flaschen bei Hanspeter zu sprechen kommen will. Aber ob der Baron mit ihnen überhaupt etwas zu tun hat?

Nach außen ist der Besitzer eines Weinguts am Bodensee zu beneiden. Die Weingüter haben ihre Latifundien meist in den schönsten Lagen rund um den See, die Winzer wohnen fast immer mitten im Grünen mit Blick auf das Wasser. Am Bodensee können sie sich jährlich auf zehn Millionen Touristen verlassen. Wenn jeder Besucher nur eine Flasche Wein mit nach Hause nimmt, sind die Weintanks oft schon vor den Sommerferien leer.

Auf der anderen Seite geht es ihnen wie allen Bauern. Das unternehmerische Risiko ist hoch. Wenn es im Frühjahr stark regnet, wächst die Gefahr des Pilzbefalls, danach droht der Mehltau, während des Rebschnitts die Schwarzfleckenkrankheit, anschließend die Kirschessigfliege.

Unter den breiten Rädern seines Porsches knirschen die Kieselsteine. Leon schaltet einen Gang tiefer. Durch eine Platanenallee fährt er auf das Weingut zu. Es gleicht einem kleinen Schlösschen. Die Zufahrt erinnert Leon an die romantischen Châteaus in der französischen Provence.

In der Mitte des Anwesens steht das kleine historische Schlösschen, heute das Wohnhaus der Familie des Barons von Hohenfels. Früher soll es dem Abt von Salem als Sommerresidenz gedient haben. Seinen Renaissancestil hat es behalten, hohe Fenster, und später angebrachter Barock an der Fassade mit einem großen Treppenaufgang und einer Eingangstür wie in ein Schloss bei Versailles.

Links daneben steht ein moderner Neubau. Beton und Glas, mehr nicht. »Shop« steht darüber.

Rechts stehen, lang und gedrückt, die alten Wirtschaftsgebäude. Davor landwirtschaftliche Geräte, Traktoren und ein wohl ausrangierter großer Stahltank sowie einige Paletten mit gebundenen Stapeln leerer Weinflaschen.

Leon parkt seinen metallicblauen Porsche neben einem schwarzen SUV, Mercedes G-Klasse. Damit es jeder weiß, prangt auf der Heckklappe »G 63 AMG«. Autokennzeichen: ÜB–BH 1. Das Preisschild fehlt noch, schmunzelt Leon, und sieht als Kontrast vor dem Wirtschaftsgebäude die polnischen und rumänischen Arbeiter in ihren blauen Arbeiterkitteln in ihrer Morgenpause ihre Vesperbrote auspacken.

Bei ihnen steht ein Hüne von Mann. Auch er hat, wie alle anderen, alte Arbeitsklamotten an. Trotzdem passt er nicht in das Bild der meist schlanken und zähen Körper der Arbeiter, die aus ihren gebrauchten Butterbrotpapieren ihre ausgepackten Stullen kauen und eher gleichgültig zu Leon schauen.

Leon geht auf die Gruppe zu. Der offensichtliche Kapo der Truppe schaut als Einziger interessiert zu ihm. Er misst sicherlich zwei Meter, hat einen runden Bauchansatz, ein dickliches, mit Sommersprossen gesprenkeltes Gesicht und einen zerzausten Bart sowie einen wilden, vollen blonden Lockenschopf. Er löst sich aus dem Trupp und geht direkt auf Leon zu.

Leon lächelt den Riesen freundlich an und stellt sich vor.

»Eugen von Hohenfels«, antwortet dieser.

Leon hat schon öfter von dem Bruder des Barons gehört! In der Öffentlichkeit sieht man ihn fast nie. Er ist der Kellermeister, ihm schreibt man die großen Gewächse des Hauses zu. Doch wie sein Ruf ihn beschreibt, bleibt er trotz des höflichen Empfangs zurückhaltend und verschwiegen. »Gehen Sie in den Shop, da ist Frau Schorpp, sie wird Sie zu meinem Bruder bringen«, damit wendet er sich wieder ab und gesellt sich zu seinen Arbeitern.

Leon will mit diesem Mann auf jeden Fall noch reden. Er soll ein eigenwilliger Kauz sein, Fremden gegenüber unfreundlich und abweisend. Doch solche Vögel zu knacken, ist sein Job, und als Kellermeister wird er von ihm sicherlich mehr über die Geheimnisse des Weinmachens erfahren als vom Baron selbst.

Der Empfang des Barons von Hohenfels ist im wahrsten Sinne des Wortes einnehmend. Er ist groß gewachsen und schlank, trägt eine grüne Trachtenjacke mit Hornknöpfen. Sein Gebiss strahlt in makellosem Weiß. Seit Neuestem trägt er einen Bart, akkurat kurz und peinlich exakt ausrasiert. Seine Brille ist leicht getönt, dahinter mustern den Gast wache Augen.

Leon sieht das grau gescheitelte Kopfhaar des Barons mit leicht gefärbten, dunklen Strähnchen und amüsiert sich über die hellbraun getönten Barthaare. Als würde man eine Cuvée mit Rot- und Weißwein vermählen, urteilt er, für ihn völlig geschmacklos!

Der Hausherr aber glaubt an seine aristokratische Ausstrahlung und begrüßt Leon wie einen alten Freund. Zuerst reicht er ihm seine rechte Hand, dann legt er die Linke oben auf. Danach klopft er Leon mit der linken Hand auf die Schulter, während seine rechte weiterhin Leons Hand festhält. Dazu lässt er einen wohlformulierten, langen Willkommenserguss auf seinem Anwesen vom Stapel.

Leon wird die Zeremonie bald unangenehm, er zieht seine Hand zurück, doch da greift der Herr Baron von Hohenfels schon wieder danach und fragt in einem fast weinerlichen Ton, was Leon von Hanspeters Tod wisse.

»Nur, was in der Zeitung steht«, antwortet Leon wahrheitsgemäß.

Der Baron schüttelt seinen Kopf. »Selbstmord, wegen eines Sterns? Das will man zunächst gar nicht glauben.« Er scheint tatsächlich bestürzt, jedenfalls gibt er sich Leon gegenüber so.

Trotzdem bezieht Leon sofort Position: »Hanspeter war nicht der Mann, der sich umbringt, der nicht!«

»Meinen Sie?«, wägt der Baron ab, »aber wer soll ihn umgebracht haben? Und gerade Hanspeter?« Der Baron öffnet seine Arme wie ein katholischer Pfarrer während der Wandlung und blickt hilflos zum Himmel.

»Mein Gott, Meinungsverschiedenheiten hatte man mit Hanspeter schnell, aber dabei ging es meist um Politik und Pillepalle«, winkt Leon erst einmal vorsichtig ab, »und trotzdem muss ihn ja jemand auf dem Kicker gehabt haben.«

Noch hält Leon sein Wissen zur geplanten Trennung von Hanspeter und dem Baron hinterm Berg und sucht zunächst einen einschmeichelnden Übergang zu seinem Interview: »Ich denke, Manager und Promoter, wie Sie und er, haben hin und wieder mit Auseinandersetzungen zu rechnen. Sie werden zurzeit auch öffentlich als Marktschreier angegangen, weil Sie Ihre neue Rotwein Cuvée als Bodensee-Bordeaux bewerben.«

Der Baron von Hohenfels lacht breit und winkt ab: »Das ist doch alles nur Marketinggeplänkel.« Doch dann wird er ernst: »Aber uns ist mit unserem Rotwein Cuvée tatsächlich ein großer Schritt hin zu den großen Weinen der Franzosen gelungen. Bodensee-Bordeaux nennen ihn Weinkritiker nicht von ungefähr, ich zitiere nur.«

Der Baron sucht wieder die körperliche Nähe zu seinem Gast, legt Leon einen Arm um die Schulter und bittet ihn: »Kommen Sie, ich zeige Ihnen ein Geheimnis unseres Erfolgs, Sie haben sicherlich schon viel darüber gelesen.«

Der Baron von Hohenfels lässt Leon in seinen schwarzen Mercedes SUV einsteigen, die *Brandenburgischen Konzerte* von Bach erklingen, der Wagen fährt für seine 580 PS überraschend geräuschlos an. »Meine drei Leidenschaften«, verrät der Baron vertraulich mit einem zweideutigen Augenzwinkern und nennt frivol die ersten beiden: »Wein und Autos. Aber dafür haben Sie ja offensichtlich Verständnis.«

Es gibt Situationen, da glaubt Leon, er müsse sich für seinen Porsche rechtfertigen, dann verweist er darauf, dass es ein Freundschaftsdienst war, als er den Wagen, gebraucht und mit Unmengen an Kilometern, von einem klammen Freund übernommen hatte. Bei dem Baron aber darf er zu seinem Besitzerstolz stehen, wobei seine mageren 180 PS gegen die stattlichen 580 PS des SUVs doch nicht mehr so protzig nach einem angeberischen Sportwagen klingen.

»Wann haben Sie Hanspeter das letzte Mal gesehen?«, kann Leon sein wirkliches Interesse kaum zurückhalten. Sein toter Freund ist nun mal der wirkliche Grund seines Besuchs.

»Im Nachhinein muss ich sagen, wir haben uns leider viel zu selten gesehen. So ist es eben, wenn jeder einem erfolgreichen Geschäft nachgeht.«

»Sie beide sind, beziehungsweise waren, die Aushängeschilder unserer Region. Für den besten Bodenseewein steht Ihr Weingut, für die beste Bodenseeküche stand Hanspeter. Sie ergänzten sich und wirkten nach außen unzertrennlich.«

»Wir haben uns unsere Erfolge gegenseitig gegönnt, ja, uns sogar beidseitig unterstützt. Wenn ich Besuch hatte, zum Beispiel aus Berlin den Innenminister oder aus Brüssel die Kommissarin für Landwirtschaft und ländliche Entwicklung, dann habe ich Hanspeter angerufen, die Gäste zu ihm eingeladen und bei Bedarf bei ihm übernachten lassen.«

»Ich habe etliche Flaschen Ihrer Weine bei ihm getrunken«, schmeichelt Leon, »so wurde ich auch zu einem Freund Ihrer Kunst.« Dann schiebt er wie nebenbei nach: »Aber ich glaube, er wollte sich nach neuen Bodenseeweinen umschauen, ich vermute, er wollte eine ganz neue Weinkarte zusammenstellen, ohne die bekannten Klassiker der Traditionsweingüter wie dem Ihren.«

»Schauen Sie, hier sind wir an einem Meilenstein der neuen Weinkultur am Bodensee«, hält der Baron unvermittelt auf einem Feldweg seinen Mercedes an. »Steigen Sie aus.«

Die Sonne scheint in der Zwischenzeit kräftiger, Leon beginnt die Wärme unter seiner Lederjacke zu spüren. Doch kaum steht er neben dem Wagen, nimmt er die noch immer kühlen Winde wahr. Der Baron von Hohenfels ist schon losmarschiert und steht inmitten seiner Reben. »Erkennen Sie, was dies für Reben sind?«

»Wenn die Trauben erntereif sind, kann ich Ihnen sagen, ob sie weiß oder rot sind«, versucht Leon, sich kleinlaut aus der misslichen Lage zu reden. Fragt sich aber selbst, an was man denn bitteschön erkennen könnte, was für Trauben die nackten braunen Zweige mit ihren gerade aufspringenden grünen Knospen im Herbst tragen würden?

»Das ist die Kehrseite des Klimawandels«, lacht der Baron, »jetzt werden die Franzosen ihre Trauben bald kühlen müssen, während diese hier bei uns zur perfekten Reifung gelangen.« Als würde er die dünnen Triebe zärtlich streicheln, fährt der Baron mit seiner rechten Hand über eine Rute und ruft Leon laut zu: »Merlot!«

»Es ist März, gerade mal 11 Uhr, und wir haben schon 18 Grad Lufttemperatur. Deshalb können wir jetzt auch Merlot am Bodensee pflanzen!«, erklärt er weiter. Dabei steht der Baron vor Leon, als wären die frühsommerlichen Temperaturen seinen eigenen Höchstleistungen zu verdanken.

»Niemand kam auf die Idee, hier bei uns Merlot anzupflanzen, weil die Rebe frühreif ist und wir vor Jahren noch im Mai mit Frösten rechnen mussten. Nur dieser Rebe haben die Franzosen ihre großartigen Bordeauxweine zu verdanken«, strahlt der Baron eine unvergleichliche Siegesgewissheit aus, »und jetzt habe ich sie bei uns am Bodensee angepflanzt! Es war zunächst ein Risiko, aber ich habe gewonnen! Deshalb kam dieser Journalist Strizelmaier vollkommen zu Recht auf die Namensnennung Bodensee-Bordeaux.«

Leon weiß, die Bordeaux Cuvées bestehen aus Trauben von Cabernet Franc, Cabernet Sauvignon und hauptsächlich Merlot. Sie gemeinsam machen den Bordeaux zu dem Spitzenwein, nach dem die ganze Weinwelt giert. Deshalb fragt er professionell: »Merlot ist nur ein Teil der Bordeauxweine, woher aber nehmen Sie die fruchtige Note des Cabernet Sauvignon oder die Frische des Cabernet Franc?«

Der Baron lacht breit: »Alles schöne Floskeln der Werbewelt, mein Lieber. Aber der Spätburgunder, den wir hier pflegen, bietet die feinste Grundlage, dazu jetzt die kräftigen Merlot-Trauben, und wir schlagen ein neues Kapitel des Rotweins am Bodensee auf.«

»Der Klimawandel spielt Ihnen in die Hände«, stimmt Leon dem Baron und seiner Vorhersage zu. »Gerade in Südfrankreich haben die Winzer heute längst mit zu trockenen und heißen Wetterperioden zu kämpfen. Aber schafft nicht gerade mehr Sonne auch mehr Öchslegrade und so bessere Weine im Süden als hier bei uns am Bodensee?«, fragt Leon.

»Alles hat seine Grenzen. Mehr Öchsle heißt mehr

Zucker, das heißt mehr Alkohol, aber wo bleiben der Geschmack und die Kraft der Trauben?«

»Herbert Strizelmaier, so heißt der Weinjournalist, der unsere Cuvée mit dem Bordeaux verglich«, setzt der Baron erneut an, »der Mann hat nicht nur eine feine Zunge, sondern auch eine vorausschauende Begabung. Der Markt ist konservativ, das Gedöns um den Bordeaux hat sich in den Köpfen festgesetzt, aber wenn der Klimawandel bei uns am See die gleichen klimatischen Voraussetzungen schafft, wie sie heute um Bordeaux herum herrschen, warum, bitte, sollen wir dann nicht in Zukunft auch hier Weine erschaffen wie die Südfranzosen heute?«

»Weil wir nicht das Terroir haben?«

»Hören Sie doch auf mit diesen Marketingsprüchen! Auch rund um Bordeaux ist die Bodenbeschaffenheit immer wieder eine andere, und so ist es auch bei uns am See. Zunächst zählen die Trauben. Über die Hälfte des Bordeauxweins besteht aus Merlot, und der wächst jetzt auch bei uns, c'est comme ça!«

»Und jetzt nennen Sie Ihren Bodenseewein einfach Bordeauxwein?«

»Bordeaux ist ein Marken- und Werbebegriff! Wir verkaufen auch Burgunderweine, und Burgund liegt 400 Kilometer von hier entfernt in Frankreich. Oder mein Daimler wurde auch nicht in Sindelfingen gebaut, sondern im österreichischen Graz.«

»Aber Burgunder Weine sind von Burgunder Reben, und Ihr österreichischer Daimler ist von Ingenieuren von Daimler entwickelt und von Arbeitern von Daimler gebaut«, beharrt Leon.

»Mit chinesischen Teilen«, lacht der Baron, »und mein Bordeaux ist aus Trauben von Bordeaux Reben, die Setzlinge habe ich vor fünf Jahren selbst aus Bordeaux mitgebracht.«

Leon zückt sein Handy, bittet den Baron, so zu tun, als würde er die Ruten binden. Der Baron lacht in die Kamera: »Die Kamera, genauer Ihr Handy, ist, wie ich sehe, aus den USA. Gebaut wurde es in China. Aber als Bildnachweis wird Ihr Name, Leon Dold, darunter stehen.« Dann schaut er ihn provozierend an und ergänzt: »Und ich bin auf dem Foto zu sehen, und es ist doch ein Leon-Dold-Bild.«

Leon hat keine Lust, sich weiter auf diese Diskussion einzulassen. Natürlich weiß der Baron, dass der Name Bordeaux im Weinhandel einer geschützten Herkunftsbezeichnung unterliegt, wie er auch keinen Champagner verkaufen darf, sondern nur Bodenseesekt, höchstens mit dem Zusatz: »Nach Champagnermethode erzeugt.« Aber er ist wegen Hanspeter, beziehungsweise seinem für ihn fraglichen Selbstmord hier, also setzt er erneut an: »Sie haben mir immer noch nicht verraten, warum Hanspeter nicht mehr von Ihnen beliefert werden wollte?«

»War das so?«, kontert der Baron gelassen.

»Ja, da bin ich sicher«, lügt Leon frech, »ich denke, er hat durch Ihre Bordeaux-Vergleiche die Bodenseephilosophie verraten gesehen, er aber wollte nur reinen Bodenseewein anbieten.«

»Dass ich nicht lache, made by Bodensee!«, winkt der Baron verächtlich ab. »Wo kamen denn seine Lachsforellen her, die er regelmäßig auf seine Speisekarte schrieb? Als würde es Lachsforellen überhaupt geben, und dann noch in dieser Menge aus dem Bodensee? Oder Fleisch von Tieren von Bodenseebauern, wo, bitte, weiden die vielen Kälber, von denen er seine Wiener Schnitzel, Kalbskoteletten oder sein Geschnetzeltes vom Kalb brät? Ich weiß genau, wer von unseren Jägern welche Köche in unserer Region mit Reh beliefert. Hanspeter zählte nicht zu den Top-Abnehmern, doch stand bei ihm das ganze Jahr über Rehrücken auf der Speisekarte, selbst in den Schonzeiten.«

Plötzlich sieht Leon in den bisher freundlichen Augen des Barons Verachtung aufblitzen: »Überlassen wir diese Märchen doch den Touristik-Magazinen, für die Sie sicher auch schreiben. Aber Sie wissen doch selbst, wann Sie beim Tippen Ihrer romantischen Geschichten rot werden«, zischt er böse.

»Würde ich Ihr Rotwein Cuvée Bodensee-Bordeaux nennen, würde ich nicht nur rot werden, sondern bekäme sicherlich Ärger mit der französischen Schutzgemeinschaft«, giftet Leon verärgert zurück, um aber sofort wieder versöhnlichere Töne anzuschlagen: »Aber mit Ihrer Kritik der Bodenseetümelei mögen Sie sicherlich recht haben. Von regionaler Küche redet jeder, aber woher die regionalen Lebensmittel in den Mengen, wie sie die Köche benötigen, kommen sollen, darüber macht sich in Zeiten des Bauernsterbens keiner Gedanken.«

Bei seinen letzten Worten lächelt er den Baron freundlich an: »Das hat aber alles leider nichts mit Ihrem Bordeaux und Hanspeters Tod zu tun.« Mit einem vertrauensvolleren Ton in seiner Stimme setzt er nach: »Wir glauben doch beide nicht, dass ein Mann wie Hanspeter sich umgebracht hat! – Aber wer hat ihn auf dem Gewissen? Und wissen Sie, wie er sich umgebracht haben soll?«

»Es soll eine Überdosis gewesen sein«, antwortet der Baron cool, »haben Sie gewusst, dass er gekokst hat?«

Leon ist, als hätte der Baron ihm einen Schlag in die Magengrube versetzt. Er kann seine Überraschung nicht verbergen und schaut den Baron verblüfft an.

Dieser genießt seinen Wissensvorsprung und redet ungerührt in einem unverfänglichen Plauderton weiter: »Mein Rauschmittel ist die Natur, der tägliche Blick auf den See. Schauen Sie sich das an«, zeigt der Baron mit weit ausgestrecktem rechtem Arm hinunter auf die in der Mittagssonne glänzende Wasseroberfläche und das Alpenpanorama in der Ferne. »Und zugegeben, dazu unser Wein«, lächelt er, »da brauche ich kein Kokain.«

Leon zwingt sich, ruhig zu atmen, er fängt sich langsam wieder und nimmt, wie programmiert, die Verteidigungsposition für seinen toten Freund ein: »Das unterstellt man vielen erfolgreichen Köchen gerne, nur weil Eckart Witzigmann vor vielen Jahren wegen Kokainbesitz verurteilt wurde.«

Eine Ex-Freundin des Starkochs Witzigmann, der damals frisch geschieden war, hatte ihn angeschwärzt. Witzigmann räumte ein, wegen privater Probleme in einem Akt der Selbstzerstörung längere Zeit Kokain konsumiert zu haben.

»Wenn Sie schon diese Parallele ziehen: Ich weiß nicht, wie Hanspeter die Trennung von seiner Frau Isabel verkraftet hat«, sinniert der Baron listig weiter. »Jedenfalls redet man darüber, dass ihn eine Überdosis, von was auch immer, umgebracht hat.«

Leon ist sprachlos.

Der Baron freut sich über seinen offensichtlichen

Punktesieg und gibt sich als interessierter Aufklärer: »Warum der Kerl sich dann aber zum Sterben in seinen Kühlraum gesetzt hat, das versteht wohl selbst die Polizei nicht.«

»Ob er sich selbst hineingesetzt hat?«, steckt Leon die Neuigkeit schnell weg und hakt nach: »Woher wollen Sie das alles wissen?«

Der Baron lächelt überlegen: »Man hat so seine Quellen, das müssten Sie als Journalist doch wissen.«

Leon fühlt sich ertappt. Verdammt, wie kann er so uninformiert dem Baron gegenübertreten. Er muss dringend mehr über den Tod Hanspeters erfahren, bevor er sich weiterhin irgendwelchen seiner Verdächtigen nähert. Er traut dem Baron nicht über den Weg, aber hat sich ihm blind ausgeliefert.

Doch wenn Hanspeter gekokst hätte, müsste Leon es wissen. Er hat zu viele Nächte mit ihm durchgemacht. Aber dass jetzt dieser Baron mehr über den Tod seines Freundes weiß als er, das geht gegen seine Berufsehre, gerade als ehemaliger Polizeireporter.

Gleich nach dem Besuch des Weinguts muss er seinen Schachkollegen kontaktieren. Soll der Herr Sibold ihm seinen Turm schlagen oder nicht, er muss ihn als Kommissar zum Stand der Ermittlungen sprechen.

Zunächst aber hofft er, sich jetzt noch etwas Klarheit zu der Ansammlung der verschiedenen Rotweinflaschen in Hanspeters Büro verschaffen zu können. Weiß der Baron etwas über die offensichtliche Weinprobe seiner Spätburgunder am vermutlich letzten Abend mit Hanspeter, bevor er verstarb?

Beziehungsweise ermordet wurde!

»Lassen wir die Polizei ermitteln«, sucht Leon nach einem unverfänglichen Übergang. Er gibt sich jetzt wieder als der Weinjournalist, der sich nur für dieses sensationelle Rotwein Cuvée des Barons interessiert, und äußert den Wunsch, der Baron möge ihm seinen Weinkeller für ein paar Aufnahmen öffnen.

»Natürlich, ich bitte darum«, schiebt der Baron die kurze, aufflammende Meinungsverschiedenheit souverän beiseite, »ich habe meinem Bruder Ihren Besuch angekündigt, Sie wissen, im Keller ist Eugen meine rechte Hand.«

Leon mag keine SUVs. Auch diese G-Modelle scheinen ihm, vor allem wenn er die großen Karren im Rückspiegel sieht, wie protzige, aggressive Monster. Aber als er jetzt in den weichen Ledersitzen von dem Baron fast geräuschlos über die Feldwege der Rebhänge am Nordhang des Bodensees beinahe getragen wird, dazu spielen in der Zwischenzeit Trompeten und Violinen das vierte der *Brandenburgischen Konzerte*, da fühlt er sich selbst wie ein adliger Herr auf dem Beifahrersitz des feudalen Wagens.

Frech fragt er den blaublütigen Gutsbesitzer: »Als ein Bordeaux-Vigneron würde Ihnen doch ein Titel als Marquis oder Comte besser zu Gesicht stehen.«

»Mein Lieber, ich verstehe Ihre Intension«, klärt ihn der Herr Baron von Hohenfels mit staatstragender Stimmlage von oben herab hochnäsig auf, »aber auch Baron ist ein französischer Adelstitel! In meinen Adern fließt französisches Blut! Es war ein Baron de Rais von Montmorency, der mit Napoleons Truppen um 1800 sich hier am Bodensee auf Hohenfels nach der Säkularisierung niederließ. Sicher kommt daher auch meine Liebe für die kräftigen französischen Rotweine, wie wir sie hier bisher leider am See nicht schaffen konnten.«

»Daher auch Ihre Liebe für echte Bordeaux-Flaschen?«, konfrontiert Leon ihn mutig mit seinem Verdacht, dass diese verdammte Flasche ohne Etikett aus Hanspeters Büro doch eine weitere unlautere Marketingstrategie des Barons verkörpern könnte.

»Sie meinen für Bordeaux-Weine?«, weicht der Baron zunächst aus.

»Nein, ich meine, so wie Sie für Ihren Wein schwärmen und ihn mit Bordeaux-Wein vergleichen,« spricht Leon seinen Verdacht jetzt einfach noch klarer und deutlicher aus, »so könnten Sie Ihre rote Cuvée doch auch gleich in die klassische Bordeauxflasche mit dunklem Grün, breiten Schultern und leicht gewölbtem Boden abfüllen. Das wäre doch stilecht!«

Zum ersten Mal sieht Leon im Seitenprofil in dem Gesicht des Barons eine kurze Unsicherheit aufflackern. Seine ebenmäßigen Züge erstarren, seine Zunge fährt aufgeregt über die Oberlippe, mit der rechten Hand streicht er sich über die Nase. Statt einer Antwort stellt er zunächst die Musik im Auto leiser und dann die in dieser Situation unbeholfenste Gegenfrage: »Wie kommen Sie darauf?«

»Nun ja«, lächelt Leon und fühlt sich wieder selbstsicherer, »Ihre Burgunder-Weine verkaufen Sie in der klassischen Burgunder-Flasche, demnach könnten Sie Ihre Merlot Cuvées in der edlen Bordeaux-Flasche abfüllen. So würde die Flasche schon verraten, was sich darin befindet, warum nicht?«

Der Baron blickt kurz zu Leon auf den Beifahrersitz hinüber, mustert ihn unsicher, schaut wieder angestrengt geradeaus auf den Weg und redet langsam, als würde er über Leons Idee nachdenken: »Da haben Sie sicherlich recht, das habe ich mir noch gar nicht überlegt. Eine gute Idee!« Souverän lächelnd fügt er hinzu: »War das eine Bewerbung für unsere Marketingabteilung?«

»Ich glaube, ich würde lieber bei Ihnen als Winzer in den Reben arbeiten, ohne Zweifel einer der schönsten Arbeitsplätze am See«, steuert Leon das Gespräch wieder in freundschaftlichere Gefilde. »Wobei ich denke, der Wein wird in diesem Falle im Keller gemacht, das trifft doch auf jede Cuvée zu, oder?«

Der Baron nickt Leon verunsichert zu, vermutlich fragt er sich längst, was der Journalist mit seinen verschiedenen Fragen tatsächlich von ihm will, und gibt etwas mehr Gas.

Leon spürt, wie der große Wagen anzieht, gleich sind sie zurück auf dem Weingut.

In Deutschland waren die französischen Cuvées lange als Verschnitt verpönt. Die französischen Winzer aber beherrschten schon immer die Kunst, Weine zu vermählen, damit schaffen sie aus verschiedenen Trauben vielschichtige Kompositionen. Allerdings ist dabei das Fingerspitzengefühl der Kellermeister gefragt.

»Ich freue mich darauf, Ihren Bruder kennenzulernen«, unterbricht Leon die Stille im Auto, allerdings erst, als der Baron den Wagen schon vor dem Weinkeller parkt.

Leon erhofft sich ein paar romantische Aufnahmen in dem alten Keller des Weinguts für seinen Bericht. Er kennt das Kellergewölbe, das schon vor Jahrhunderten von den Mönchen in den Molassefels getrieben worden war. Wo einst die Eichenfässer der Mönche lagerten, stehen heute große glänzende Stahltanks. Die Eichenfässer liegen weniger romantisch in einem neu ausgebauten garagenähnlichen Nebenraum.

Doch zunächst führt ihn der Baron in ein modernes gläsernes Abteil des Kellers. Hier erinnern Glasschränke, weiße Arbeitsflächen, Mikroskope, Reagenzgläser und digitale Waagen eher an ein Labor.

Eugen von Hohenfels nippt aus einem Reagenzglas an einer Flüssigkeit, die wie Weißwein aussieht, und nickt Leon grüßend zu: »Wir überprüfen hier die Gärkontrollen und Mostgewichtsbestimmungen, aber ich verkoste lieber«, schmunzelt er sympathisch. Hier in seinem Refugium wirkt der große, stattliche Kellermeister plötzlich gar nicht mehr so abweisend.

»Wir müssen die Hefen und Bakterien überprüfen, den Säureabbau und die pH-Werte«, erklärt der Baron fachmännisch, »mein Bruder Eugen meint, das brauche er alles nicht, dafür habe er Nase und Gaumen.« Er zeigt auf einen Stapel Papiere: »Hier wird alles dokumentiert: Jahrgang, Rebsorte, Rebalter, Lage, Bodenbeschaffenheit und der Ertrag je Hektar, denn der ist genau vorgeschrieben! Dazu kommen der Alkoholgehalt, Restzucker, Ausbau et cetera.«

»Laut Bibel hat Noah schon den ersten Wein gekeltert. Ich weiß nicht, ob er schreiben konnte«, scherzt Eugen von Hohenfels verschmitzt. »Ich gebe zu, Zahlen und moderne Technik sind nicht meine Welt, ich höre lieber, was der Wein mir im Gärspund erzählt, und nehme während der verschiedenen Entstehungsphasen meine Proben aus dem Fass.«

»Gleichgültig wie, Sie haben Erfolg, sonst würde man Ihre neue Rotwein Cuvée nicht mit einem Bordeaux vergleichen«, steuert Leon das Gespräch ohne Umschweife auf sein Thema.

Eugen von Hohenfels wirft einen kritischen Blick zu seinem Bruder, dem Baron. Leon scheint, als sähe er ein eher abfälliges Lächeln in dem bärtigen Antlitz: »Dieser Vergleich ist absurd! Ich denke, Sie sind Weinjournalist, dann sollten Sie diesen Unsinn und solche Vergleiche unterlassen!«, gibt er sich schnell wieder abweisend.

Leon blickt irritiert zu dem Baron und lächelt dem Kellermeister süffisant ins Gesicht: »Ihr Bruder meint, wer mit Merlot-Reben aus Bordeaux eine Cuvée schafft, darf in dem Namen des Weins auch auf den Ursprung der Reben verweisen.«

»Wollen Sie mit mir oder mit meinem Bruder reden?«, kontert Eugen von Hohenfels plötzlich äußerst bissig.

»Ich wundere mich nur, dass Sie so konträrer Meinung sind«, bleibt Leon cool.

»Sind wir!«, antwortet der Kellermeister scharf und kurz angebunden.

»Dann reden wir über Ihr Bodensee-Rotwein Cuvée«, lenkt Leon schnell ein und lässt sich erklären, wie Eugen von Hohenfels zunächst den Merlot im Stahlfass ausbaut und dann im Barriquefass mit dem Spätburgunder des Weinguts zusammenführt. »Es ist immer ein Versuch, noch feinere Aromen und blumigere Noten zu schaffen«, ist er plötzlich wieder verbindlich. »Jetzt geben wir noch 15 Prozent Cabernet

Sauvignon hinzu, das schafft eine konzentrierte Frucht, mit einem Dornfelder schenken wir der Cuvée noch ein dunkleres Rot.«

»Bauen Sie den auch selbst an?«, wundert sich Leon.

»Noch nicht, aber 15 Prozent der Trauben aus unserem badischen Weinbaugebiet dürfen wir von einem anderen Winzer hinzugeben, das ist erlaubt, ohne dass wir das Prädikat Bodenseewein verlieren, und da kommt es mir drauf an!«

»Wir reden also über eine authentische Bodensee Cuvée, richtig?«, fragt Leon.

»So steht es auch auf dem Etikett, selbstverständlich, Bodensee-Rotwein Cuvée, Weingutabfüllung! Und kein Wort mehr!«

»Sind Sie Purist?«, entgegnet Leon.

»Was heißt das?«, will der Weinmacher wissen.

»Dass Sie Ihren Wein rein, ohne fremde Trauben und sonstige Zusätze machen wollen?«

»So macht man Wein!«, grummelt der Kellermeister in seinen zerzausten Bart. »In unserem Bodenseewein sind Bodenseetrauben und das Terroir des Bodensees, darauf kommt es an!«

»Wenn man Bodenseewein machen will, wohl schon,«, gibt Leon klein bei.

»Ich weiß,« bringt Eugen von Hohenfels sein Anliegen auf den Punkt, »manche sehen heute in Wein nur einen Verkaufsartikel. Aber für mich ist Wein lebendig. Ich will den Geschmack unserer Trauben herausfiltern, ihr Potenzial offenbaren und nicht verfälschen oder in fremde Richtungen drängen. Deshalb halte ich nichts von technischen Kinkerlitzchen. Wenn die Komponenten der Süße und Säure, Textur, Extrakt und Farbe harmonieren, dann bin ich glücklich.«

Leon sieht die glänzenden Augen des Lockenkopfs. Er schaut zu dem Baron, der herablassend lächelnd neben seinem Bruder steht. Leon weiß nicht recht, wie er das Grinsen werten soll. Er sieht darin gleichzeitig Verachtung und Achtung, deshalb fragt er den Baron direkt: »Sind das nicht schöne Sätze für meinen Artikel über Ihren Wein?«

»Freilich, schreiben Sie das«, erwidert er freizügig und fügt distanziert hinzu: »Ich sehe, Sie verstehen sich, dann darf ich Sie allein lassen, ich habe noch zu tun, Sie entschuldigen mich?«

Leon bittet die beiden Herren, mit Blick in den Hintergrund des Kellergewölbes, etwas enger zusammenzustehen und zückt sein Handy. »Ein Bild von den erfolgreichen Weinbrüdern des Weinguts von Hohenfels, danke, das kommt gut«, sagt er und will es den beiden Herren zeigen.

Der Baron schaut neugierig auf das Display. Er kontrolliert, wie er auf dem Bild wirkt. Seinen Bruder dagegen interessiert die Aufnahme offensichtlich wenig. Er greift schon wieder zu seinem Reagenzglas und kostet daran.

Kaum ist der Baron weg, wendet sich Leon an den Kellermeister: »Wenn Sie sagen, Sie hören, was Ihnen der Wein im Fass erzählt, was verrät er denn?«

»Wenn es im Gärspund stark sprudelt, ist es ihm im Fass zu warm, dann kühle ich es ab. Man kann die Temperatur von außen regeln, ohne in den natürlichen Gärprozess einzugreifen, denn das machen wir nicht! Wir fügen keine Enzyme oder Hefen hinzu, natürlich auch weder Zucker noch Most.«

»Darf ich?«, fragt Leon und greift zu einem weiteren Reagenzglas, in dem sich offensichtlich ebenfalls Weißwein befindet.

»Greifen Sie zu«, wirkt der Kellermeister ohne seinen Bruder plötzlich unbefangener und zugänglicher, »sagen Sie mir, was Sie schmecken?«

»Feine Fruchtaromen, dezente Säure«, lässt Leon ein paar Weinfloskeln vom Stapel. Zuvor hatte er schon »Weißburgunder« auf den Papieren vor ihnen gelesen, also schiebt er, als wäre er unsicher und doch Kenner, fragend nach: »Weißburgunder?«

»Sehr gut,« freut sich Eugen von Hohenfels, nimmt zwei andere gefüllte Reagenzgläser, gibt eines Leon und stößt erneut mit ihm an.

Leon riecht kurz, schielt über die Papiere vor sich, findet aber dummerweise diesmal keinen Eintrag. Also nimmt er einen kleinen Schluck, zieht den Wein mit viel Luft über die Lippen ein, spielt mit der Zunge, schluckt schließlich und schmunzelt: »Klar und deutlich«, freut er sich, »eine meiner derzeitigen Neuentdeckungen von Ihnen, kann man nicht verwechseln, schmeckt wie Tausendundeine Nacht mit Rosenblättern, Litschi und Nelken«, ist er sich bei diesem Wein sicher und bestimmt: »Muskateller.«

»I bi de Eigän«, bestätigt ihm Eugen von Hohenfels in breitem Alemannisch seinen Tipp und hebt sein Glas.

»Ich heiße Leo«, freut sich Leon, dass er dem offiziell unnahbaren Bruder des Barons so schnell näherkommt, und fügt lächelnd hinzu: »Baron von Eigän.«

»Du hast es wohl mit Titeln?«, fragt dieser streng. »Aber seit 1919 ist der Adelsstand in Deutschland aufgehoben und somit das ›von‹ gestrichen. Und spätestens seit 2014 schützt die kontrollierte Herkunftsbezeichnung nach EU-Recht den Namen Bordeaux für die Weine von dort.«

Dann aber lächelt er Leon auch schon wieder freundlich zu und schaut versonnen in sein Reagenzglas: »Als ich das erste Mal den Muskateller trocken ausgebaut habe, hat mein Bruder gesagt, das ginge nicht, die Kunden wollen den Muskateller süß. Den hier habe ich seit zwei Jahren im Fass. Ich habe die Gärung früher gestoppt, gebe nichts weiter hinzu und überlasse das Aromenspiel der kräftigen Traubenfrucht und dem natürlichen Restzucker.«

»Und was sagen die Kunden?«

»Ich finde, uns ist damit ein ganz besonderer Bodenseewein gelungen!«, ignoriert der Kellermeister Eugen von Hohenfels die Frage nach den Kunden und lacht: »Den trinken wir auch gerne selbst!«

»Ich habe ihn das erste Mal bei Hanspeter getrunken, auch er war begeistert«, steuert Leon seinen Beweggrund an, warum er tatsächlich hier ist. »Hast du gewusst, dass er auf der Suche nach neuen Bodenseeweingütern war und euer Weingut von seiner Lieferantenliste streichen wollte?«

»Ich? Nein!«, schüttelt Eugen von Hohenfels entschieden seinen bärtigen Schädel. »Ich kümmere mich nur um die Weinberge und den Keller. Verkauf und Marketing sind Sache meines Bruders.«

»Du kanntest Hanspeter aber?«

»Kaum, warum auch? Ich bin hier im Keller und er im *Adler*. Mein Bruder hat ihn ein- oder zweimal hier durchgeschleppt, aber ich habe meist zu tun.«

»Du bist der Schöpfer der neuen, erfolgreichen Cuvées, da müssten dich die Lobgesänge auf deinen neuen Roten doch freuen?«

»Es kommt immer darauf an, wer ihn lobt«, brummelt der Kellermeister, »im Wein liegt Wahrheit!«, lacht er. »Aber mir scheint, Wahrheit ist heute wenig gefragt.«

»Wie meinst du das?«

»Mein junger Freund, wenn ich für den Markt finanziell erfolgreiche Weine machen will, so wie es mein Bruder sich vorstellt, kaufe ich bei den kleinen Wengerten billige Ernten ein und veredle den Most, klebe unser Etikett darauf und ein Bildchen vom Bodensee.«

»Dann wäre es aber nicht mehr euer authentischer Wein des Weinguts Baron von Hohenfels, oder wie siehst du das?«

»Wie ich es sehe, lassen wir mal dahingestellt. Wer wird es schmecken? Ich kann jeden Wein fälschen, und niemand merkt etwas!«

Leon schaut ungläubig.

Der Kellermeister lächelt verschlagen: »Du weißt doch, wie Lebensmittel heute mit Aromastoffen gefälscht werden. Faules Holz schafft im Joghurt himmlischen Erdbeergeschmack, und im Stahltank sorgen Eichenspäne für edlen Barriquegenuss.«

»Meist mit zu viel an Vanille und Zimtgeschmack«, winkt Leon ab.

»Man kann Wein zuckern und entsäuern, es gibt Hefen, die bei der Gärung Geschmacksbilder erzeugen, nach denen du dir die Zunge leckst. Man kann künstliche Tannine zuführen, das ist heute gang und gäbe, und kein Hahn kräht danach. Es dreht sich immer nur ums Geld!

Wichtig ist, dass Weine schnell verkäuflich sind. Aber glaube mir, auch Weißweine brauchen Zeit, viel Zeit, und nur Zeit schafft letztendlich ehrliche und gute Weine!«

»Demnach braucht man heute als Weintrinker Vertrauen zu seinem Winzer«, resümiert Leon. »Hatte denn Hanspeter kein Vertrauen mehr zu dir?«

»Was soll die dumme Frage?«, herrscht Eugen von Hohenfels Leon verärgert und barsch an. »Ich erzählte dir, was machbar ist, um dir zu verdeutlichen, dass wir hier mit all diesem Weinschönen, wie das manche nennen, nichts zu tun haben, und du kommst mir so?«

»Ich frage mich eben, warum Hanspeter plötzlich keine Weine mehr von deinem Weingut auf seiner Weinkarte haben wollte, und …«, Leon hält kurz inne.

»Und was?«, zischt der Kellermeister.

»Ja, verdammt, und warum er ermordet wurde?«

»Willst du noch etwas zu unserem Weinkeller wissen?«, knurrt Eugen von Hohenfels deutlich verärgert und jetzt abweisend. »Ansonsten ist das Gespräch für mich beendet, und ich darf dich bitten zu gehen.«

Warum auch immer er dem SUV des Baron von Hohenfels folgt, weiß er nicht. Vermutlich ist es seine alte Polizeireporter-Ader. Gleich nach Leons Besuch ist der Weingutbesitzer in seinen dunklen Daimler gestiegen und losgeprescht.

Leon hatte sich nach dem halben Rauswurf von Eugen von Hohenfels nur einige 100 Meter vom Weingut entfernt, in das junge grüne Frühlingsgras des Weinbergs in die Mittagssonne gelegt. Er sinnierte über das Verhältnis der beiden Brüder. Der Baron ist für ihn schlichtweg ein eitler, geldgeiler Adelsspross. Ihm traut er jede Gemeinheit zu. Auch den Mord an Hanspeter? Vielleicht, um nicht seinen guten Ruf zu verlieren?

Seinen Bruder Eugen dagegen kann er von seiner Liste der Tatverdächtigen streichen. Er hat offensichtlich nur seinen Wein im Kopf, und zu allem hin ist er ihm mit seiner Kellermeisterphilosophie mehr als nur sympathisch. Persönlich allerdings scheint er doch eine etwas zwiegespaltene Persönlichkeit zu sein schein. Doch so unnahbar, wie oft beschrieben, hat er sich ihm gegenüber nun nicht gegeben. Meist weiß Leon schnell das Eis zu seinen Interviewpartnern zu brechen, auch gegenüber Eugen von Hohenfels ist ihm dies heute offensichtlich mal wieder gut gelungen.

Leon lässt viel Abstand zwischen dem Baron vor sich und ihm. Er ist ihm, als er ihn losfahren sah, sofort gefolgt. Der Weingutsbesitzer chauffiert seine dicke Karre über kleine Landsträßchen durch das Salemer Tal. Plötzlich sieht Leon den rechten Blinker an dem SUV aufleuchten. Er bremst ab und sieht den Daimler in einen asphaltierten Feldweg einbiegen.

Er kann ihm jetzt unmöglich folgen, der Baron würde ihn unweigerlich im Rückspiegel entdecken. Er gibt Gas und fährt an dem Weg vorbei, in den der SUV abgebogen ist. Er schaut ihm neugierig nach und hätte beinahe den entgegenkommenden Lastwagen auf der engen Straße vor sich übersehen. Schnell zieht er seinen Porsche nach rechts. Im Rückspiegel erkennt er, dass der Lastwagen ein Tanklastzug ist und ebenfalls in das kleine Seitensträßchen abbiegt.

Damit ist seine Neugier endgültig geweckt. Kein Weg

ist vergebens, sagt eine alte chinesische Weisheit, an die er sich erinnert. Er biegt kurz entschlossen in den nächsten rechten Feldweg ein und versucht, in 100 Meter Sichtweite parallel mit dem Lkw Schritt zu halten.

Das Sträßchen des Lastwagens bleibt im Tal, Leons Feldweg dagegen führt auf eine kleine Anhöhe. Von hier aus sieht er, wie der Lkw in ein großes Gehöft einfährt. Mehrere Gebäude stehen im Rund eines großen Gutshofs, hinter dessen Mauern der Lastwagen verschwindet.

Leon fährt noch ein paar Meter bis zu einem Gebüsch, hinter dem er seinen Porsche versteckt. Hinter seinem Fahrersitz liegen immer Laufschuhe, die er sich jetzt schnell anzieht. Gemütlich trabt er los Richtung Gehöft.

Noch scheint die frühlingshafte Märzsonne. Es ist heller Mittag. Leon weiß, dass man ihn schon von Weitem sehen kann, trotzdem läuft er wie ein unbedarfter Jogger über einen Spazierweg zu der Einfahrt des Gutshofs. Stattlich, wie das Gehöft vor ihm liegt, erkennt er, dass es vermutlich früher eine ummauerte Meierei des ehemaligen Klosters Salem war. Das Anwesen ist in die Jahre gekommen, trotzdem verraten zahlreiche frisch gedeckte Dächer, die Leon über die Mauern sehen kann, dass mehrere Gebäude des Hofs neu hergerichtet worden waren. Nur die landwirtschaftlichen Scheunen am Rande der Gutsmauern scheint der heutige Besitzer dem Verfall zu überlassen.

Leon läuft direkt auf die Einfahrt zu. Auch hier ist ihm die Sicht in den Hof durch ein großes, neu eingepasstes Tor versperrt. Es misst über vier Meter Höhe und hat zwei schwere Flügeltüren. Leon sieht die integrierten Elektroantriebe an den Torpfosten montiert und entdeckt auch schon zwei Überwachungskameras. Hier ist kein Hineinkommen. Schnell läuft er, wie zufällig, weiter an der Hofmauer entlang.

Es ist einfach noch viel zu hell, um das rätselhafte Anwesen unbemerkt in Augenschein nehmen zu können. Er hatte gerade noch gesehen, wie hinter dem Tanklastwagen, nachdem dieser in den Hof gefahren war, das große Tor sich sofort wieder schloss. Leon ist sich sicher, dass sich auch der Baron im Inneren des Landguts befindet. Was die da wohl treiben?, fragt er sich und will sich unbemerkt zurückziehen.

Da sieht er an der Rückseite des Hofguts einen Kastanienbaum an der Mauer stehen, dessen dicke Äste bis zu dem Dach eines Gebäudes im Inneren reichen. Leon schaut sich kurz um, läuft zu dem Baum und hangelt sich schnell über die starken Zweige auf das Dach des Gehöfts.

Er traut den alten Biberschwanzziegeln der Scheune kaum. Man sieht auf der Oberfläche der vermoosten dunkelroten Ziegel noch die lang gezogenen Fingerspuren der Mönche, die sie vermutlich vor Jahrhunderten gebrannt haben. An einer Stelle ist das Dach eingebrochen.

Leon legt sich flach auf die Ziegel und robbt vorsichtig an die Öffnung. Er zieht sich über das Loch und schielt in das Dunkel des Schuppens unter ihm. Schemenhaft erkennt er tief unten alte landwirtschaftliche Geräte, doch kein Mensch scheint in dem Gebäude zu sein. Einige Ziegelstücke fallen in die Tiefe, aber es bleibt ruhig im Schuppen.

Die tragenden Balken des Dachstuhls scheinen noch in Ordnung zu sein, nur die Dachlattung ist verfault. Leon dreht sich auf den Rücken. Vorsichtig schiebt er seinen Po bis vor das Loch, lässt die Beine hineinbaumeln, schiebt mutig seinen Hintern nach, gleichzeitig sucht er im Ungewissen mit den Füßen einen Halt, findet aber keinen festen Stand, weswegen er sich immer tiefer in die Öffnung schieben muss. Vorsichtig hangelt er sich, wie ein Turner an der Reckstange, in das Innere. Ängstlich tastet er mit seinen Händen an einem Kehlbalken entlang Richtung Dachneige. Glücklicherweise findet er, bevor ihn die Kraft in den Fingern verlässt, einen festen Untergrund auf einem Querbalken, sodass er sich langsam vom Dachstuhl in die Tiefe des Schuppens hangeln kann.

Wie er da wieder rauskommen soll, will er sich jetzt lieber nicht überlegen. Er will jetzt wissen, ob der Baron tatsächlich in dem Gehöft ist, und wenn ja, was er hier treibt.

Durch die Ritzen des Bretterschuppens fällt genügend Licht, wodurch Leon sich orientieren kann. Er steht auf einem Naturboden, um ihn herum landwirtschaftliche Geräte, die aber offensichtlich schon länger nicht mehr genutzt werden. Er fühlt sich wie im Auto- und Traktormuseum in Uhldingen. Was will der Baron mit all diesem altertümlichen Unnütz?, fragt er sich.

Leon muss sich erst mal orientierten. Hinter ihm muss die Außenmauer verlaufen, vor ihm der Innenhof liegen. Er schielt durch eine Ritze, erkennt weitere landwirtschaftliche Gebäude, die zum Teil frisch errichtet wurden. In der Mitte verhüllen Eternitplatten eine große Halle, aus der verschiedene Rohrleitungen in ein weiteres Nebengebäude führen, das ebenfalls offensichtlich neu ausgebaut worden war.

Er kann aber jetzt nicht einfach da hinausmarschieren, wird ihm klar, aber er will wissen, was in den beiden neuen Hallen vor sich geht. Hilflos blickt er sich um und sieht durch den Spalt, wie zwei Männer aus einer kleinen Tür aus dem größeren der beiden Gebäude herauskommen und direkt auf den Schuppen zugehen, in dem er steht.

Die beiden sind in ihren weiß-blau gestreiften Winzerjacken leicht als Arbeiter des Gehöfts zu erkennen. Sie wirken wie Pat und Patachon. Der ältere, dicklichere, trägt ebenso einen Schnauzbart wie einst der dänische Komiker. Auf seinem Kopf sitzt eine alte Schiebermütze. Sein jüngerer Kollege dagegen ist großgewachsen und trägt ein Basecap. Sein Gesicht ist schmal geschnitten, sein Dreitagebart länglich in den Wangen ausrasiert, ein hagerer Lulatsch neben seinem kleinen Kollegen.

Leon atmet auf, kurz vor dem Tor des Schuppens bleiben sie vor einer Metalltonne stehen. »In zwei Stunden ist Feierabend«, hört Leon den älteren der beiden sagen, während sie aus ihren Arbeitsjacken ihre Zigarettenpackungen ziehen. »Dann kann der Franzose verschwinden, und wir können zu Trude.«

»Morgen früh müssen wir den Weißburgunder verladen«, erinnert der jüngere an das geplante Vorhaben und streckt seine müden Glieder, als graue es ihm schon jetzt vor dem Aufstehen.

»Es wird Zeit, dass die Paletten rauskommen«, bestimmt der ältere, »am Wochenende wird's hart, da müssen wir am Samstag und am Sonntag ran. Ich will mit den Chinesen so wenig wie möglich zu tun haben.«

»Die Schlitzaugen sind mir eh nicht geheuer, und dann noch die Menge an Flaschen. Ob das überhaupt funktioniert?«

»Wenn morgen die Bordeaux-Flaschen ankommen und wir die Etiketten haben, warum nicht?«

Dann schweigen beide.

Leon schwirrt der Kopf. Was geht hier ab? Bordeauxflaschen werden im Hinterland des Bodensees abgefüllt? Und was hat das mit Chinesen zu tun? Wollen die Bodenseewein in Bordeaux-Flaschen verkaufen?, überlegt er, aber nur kurz. Der Gedanke scheint ihm dann doch zu abwegig. Eine allzu dumme Idee, denkt er.

Während die beiden friedlich weiter rauchen, wird Leon aber auf jeden Fall klar, dass das Gehöft dem Baron gehört, und sicher scheint für ihn nun auch, dass der Herr Baron tatsächlich Wein in Bordeaux-Flaschen abfüllt.

Von wegen, er bräuchte ihn in seiner Marketingabteilung, so schlau ist der Fuchs längst, auch ohne ihn. Die Frage ist nur: Was für einen Wein wird er in die Bordeaux-Flaschen abfüllen? Was ist in dem Tanklastzug, der gerade aus Frankreich entladen wird? Doch wohl kein echter Bordeaux, das macht alles doch keinen Sinn? Und was weiß sein Bruder Eugen über das Treiben in diesem Hof?

»Allez, allez!«, schallt es plötzlich zu den beiden Arbeitern vor Leons Ausguck. Der französische Lkw-Fahrer ruft die beiden. »Fini, fini, prêt à sortir.«

»Der soll erschtmol Deitsch lernen«, grummelt der ältere der beiden.

»Fertig, fertig, des versteh sogar ich«, lacht der jüngere, »der will wieder heim zu seiner Madame. Mir können seinen zweiten Tank leeren.« Beide schmeißen ihre Kippen in die Tonne und verziehen sich wieder in die Halle.

Geduld ist die Mutter erfolgreicher Recherchen, zitiert Leon eine alte Journalistenweisheit. Doch er weiß auch, dass gerade er keine Geduld besitzt. Aber jetzt muss er warten, bis die Luft rein ist und die beiden bei ihrer Trude sitzen.

Trude führt eine kleine Bierschwemme im nächsten Ort. Da werden wir uns heute noch treffen, verabschiedet sich Leon von den beiden Arbeitern. Er will zuvor unbedingt einen Blick in die rätselhaften Hallen wagen. Wenn der Baron hier tatsächlich ein Weinlager führt, von dem niemand etwas wissen darf, und er hier auch noch Bordeaux-Flaschen abfüllt – mit welchem Wein auch immer – dann muss Leon jetzt wissen, wie das Geschäft genau abläuft, und vor allem, was es mit Hanspeters Tod zu tun hat, denn davon ist er inzwischen überzeugt!

Leon macht es sich auf einer alten verstaubten Pritsche bequem. Glücklicherweise hat er Netzempfang und kann auf seinem Smartphone surfen. Er geht auf die Seiten des Weinguts Baron von Hohenfels, klickt in den Shop und sieht sich die Weinangebote genauer an. Zuerst schaut er nach den Weißburgundern. Dabei stellt er fest, dass der Baron unterschiedlichste Weißburgunder anbietet. Dabei unterscheiden sich vor allem die Zusatzbezeichnungen: Es gibt Weißburgunder als »Deutscher Qualitätswein«, manchmal nennt der Baron den Weißburgunder aber auch »Bodenseewein«, aber dann gibt es noch einen weiteren Weißburgunder, der gar keine der Zusatzbezeichnung trägt. Statt des Hinweises, woher die Trauben stammen, wird auf dem Etikett nur der Abfüller verraten: »Weinhaus Baron Hohenfels, Bodensee«. Keine weiteren Hinweise, nicht einmal der Jahrgang.

Noch mehr irritieren Leon die Weine mit Fantasienamen, wie *Inspiration* oder *Intuition*. Auch diese werden nach den Angaben im »Weinhaus Baron von Hohenfels, Bodensee« abgefüllt. Ein für Leon geradezu abturnender Werbetext verspricht einen »Traumstoff mit unglaublicher Konzentration, betörend komplexer heller Früchte in der Nase«, oder: »Flirrt floral ein Seewind mit Apfelblüten und Mohnblumen, unergründliche Dichte, leicht herb die Zunge rockend«.

Leon muss laut lachen. Wenn er dieses lyrische Gedöns über Wein seinem neuen Weinbruder Eugen von Hohenfels vorliest, wird er wohl seinem adligen Bruder ganz bodenständig an den Kragen gehen. Doch die Zielgruppe der Käufer von *Inspiration* oder *Intuition* mag tatsächlich solch ein literarisches Feuerwerk überzeugen.

Langsam keimt ein Verdacht in Leon auf: Er sitzt in dem *Weinhaus*, das mit dem Weingut der Familie von Hohenfels nicht viel zu tun hat, außer, dass der Herr Baron der jeweilige Besitzer ist. Doch da ist das Weingut mit seinen Winzerabfüllungen unter der Regie des Kellermeisters von Eugen von Hohenfels – und da gibt es eben auch noch das *Weinhaus*, das zufälligerweise in der Nähe des Bodensees steht. Doch was hier tatsächlich abgefüllt wird, das muss er nun erst noch genauer erkunden.

Nach weiteren Klicks und Recherchen im Internet wird ihm langsam klar, die Bezeichnungen »Weinhaus« oder »Abfüller« sind ein Indiz dafür, dass die Trauben beziehungsweise der Most von dem abfüllenden und vermarktenden Betrieb zugekauft werden, also nicht aus den eigenen Weinbergen stammen müssen – dass der Wein tatsächlich von Bodenseetrauben stammt, behauptet der Herr Baron auch mit keinem Wort. Nur weil die Adresse seines *Weinhauses* auf den Bodensee verweist, müssen nicht gleich auch die Trauben vom Bodensee sein!

Als hätte Leon das Drehbuch geschrieben, hört er in diesem Moment die Motoren des Lastwagens starten. Demnach sind jetzt alle Tanks des Lkws umgefüllt. Vermutlich hat er Most oder gar den schon fertig gekelterten Wein von einem französischen Winzer angeliefert. Den Wein wird der Baron im Süden Frankreichs sicherlich billiger eingekauft haben als im Weinland Baden und wird ihn jetzt, als Abfüller mit Seeadresse, als vermeintlichen Seewein für die Touristen teurer in den regionalen Handel einführen. Wer sich auf die noble Abfüller-Adresse verlässt, geht ihm auf den Leim.

»Au revoir«, hört Leon den Lkw-Fahrer aus seinem Führerhaus schreien. »Salut!«

»Verschwinde«, winkt der ältere der Arbeiter dem Lkw-Fahrer zu, wendet sich dabei zu seinem jüngeren Kollegen und lacht: »Auf zur Trude!«

Das hört auch Leon gern, das Geduldsspiel hat ein Ende. Er wartet noch ein paar Minuten, dann sieht er die beiden mit zwei Autos wegfahren. Jetzt ist nur noch die Frage: Ist der Baron auch schon fort?

Das Scheunentor ist leicht zu öffnen. Leon schiebt die Holzfalle zur Seite und schielt vorsichtig aus dem Spalt. Es herrscht absolute Stille in dem Gehöft. Glücklicherweise ist es in der Zwischenzeit dämmrig geworden. Leon sucht nach eventuell installierten Überwachungskameras an den Gebäuden, prüft auch die Dachrinnen,

Ecken und Winkel, sieht keine Linsen und verlässt mutig sein Versteck.

Entschlossen läuft er zu der kleinen Tür der großen Halle, aus der die beiden Arbeiter zuvor gekommen waren. Dummerweise ist sie verschlossen. Vorsichtig schleicht er, eng an die Hauswand gedrückt, um die Halle. Auch das große Tor an der Stirnseite ist verschlossen. Kein Wagen ist zu sehen, kein Mensch scheint auf dem Anwesen zu sein.

Leon läuft um die Halle und verfolgt den Lauf der Rohrleitungen, die die zwei neuen Hallen miteinander verbinden. Er sieht, dass der kleinere Neubau auf einem alten Fundament aufgebaut wurde. Aber auch hier sind alle Türen verriegelt. Über einem Luftschacht, der in den Keller führt, sieht er ein Gitter liegen. Er will es hochheben und auf die Seite schieben, bekommt es aber nicht aus der Verankerung. Einen anderen Weg in das Gebäude entdeckt er nicht, aber einen Gabelstapler.

Leon läuft zu dem Stapler. Als Schüler hat er in den Ferien bei den *Kramer-Werken* in Überlingen gearbeitet. Tägliche Probefahrten mit den großen Fahrzeugen gehörten zur Mittagspause. Einen Gabelstapler zu fahren, ist für ihn ein Leichtes, zu stapeln ist die Kunst!

Ihn wundert nicht, dass die beiden Mitarbeiter des Barons den Zündschlüssel stecken ließen. Wer sollte aus dem abgesperrten Gutshof schon einen Stapler stehlen? Ohne lange zu überlegen, startet er den Motor und steuert professionell mit der linken Hand das Fahrzeug zu dem Luftschacht, während er mit der rechten Hand den Joystick des Staplers checkt.

Mit den Vorderrädern des Gabelstaplers fährt er bis kurz vor den Schacht, senkt die Gabel über das Gitter, rennt zurück in den alten Schopf, findet ein Drahtseil, das er um die Gitterstäbe und die Gabel legt, und hebt mit der Kraft des Gabelstaplers das Schachtgitter hoch. Er fährt das Gitter zur Seite und lässt es direkt neben der Öffnung ab, sodass er leicht in den Schacht steigen kann.

Verstaubte Spinnweben schweben vor seinem Gesicht. Mit einem Stock, den er auf dem Boden des Hohlraumes findet, schiebt er die wüsten Netze vor seinen Augen zur Seite. Auf der Höhe des Untergrunds, auf dem er steht, sieht er eine Luke, die der Luftzirkulation aus dem Keller dient. Ursprünglich hatte er sein Handy zum Telefonieren gekauft; heute muss es ihm ein weiteres Mal als Taschenlampe dienen. Er leuchtet in den stockdunklen Raum, erkennt nur wenig, aber da muss er nun hinunter.

Leon steigt wieder aus dem Schacht, löst das Drahtseil von dem Eisengitter, fährt die Gabeln des Staplers über die Öffnung und lässt das Drahtgeflecht in den Schacht ab. Dann springt er hinterher und wirft das Ende des Drahts jetzt ganz hinunter in die Tiefe des düsteren Kellers. Er hangelt sich durch die Luke und lässt sich wie ein Bergsteiger am Seil hinunter in den Abgrund.

Mit dem Handy erhellt er den Weg durch einen finsteren, langen Gang. An dessen Ende steht eine Leiter, sie führt nach oben in die neu erstellte Halle über dem alten Kellergewölbe.

Er steigt die Sprossen hoch und kommt unvermittelt in dem großen Neubau an. Hier atmet er erst mal durch, fegt sich den Schmutz und die Spinnweben von seinen Klamotten und schaut sich dann überrascht um.

Von der Romantik alter Weinkeller hat Leon sich längst verabschiedet, aber hier befindet er sich eher in einem glitzernden Industriepark. Edelstahl, wohin er blickt. Die glänzenden Stahltanks, zwischen denen er steht, sind über zehn Meter hoch. »5.000 Liter, temperierbar«, liest er auf einem Typenschild. Nur die von Hand beschriebenen Schiefertafeln, die, wie in jedem Weinkeller, an dem Ablaufhahn hängen, verraten, dass in den großen Tanks tatsächlich Wein reift oder zumindest lagert. Denn außer dem Hinweis »Rotwein« oder »Weißwein« weist nichts auf den genaueren Inhalt oder gar Jahrgang hin.

Leon geht an zehn hintereinander aufgestellten, hohen Tanks vorbei und steht übergangslos vor mehreren gestapelten Paletten Weinkartons. »Weißburgunder« steht darauf und »Weinhaus Baron von Hohenfels, Bodensee«. Wie viele Kartons es sind, kann Leon kaum abschätzen.

Er reißt einen Karton auf und schaut sich das Etikett auf den Flaschen genauer an, dann fotografiert Leon einen Aufkleber. Auch auf dem Etikett steht nur Weißburgunder, der Schriftzug ist über ein paar naiv gemalte Wellen neben einem nur mit wenigen Strichen dargestellten Weinberg, gemalt. Ein kleines Etikett auf der Rückseite verrät, wie er es im Onlineshop schon gelesen hat: »Abfüller Weinhaus Baron von Hohenfels, Bodensee«.

Ein billiger Trick, ist Leon längst klar. Wer vom *Weinhaus Baron von Hohenfels* Wein kauft, glaubt, er kaufe Bodenseewein, doch dem ist beileibe nicht immer so!

Er schätzt, dass er vor 5.000 Weißburgunder-Flaschen steht. Auf dem gängigen Markt kostet der Liter keine fünf Euro. Also hat der Baron für 5.000 Liter 25.000 Euro investiert. Verkaufen aber wird er die 5.000 Liter in den berühmten Ein-Eintel-Flaschen, also nur einen dreiviertel Liter für zehn Euro. Damit schafft er aus 5.000 Litern

6.666 Flaschen. Bei einem Preis von zehn Euro ergibt sich ein satter Gewinn von 60 Prozent, beziehungsweise exakt 41.660 Euro.

Dies muss gar nicht illegal sein, wird Leon klar. Auch wenn Hanspeter diese fragwürdigen Geschäfte durchschaut hat, wovon Leon ausgeht, wird dies sicher nicht der Grund gewesen sein, warum er dem Baron die Freundschaft gekündigt hat. Hanspeter bezog seinen Wein immer direkt vom Weingut und sicher nie die Flaschen, die im *Weinhaus* abgefüllt wurden. Wo also ist das Problem? Der Grund, warum er umgebracht wurde, muss woanders liegen, tiefer vergraben sein.

Leon verpackt die Weißburgunder-Flasche wieder sorgfältig in dem Karton. Er will nicht, dass die beiden Arbeiter Verdacht schöpfen. Der Weißburgunder-Trick ist auf jeden Fall nicht die Lösung, die er sucht. Vermutlich kennt jeder Insider die Differenzierung zwischen *Weingut* und *Weinhaus*, beziehungsweise zwischen Gutsabfüllung, Erzeugerabfüller und Abfüller. Verdammt, hinter Hanspeters Mord versteckt sich ein anderes Rätsel, vielmehr dessen Lösung.

Leon leuchtet noch tiefer in den Raum der großen Halle. Er ist auf der Suche nach den Bordeaux-Flaschen. Ihm ist klar, der billige Weißburgunder-Trick mit teurem Bordeaux-Wein bietet ganz andere Gewinnmargen. Aber um ein Rotwein Cuvée mit vergleichbaren Aromen wie ein Bordeaux abzufüllen, braucht der Baron doch seinen Bruder Eugen. Und ob der sich für solche Spielchen hergibt? Wohl kaum, denkt Leon. Dann erinnert er sich wieder an das Vorhaben der beiden Arbeiter: »Am Samstag wird der Rote abgefüllt.«

Leon geht zu den großen Edelstahltanks am Eingang der Halle. Dort hat er die Aufschrift »Rotwein« gelesen, mehr nicht. Sehr ungewöhnlich! Denn normalerweise bieten die Tanks mit den neuesten Hightech-Versionen auch digitale Bildschirme, auf denen jeder Kellermeister fein säuberlich alle Daten zu dem Inhalt der Fässer notiert.

Ein Dichtmessgerät, das die Gärprozesse im Tank anzeigt, ist angebracht, aber ausgeschaltet. Unter der toten Digitalanzeige entdeckt Leon einen kleinen Hahn. Er hebt seinen Mund darunter und nimmt einen Schluck. Richtig kosten kann er ihn nicht, dazu ist er zu aufgeregt. Aber er ist sich fast sicher, dass dies kein Spätburgunder vom Bodensee ist. Im Abgang schmeckt er dunkle Trauben, kräftige Aromen, Bitterschokolade, aber auch Teer?

Leon läuft zurück zu der Palette mit den Weißburgunder-Flaschen, greift eine aus dem Karton, den er wieder ordentlich verpackt. Glücklicherweise haben die Flaschen einen Schraubverschluss. Er geht schnell die Leiter in den Keller hinunter, öffnet dort die Flasche und schüttet den Wein einfach in eine Ecke auf den Boden. Dann steigt er wieder die Leiter hoch und füllt die jetzt leere Flasche mit dem ominösen Rotwein aus dem Stahltank.

Er sieht sich noch einmal kurz in der Halle um. Mehr Interessantes kann er nicht entdecken. Also zieht er sich auf dem gleichen Weg, wie er gekommen ist, über den Luftschacht des Kellers, zurück.

Oben angekommen legt er ein paar kleine Steinchen auf eine Seite des Schachtrahmens und setzt das Gitter mithilfe des Staplers vorsichtig obenauf, sodass Leon, sollte er wieder einsteigen wollen, das Gitter leicht von Hand auf die Seite schieben kann.

Er umrundet nochmals die große Halle, in der der Lkw am Nachmittag seine Tanks löschte, findet aber nur zugesperrte Türen und Tore, auch kein Fenster. Aber fürs Erste hat er genug erfahren und sucht sich jetzt zum Verlassen des Gutshofs einen leichteren Weg über die Mauer. Er sieht neben dem Schuppen einen alten Heuladewagen stehen, über dessen Aufbau er es leicht auf das Dach und von dort auf den Kastanienbaum schafft.

Mit der Weißweinflasche mit Rotwein gefüllt joggt er zurück zu seinem Auto.

Trudes *Bierschwemme* ist ein altes Gasthaus, das früher einmal ein angesehener Landgasthof war. Schon lange vor den Corona-Lockdowns hatte der Wirt aufgegeben. Die Kinder der Wirtsfamilie hatten in ihren Augen bessere Jobs ergattert. Der Sohn ist Lehrer, die jüngere Tochter arbeitet auf dem Landratsamt. Trude war Jahrzehnte die Bedienung. Als der Wirt den Gasthof schloss, übernahm sie den Stammtisch, an dem sie heute selbst der beste Gast ist.

Leon war hier schon ein paar Mal abgestürzt. Wenn er mit Kumpels nur trinken will, ist die Kneipe ideal. Polizeistunde kennt Trude nicht. Zum Essen dagegen geht er grundsätzlich nur zu den Linzgau Köchen, einer Vereinigung der regionalen Köche mit Slow Food Philosophie, die ihr Handwerk beherrschen und immer frisch kochen.

Schon in seiner Studienzeit kochte er meist selbst oder ging in die von den *Michelin*-Kritikern empfohlenen Restaurants. Die Mensa war für ihn tabu, da servierten sie Zucker am Salat und verkochte Spaghetti. Wenn er damals bei seinen Kommilitonen durchblicken ließ, dass er am liebsten in den von den *Michelin*-Kritikern mit einem

Bib Gourmand ausgezeichneten Restaurants essen gehe, rüffelten sie ihn, einen ausschweifenden Lebensstil zu führen und ein bourgeoiser Schnösel zu sein. Dies wäre nicht vereinbar mit seiner sozialpolitischen Einstellung.

Schon damals konterte er mit den Verfehlungen der Lebensmittelindustrie und verwies auf Platon, der schon im alten Griechenland von einem Land träumte, in dem Milch und Honig fließt, ohne *Nestlé* oder *Kraft*.

Die Bezeichnung *Bierschwemme* hat sich für den ehemaligen Gasthof schnell durchgesetzt. Das liegt an Trude, die die Bierkrüge wie Wasser aus dem Bierhahn zapft. Investiert wird seit Jahren kein Cent in den Gastraum, deshalb sind auch schon längst die Vorhänge weg, und Leon sieht durch die verschmierten Fensterscheiben in den grell erleuchteten Innenraum.

Einige Gäste sitzen in ihren Arbeitsklamotten rund um den alten Stammtisch. An der Theke sieht er, neben einem Pulk jüngerer Gäste, Pat und Patachon aus dem *Weinhaus* des Barons, die er am Mittag belauscht hatte, an der Theke stehen.

Mit seinem verdreckten T-Shirt und Jeans passt er gut in diese Runde. Ein Bier kommt ihm jetzt gerade recht, und meist hat Trude Pferde-Landjäger, mehr gibt es bei ihr nicht zu essen. Deshalb darf in ihrer *Bierschwemme* auch geraucht werden.

»Ein Bier und ein paar Landjäger«, ruft Leon und drückt sich an der Theke in eine Reihe zu ein paar laut diskutierenden Biertrinkern, zu denen auch seine beiden Arbeiter gehören, die er im Visier hat.

»De Streich macht des«, brüllt einer links neben ihm, der sich so als ein *SC Freiburg*-Fan zu erkennen gibt.

»Euer Streich, der kann ja nicht mal richtig Deutsch!«, giftet ein anderer zurück.

»Der isch en Badner wie mir!«

»Des isch de Hansi au«, gibt dieser sich als Hansi Flick, beziehungsweise *Bayern*-Fan zu erkennen.

»Des isch en Verräter!«

»So sehn Sieger aus«, stimmt der *Bayern*-Fan an. »Schalalalala«, fallen seine Freunde in den Silva Gonzales Song der »Mia san mia«-Gemeinde mit ein.

Leon trinkt seine Halbe mit fast einem Zug leer und sieht, als er sein Glas abstellt, dass die beiden Arbeiter, wegen denen er gekommen ist, den Gastraum verlassen. Ein zweiter Blick verrät ihm, dass ihre Biergläser noch auf der Theke stehen, demnach gehen sie wohl noch nicht nach Hause. Trotzdem folgt er ihnen.

»Die mit ihrem Fußballscheiß«, hört er den älteren der beiden gerade sagen, als er zu ihnen vor die Gasthaustür tritt.

»De Flick isch jetzt sowieso Bundestrainer«, antwortet der Jüngere, »aber geil! Nach Jogi wieder en Bad'ner von uns!«

Fragend mustern die beiden Leon distanziert.

»Ich muss kurz Frischluft schnappen«, erklärt er ihnen unbefangen. »Ich glaube, ich habe das Bier gerade zu schnell gekippt.«

»Dann isch Frischluft Gift!«, weiß der jüngere und lacht, »bleib lieber drin und rauch eine.«

Leon schlägt mit beiden Handflächen auf seine Hosentaschen: »Kippen habe ich leider keine mehr, muss erst wieder welche kaufen.«

»Hier hast du eine«, streckt ihm der jüngere seine

Zigarettenschachtel entgegen und nimmt sich selbst auch eine Zigarette.

»Ich habe meine drin«, knurrt der ältere und geht wieder rein in das Gasthaus.

»Wir kennen uns doch, oder?«, nutzt Leon seine Chance. »Arbeitest du nicht bei dem Baron?«

»Ja«, gibt der junge Arbeiter bedenkenlos preis, »aber ich habe dich noch nie gesehen.«

»Ich war mal mit dem Baron bei euch, als er ein paar Kisten Wein abholte«, lügt Leon frech und verwickelt den Arbeiter schnell in ein weiteres Gespräch: »Seine Durchlaucht hatte Rotwein für irgend so ein nobles Restaurant abgeholt. Welchen genau, kann ich dir nicht einmal sagen, er machte ein Riesengeheimnis daraus.«

»Typisch« lacht der junge Mann, »bei uns ist alles top-secret!«

»Jeder Winzer meint, er hätte das Weinmachen neu erfunden und macht ein Bohei, dabei haben schon die alten Sumerer Wein gemacht«, philosophiert Leon und setzt provokant nach: »Nur ob die so viel Geld damit verdient haben wie heute euer Herr Baron?«

»Das musst doch du wissen, wenn du ihn so gut kennst«, geht der Arbeiter vorsichtig auf Distanz.

»Ich heiße Leo«, versucht Leon, den Redefluss am Laufen zu halten.

»I bi de Flori«, gibt auch dieser seinen Namen preis und tippt sich kollegial an das Schild seiner Cap.

»Komm, ich zahle dir für die Zigarette noch ein Viertel«, lädt Leon großzügig seine neue Bekanntschaft ein, schnippt den Rest der Kippe achtlos Richtung Parkplatz und klopft Flori kameradschaftlich auf die Schulter. Voraus geht er wieder in den Gastraum.

Trude sucht schon den Gast, der gerade die Landjäger bestellt hat. Sie sieht Leon und winkt ihm zu, dann legt sie das Pärchen mit Brot auf einen länglichen Pappteller, wie ihn jeder billige Würstchenverkäufer auf der Straße nutzt. Sie stellt das kulinarische Arrangement mit Senf auf die Theke, wo gerade Platz ist. Damit kommt Leon den beiden Arbeitern noch ein Stückchen näher. Ihm soll es recht sein, wegen ihnen ist er schließlich hier.

Zunächst aber hat er Hunger und will die Landjäger verzehren. Trotzdem bestellt er zuerst noch ein weiteres Bier und das versprochene Viertel für Flori, der ihm gerade die Kippe gegeben hatte. Dieser aber winkt ab und ruft ihm zu: »Lieber ein Bier!«

Leon streckt seinen Daumen der rechten Faust hoch und gibt Trude ein Zeichen, dass sie dem jungen Mann ebenfalls ein Bier auf seine Rechnung servieren soll.

Bevor Leon den ersten Bissen von seiner Landjäger gekaut hat, stellt Trude Flori ihm die tropfende Halbe schon vor die Nase. Sie prosten sich gegenseitig zu, gleichzeitig übermannt Leon ein Heißhunger. Schnell nimmt er die nächsten Bissen von seinen Pferdelandjägern, wundert sich über das wirklich gute Bauernbrot in der Kaschemme und genießt seine erste Mahlzeit des Tages, als säße er in einem Sterne-Restaurant.

Kaum hat er das letzte Stück verschlungen, steht der ältere der beiden Arbeiter neben ihm und fragt ihn neugierig: »Was hast du mit unserem Baron zu tun?«

Leon muss sich entscheiden: Soll er sich als ein Freund

des Barons ausgeben oder lieber ein bisschen gegen ihn stänkern, in der Hoffnung die beiden stoßen mit ihm in das gleiche Horn. Er entscheidet sich, sich erst mal behutsam vorzutasten: »Ich kenne ihn nur als Weinmacher und kaufe manchmal bei ihm ein, schließlich macht er doch den besten Rotwein, und auch sein Weißburgunder zählt zum Feinsten«, lächelt Leon und schiebt augenzwinkernd nach: »Was man aus Bodenseetrauben alles machen kann.«

Der Mann hält Leons Blick stand, schaut ihm zweifelnd ins Gesicht.

»Trinke mer no oiner«, legt Leon trotzdem noch eine Schippe obenauf, »oiner von dem Weißburgunder?«

»Lass ma stecken«, antwortet der Mann. Noch immer hat er seine blau-weiß gestreifte Winzerjacke an und seine Datschkapp auf seinem Kopf. »Wir trinken Bier!«, schiebt er dann aber doch noch mit einem komplizenhaften, kenntnisreichen Lächeln nach: »Wir verlassen uns auf das deutsche Reinheitsgebot!«

»Ihr seid doch die Kellermeister im *Weinhaus* des Barons, auf euch ist sicher Verlass«, provoziert Leon.

»Gerade deshalb«, antwortet er, »aber ich glaube, du solltest jetzt besser verschwinden.«

»Was habt ihr denn heute Mittag aus Frankreich geliefert bekommen?«, kann Leon trotzdem seine Neugierde nicht zügeln.

»Du verschwindest jetzt!«, zischt das Patachon-Double plötzlich überhaupt nicht mehr freundlich und winkt Trude: »Der Herr will bezahlen!« Dann lacht er. »Alles, auch unsere Zeche«, zwinkert er seinem jungen Kollegen zu.

»Okay, ich übernehme eure Rechnung, wenn du mir verrätst, was die Chinesen bei euch machen.« Den Hinweis auf Chinesen, den er erst heute Mittag bei den beiden aufgeschnappt hat, kann er einfach nicht einordnen. Was haben die mit dem Weißburgunder oder Rotwein zu tun?

»Nimm dich in Acht!«, raunzt der Alte. »Die Chinesen verstehen so wenig Spaß wie der Baron, verschwinde jetzt lieber!«

Trude ruft Leon den Betrag von 36 Euro zu. Leon legt ihr 40 Euro auf den Tisch und sagt: »Passt!«, lässt aber den Arbeiter neben sich noch nicht gehen, sondern hält ihn am Ärmel zurück und fragt weiter: »Weiß Eugen, der Bruder des Barons, von eurem Weißburgunder und dem Rotwein?«

»Der weiß gar nichts, und das geht ihn auch nichts an. Der war nur einmal bei uns und hat getobt«, gibt er nun doch noch preis und verrät noch als wissender Insider: »Der hat den Baron angebrüllt und gedroht, er würde alle Stahltanks in die Luft jagen.«

»Na, hoffen wir nicht«, klopft Leon dem Patachon-Double kameradschaftlich auf die Schulter, trinkt seine Halbe aus und verschwindet mit einem Gruß zu Flori aus Trudes *Bierschwemme*.

In Helmas Zimmer läuft noch immer der Fernseher, das sieht Leon von der Straße aus, als er sein Auto abstellt. Er hat Lena zwar versprochen, jeden Tag nach Helma zu schauen, aber es ist jetzt schon nach 22 Uhr. Er schließt die Haustür auf, es ist ruhig im Treppenhaus. Demnach liegt Senta vor Helmas Fernsehsessel, und gemeinsam glotzen sie in irgendein Geflimmer, an das sich Helma morgen sowieso nicht mehr erinnern wird.

Leon nimmt sich vor, morgen früh nach den beiden zu schauen, und schleicht sich leise in seine Wohnung. Zuerst fährt er wie immer seinen Rechner hoch, checkt seine Emails, löscht desinteressiert das meiste und schaut wieder in die von ihm kopierten Mails von Hanspeter.

Wusste dieser von dem *Weinhaus* des Barons? Natürlich kannte er als Gastronom das gesamte Sortiment des Angebots des Barons von Hohenfels. Freilich stellte er seinen Gästen nur die feinsten Flaschen des Weinguts auf den Tisch. Aber wie kam er zu der Bordeaux-Flasche? Nach dem, was ihm jetzt die beiden Arbeiter verraten haben, füllt der Baron tatsächlich Rotwein in Bordeaux-Flaschen ab, das steht ja nun fest! War das der Grund, warum Hanspeter ihn treffen wollte und dem Baron gekündigt hat? Und was weiß sein Bruder, Eugen von Hohenfels, von den Abfüllungen? Oder wie sieht die Abmachung der beiden Brüder wohl aus? Hat Eugen von Hohenfels klein beigegeben?

Leon liest erneut Hanspeters Erklärung, die er seinem Freund, dem Baron, geschickt hatte: »... ich bedauere deine Entscheidung und finde, wir sollten unserer regionalen, authentischen Seephilosophie, bei allem unternehmerischen Interesse, das dich offensichtlich leitet, treu bleiben.« – Aber verdammt, deshalb bringt man doch keinen treuen Stammkunden um!

Leon stolpert bei seiner Suche in Hanspeters Mailaccount immer wieder über eine Mail von einer gewissen Kewian. Irgendwie scheint Hanspeter mit ihr etwas gehabt zu haben. Er schreibt ihr, dass er sich auf ihren nächsten Besuch freut. Ihr Antwortschreiben ist im Briefkopf mit »Pútáojiŭ jìnkŏu« überschrieben, was Leon dank Internet schnell als eine chinesische Weinimportfirma entlarvt, mit Sitz in Peking und Mailand. Außer vielen freundlichen Worten deutet sie auch an, dass sie schon bald bei ihm sein werde, da der Baron ihrem Onkel die anvisierten Bordeaux-Weine jetzt bald liefere.

Jetzt ist Leon endgültig baff! Also doch und wahrhaftig: Der Baron will wirklich Bordeaux-Wein verkaufen! Und dann wohl auch noch tatsächlich an Chinesen? Wie, bitte, soll denn das gehen, Bordeaux-Wein von einem Bodenseeweingut?

Leon drückt entschlossen die Antworttaste und schreibt: »Liebe Kewian, ich bin ein alter Freund von Hanspeter und würde dich möglichst bald gerne kennenlernen. Bitte rufe mich dringend an. Ich muss dir von Hanspeter etwas zurückgeben, oder weißt du schon …?« Mehr will er nicht verraten, er will sie damit neugierig machen, damit sie sich zurückmeldet. Vielleicht weiß sie noch gar nicht, dass Hanspeter tot ist?

Gerade will er seinen Computer schließen, da poppt der neue Schachzug von Horst Sibold auf. Dieser hat seine Absicht der Springergabel offensichtlich erkannt. Obwohl Leon ihm seinen Turm direkt vor die Nase des Bauern gestellt hatte, schlägt Sibold den Turm nicht, sondern zieht seinen König auf der Grundlinie ein Feld weiter aus dem Schach. So kann Leon jetzt eben doch nicht auf das anvisierte Feld F7 springen und dem König Schach bieten. Dazu müsste er Sibolds König wieder auf das Feld G8, in die Ecke, zurücklocken. Die erfolgversprechende Springergabel, durch die er die Dame schlagen kann, bleibt sein Ziel.

Leon überlegt kurz. Hartnäckigkeit war die Voraussetzung als investigativer Polizeireporter, längst hat er gelernt, dass Hartnäckigkeit sich auch im Schach ausbezahlt. Die Springergabel ist und bleibt sein Ziel, die zur Entscheidung führt!

Um Sibolds König jetzt wieder zurück in die Ecke auf H8 zu locken, muss er einen Gewaltzug wagen. Leon zieht seinen Turm frech selbst auf G8, direkt vor den König Sibolds. Dieser kann dem Schach nicht ausweichen, er muss jetzt den Turm schlagen und steht somit dann wieder mit seinem König auf G8. So wird sich Leon die Chance bieten, doch noch seine Pferdegabel anzuwenden. Damit könnte er das Spiel zum guten Ende endlich zu seinen Gunsten drehen.

Leon kann nun mal nicht verlieren, doch viel mehr als das Schachspiel brennt ihm der Tod Hanspeters unter den Nägeln. Er weiß einfach zu wenig über den Tathergang. Deshalb muss er dringend den Kommissar sprechen. Er will sich nicht noch einmal, wie heute Vormittag bei dem Baron, vorführen lassen. Er muss jetzt unbedingt mehr über den für ihn sicheren Mord an seinem Freund Hanspeter erfahren. Er will wissen, wie diese Furzidee, Hanspeter könnte sich selbst umgebracht haben, überhaupt in den Umlauf kam.

Er schreibt dem Kommissar eine kurze Mail an seinen Privataccount, als würde es ihm um das Schachspiel gehen: »Das gibt einen Pferdekampf!«, prophezeit er zunächst, als wäre das Spiel der Grund seiner Mail. Sein wirkliches Anliegen schreibt er in der nächsten Zeile noch etwas verklausuliert: »Ich möchte Sie morgen unbedingt treffen. Wann haben Sie Zeit für Ihren Schachfreund?«

Natürlich ist Leon klar, dass der Kommissar den Braten riecht und den wahren Grund des Treffens ahnt. Schließlich weiß jeder, dass er und Hanspeter Rapp Freunde waren. Da liegt es auch für den Kommissar auf der Hand, dass Leon aus ihm den aktuellen Ermittlungsstand herauskitzeln möchte. Leon hat erfahren, dass Horst Sibold als Schach- und Weinfreund ein zugänglicher Zeitgenosse, aber als Polizeibeamter gegenüber Polizeireportern ein ebenso abweisender Staatsdiener ist.

Gespannt auf die Reaktionen des Kommissars und auf die Begegnung mit Kewian überlegt Leon noch kurz, ob er den fraglichen Rotwein, den er aus dem Stahltank in seine Weißburgunder-Flasche gefüllt hat, probieren soll. Er schenkt sich einen Schluck in ein Glas ein, lässt den Wein im Glas ein paar Runden zirkulieren, riecht daran und drückt nebenbei auf seinem Handy Lenas Ruftaste.

Er weiß, das Gespräch könnte länger dauern, sie hatte wohl den Tag über öfters versucht, ihn zu erreichen. Gerade nimmt er den ersten Schluck, nimmt sie auch schon ab. Mit ihrer vertrauten Stimme in seinem Ohr und dem ungelösten Weinrätsel auf der Zunge, schläft er während des Gesprächs bald hundemüde ein.

MITTWOCH

Das Telefon reißt Leon aus seinem Schlaf. »Wer sind Sie?«, fragt eine verunsicherte, zurückhaltende zarte Stimme.

»Das sollten Sie doch wissen, Sie haben mich angerufen«, murrt er kantig. Doch kaum hat er selbst seine grantige Stimme vernommen, schießt ihm seine Mail, die er gestern an diese anonyme Kewian in Hanspeters Postfach geschrieben hat, in den Kopf, und schiebt schnell gefällig und sanft nach: »Ich heiße Leon Dold, und Sie?«

»Sie haben mir heute Nacht eine Mail geschickt, mit einem Gruß von Hanspeter. Was wollen Sie von mir?«, hört er die weibliche Stimme ängstlich nachsetzen.

Jetzt ist er hellwach. Er muss, aus dem Tiefschlaf gerissen, sofort seine netteste Stimme aktivieren. Er muss sich bei der Frau einschmeicheln. Er will sie unbedingt treffen. Vielleicht ist sie ein Schlüssel zur Aufklärung des mysteriösen Todes von Hanspeter. »Sie wissen von Hanspeter?«, fragt er deshalb zunächst zurückhaltend.

»Was soll ich wissen?«, bleibt ihre Stimme distanziert und hörbar kühl.

»Das möchte ich Ihnen persönlich sagen, wo kann ich Sie treffen?«, drängt er entschlossen, bleibt aber im Ungefähren.

»Ich mache mir Sorgen wegen Hanspeter. Ich versuche, ihn telefonisch zu erreichen, aber er nimmt nicht ab, und auf meine Mails antwortet er auch nicht«, hört er aus ihrer Stimme Skepsis und Misstrauen.

Trotzdem, jetzt nur nicht zu viel verraten, bremst sich Leon selbst. Der Tod Hanspeters könnte sie leicht verscheuchen. Er bleibt im Vagen und insistiert erstmal weiter: »Wo sind Sie? Wo kann ich Sie treffen?«

»Ich bin heute in Überlingen, ich wollte Hanspeter besuchen«, ihre Stimme wird nun noch dünner, »aber ich weiß nicht, wo er ist und ob er mich überhaupt sehen will.«

Wollen vielleicht schon, denkt Leon, aber können …

»Ich sitze im Zug«, unterbricht Kewian seine Gedanken.

»Wann kommen Sie in Überlingen an?«

»In zwei Stunden.«

»Passt, ich hole Sie am Bahnhof ab!«, schlägt Leon vor und jubiliert innerlich. Er hofft, von ihr möglichst bald zu erfahren, was genau Hanspeter von den Weingeschäften des Barons wusste, und vor allem, ob der Baron tatsächlich Bodenseewein als Bordeaux-Wein nach China verkaufen will. Davon hat er noch nie gehört. Als ob Chinesen überhaupt wüssten, wo der Bodensee liegt, und was hat diese Kewian damit zu tun? Ist sie die chinesische Einkäuferin?

»Kennen Sie den Bahnhof?«, fragt er und erklärt ihr, dass er auf der Brücke, die über das einzige Gleis des Bahnhofs der kleinen Bodenseestadt und die hinüber zu einem großen Parkplatz führt, stehen wird. »Ich habe eine Weinflasche in der Hand, daran erkennen Sie mich.«

»Und ich sehe aus wie Bai Ling«, hört sich Kewian schon etwas lebhafter an, »nur nicht so schön.«

»Kenn ich nicht«, ist jetzt Leon irritiert.

»Na, so viele Chinesinnen gibt es in Überlingen ja auch nicht«, klingt sie schon etwas mutiger und kappt einfach ohne weitere Worte die telefonische Verbindung.

Leon hat den Namen Bai Ling noch im Kopf und schaut, neugierig geworden, kurz in seinem neuen Suchprogramm *Ecosia*, das er statt *Google* installiert hat, nach. Wie er ihr Bild sieht, freut er sich erst recht auf das Treffen. So gut wie dieses Modell muss Kewian ja gar nicht aussehen, nur halb so hübsch, und schon kann er Hanspeter gut verstehen. Somit hatte er jetzt schon früh am Morgen vor dem Aufstehen eine vielversprechende Verabredung mit wirklich schönen Aussichten getroffen.

Er klickt sich kurz durch die Nachrichten der vergangenen Nacht, überfliegt die *Süddeutsche Zeitung*, liest die Meldung: »In Europa hat man den Corona-Virus endlich so gut wie im Griff«. Tatsächlich hat man es nach viel zu langem Feilschen der Staaten um die Impfdosen geschafft, alle zu impfen, die geimpft werden wollen. Doch weltweit sind es 190 Länder. In den meisten von ihnen fehlt einfach das Geld. *Covax*, die Verteilungsplattform der Weltgesundheitsorganisation, benötigt Milliarden Impfdosen für die ärmsten der armen Länder. Trotz Spenden haben sich aber nun mal die reichen Staaten zuerst bedient.

Und ich kümmere mich um Weine, die den Käufern nur schmecken, wenn sie das richtige, blumige Etikett tragen. Paradoxe Welt, denkt Leon. Ursprünglich hatte er sich als Journalist immer für die sozial Benachteiligten in dieser Welt eingesetzt und gegen soziales Elend und tödlichen Hunger geschrieben. Heute schreibt er über

Sous vide gegarten Rehrücken, Hummer aus Kanada und teuerste Bordeaux-Weine.

Er wischt hilflos die Gedanken lieber schnell beiseite, springt aus dem Bett, stellt sich unter die Dusche und macht sich sein Frühstück. Ohne zuerst einen Kaffee und mindestens einen Bissen Brot beginnt für ihn kein Tag. Doch da klingelt schon wieder das Telefon.

»Auf Sie habe ich gerade noch gewartet«, erkennt er die schnaubende Stimme des Kommissars, »was wollen Sie von mir? Vergessen Sie Ihren Turm, den schlage ich nicht, Ihre Falle ist zu offensichtlich!«, lässt sich Horst Sibold zuerst kurz auf ihre hängende Schachpartie ein, setzt aber dann sofort nach: »Wir müssen unser privates Duell und das berufliche trennen! Ich weiß, was Sie wollen. Aber von mir erfahren Sie nichts! Was bilden Sie sich überhaupt ein? Nur weil wir beide Schachpartner sind, soll ich Ihnen aus unseren internen Protokollen vorlesen? Oder wie denken Sie sich das?« Der Kommissar redet sich in Rage, schnaubt und wütet. Natürlich ist ihm klar, dass Leon ihn nur wegen Hanspeter Rapps Tod sprechen will. »Die Staatsanwaltschaft wartet auf unsere Protokolle, die Presse will einen Zwischenstand unserer Ermittlungen, und jetzt kommen Sie noch und wollen eine Extrawurst gebraten haben, oder was?«

»Ein Spiegelei zum Frühstück ginge auch«, lacht Leon. Er weiß, diesem bärbeißigen Kommissar ist, wenn er sich ärgert, nur mit Humor beizukommen. Dann lenkt er aber schnell ein und gibt sein Anliegen, dass er ihn wegen Hanspeters Tod sprechen wolle, zu: »Vielleicht aber ist es auch für Sie von Vorteil, wenn Sie mich während Ihrer Ermittlungen kurz anhören würden.«

»Warum? Wenn Sie was auszusagen haben, kommen Sie auf das Revier. Sie wissen, was ich von Freizeitdetektiven wie Ihnen halte«, bleibt der Kommissar mürrisch. »Ihre vermutlichen Versuche zur Rufrettung von Herrn Rapp in allen Ehren, aber die Ergebnisse der Pathologie sind eindeutig.«

Leon schmunzelt. Er interpretiert die Antwort als erste Rechtfertigung. Der alte Haudegen kann sich natürlich denken, dass Leon den Selbstmord seines Freundes nicht so einfach hinnehmen will. Er weiß von seiner Freundschaft dem Koch gegenüber. »Auf ein Viertel Herr Sibold«, beschwichtigt Leon, »ich habe einfach Sehnsucht nach Ihnen.«

»Wenn Sie mich privat treffen wollen«, willigt der Kommissar überraschend schnell augenzwinkernd ein, »um 16 Uhr bei Elke?« Bei Elke heißt in der kleinen *Weinstube Renker*, wo sie sich das erste Mal in Überlingen getroffen hatten.

»Passt hervorragend,« dankt Leon, »ich denke, wir genehmigen uns heute einen Bordeaux.«

»Haben Sie Geburtstag?«

»Wer sagt denn, dass ich bezahle«, lacht Leon, legt auf und hofft, dass die beiden Termine, die er gerade abgemacht hat, ihm weiterhelfen, dem Mörder von Hanspeter auf die Spur zu kommen. Verdammt, warum nur hat er ihn vor seinem Tod nicht noch einmal sprechen können?

Bis zur Ankunft Kewians hat er Zeit für ein anständiges Frühstück. Im Kühlschrank sieht er Ziegenfrischkäse. Er geht in den Garten, um den ersten wilden Schnittlauch, der im März aus den Ritzen der Bodenplatten sprießt, zu schneiden.

»Zupfst du Unkraut?«, ruft Helma aus ihrem Küchenfenster herunter, kaum sieht sie, dass Leon im Garten ist.

Oh Helma!, denkt Leon. Er sieht sie in ihrem verblassten Morgenmantel, noch unfrisiert, aus dem Fenster lehnen. Offensichtlich gefällt ihr die Position, ihrem Gärtner von oben herab Anweisungen zu erteilen. Glücklicherweise aber wächst Unkraut selbst im März noch nicht, und der wilde Schnittlauch zählt sowieso nicht dazu. Trotzdem antwortet er: »Am Wochenende, da kümmere ich mich um deine Latifundien.«

»Gehst du heute Morgen noch kurz mit Senta raus?«, fällt ihr aber auch schon die nächste Aufgabe für ihren Mieter ein.

Was ist heute nur für ein Tag?, fragt sich Leon. Helma scheint fit wie schon lange nicht mehr. Erst vergangene Woche hatte sie die Bedürfnisse ihres Lieblings zwei Tage lang vergessen, bis Lena Sentas Notdurft im Flur wegwischen musste. »Gut, dass du mich daran erinnerst«, ruft er seiner Vermieterin Helma freundlich zu.

»Ich habe schließlich kein Alzheimer!«, antwortet sie erbost. »Ich heiße doch nicht Lisa.«

Lisa war ihre Schwester, sie hatte tatsächlich Alzheimer, ist aber schon vor zwei Jahren verstorben. Leon lässt sie noch ein bisschen reden und Anweisungen geben, nimmt dann seinen Schnittlauch und ruft ihr zu: »Ich komme hoch zu dir und hole Senta zu einem kurzen Lauf ab.«

Den Schnittlauch stellt er in ein Glas mit Wasser. Mit dem ausgiebigen Frühstück wird es heute wohl nichts werden. Aber besser, als später Sentas Geschäft im Garten entsorgen zu müssen. Er zieht seine Laufhose und Laufschuhe an. So bleibe ich wenigstens fit, fügt er sich und läuft mit Senta in den Spetzgarter Tobel, um ihr dort im Wald Gelegenheit für ihre Bedürfnisse zu geben. Mehr Zeit gönnt er heute auch sich selbst nicht und joggt sofort wieder zurück.

Noch eine halbe Stunde, dann kommt Kewian. Er nutzt die Zeit und setzt seinen zweiten Kaffee auf, schmiert sich den Ziegenkäse auf ein Brot, gibt Salz, Pfeffer, Cayenne-Pfeffer darauf und schnippelt mit der Schere den Schnittlauch darüber. Dann bestreicht er noch ein Brot mit selbstgemachter Brombeermarmelade von Lena und füllt in eine Karaffe Apfelsaftschorle. Damit geht er noch kurz hoch zu Helma, stellt ihr den kleinen Imbiss auf ihren Küchentisch und mahnt sie mit erhobenem Zeigefinger: »Bis zum Abend ist die Karaffe ausgetrunken!«

»Wenn's Wein wäre, würdest du ihn wohl selbst trinken«, frotzelt sie frech. Leon freut sich, wenn die alte Dame gut drauf ist, und verspricht, am Wochenende mal wieder ein Glas Wein mit ihr zu trinken.

»Nur ein Glas?«, winkt sie ab, »du Geizkragen! Im Keller stapelst du die Flaschen.«

Leon steht auf der Brücke des Überlinger Bahnhofs Stadtmitte und schaut hinunter auf die eingleisige Bahnstrecke, die früher das Netz der Großherzoglich Badischen Staatseisenbahnen von Radolfzell und dem der Königlich Württembergischen Staats-Eisenbahnen nach Friedrichshafen miteinander verband. Heute bummelt auf den knapp 50 Kilometern der Bodensee-Gürtelbahn der Nahverkehrszug *Seehänsele* am Nordufer des Bodensees entlang.

Der Regionalzug fährt überraschend pünktlich um 10.30 Uhr ein, das gibt es selten. Die Türen öffnen sich. Leon kann von der Brücke die aussteigenden Zuggäste von oben sehen. Ein tiefschwarzer Haarschopf mit Pagenschnitt und grellgelbem Trenchcoat fällt ihm sofort ins Auge. Er sieht die Person mit einem knallroten Rollkoffer auf dem Bahnsteig zum Aufzug gehen. Da braucht es keine weitere Beschreibung, denkt er, und geht zum Ausgang des Fahrstuhls.

Eine überaus attraktive junge Frau steht hinter der Tür des gläsernen Aufzugs. Er schaut ihr direkt ins Gesicht und sieht ihre Stupsnase und die mandelförmigen schmalen Augen. Ihre hellen Wangen hat sie mit ein bisschen Rouge gepudert und trägt auf der linken Wange, wie einst Marilyn Monroe, tatsächlich einen dunklen Leberfleck, den er auch bei dieser Bai Ling gesehen hatte. Die Lippen ihres sinnlichen Mundes hat sie sich knallrot angemalt.

Die Glastür des Aufzugs schiebt sich zur Seite, Leon hält ihr seine Weinflasche entgegen und greift zu ihrem Koffer. »Ich bin Leon«, stellt er sich vor, »und Sie sind Kewian?«

Sie lächelt zurückhaltend, nickt verunsichert, schaut auf das Weinetikett und liest laut: »Baron von Hohenfels, Spätburgunder«, und schmunzelt charmant: »Sie wissen, Chinesen lieben Rotwein.«

»Nein, wusste ich nicht«, gesteht Leon.

»Ich auch nicht«, lächelt sie ihn irritiert an.

Leon verstaut den glücklicherweise kleinen, flachen Koffer hinter dem Rücksitz seines Porsches. Im Kofferraum unter der Frontklappe liegt das Hardtop. »Ein einfacher Kleinwagen«, lächelt er ihr zu, »bescheidener Zweisitzer, aber dafür mit Sonnenhimmel.«

»Es hat während der ganzen Zugfahrt geregnet, und hier am Bodensee scheint die Sonne«, wundert sich Kewian.

»Das haben wir dem Föhn zu verdanken, er schiebt die Wolken Richtung Norden. Ich dachte, wir fahren zur Birnau, da können wir das Naturschauspiel betrachten, und vor allem, wir können dort in Ruhe reden.«

Eher hilflos willigt sie ein: »Und was ist mit Hanspeter?«

»Steig ein, ich erzähle dir alles, was ich weiß.«

Schon auf der Fahrt zur Klosterkirche Birnau zeigt sich das Föhnwetter von seiner Postkartenseite. Blauer Himmel über ihnen, im Süden die schneeweißen Berggipfel des Schweizer Alpenpanoramas. Der mächtige Säntis im Zentrum, auf dessen Spitze man bei Föhn deutlich die Wetterstation mit Sendemast erkennen kann. Darunter der Thurgau, den die Schweizer wegen seiner vielen Streuobstwiesen und früherer Armut »Mostindien« nennen. Der See unter ihnen schimmert im Sonnenglanz silbern, während Leon mit Kewian durch die Weinreben des Markgrafen von Baden fährt.

»Schau nach Norden«, streckt Leon seinen Zeigefinger der rechten Hand hoch über seinen Kopf. Das Dach ist geöffnet, und Kewian sieht in den blauen Himmel bis in das Hinterland des Sees, Richtung Pfullendorf und zur Schwäbischen Alb. »Dort hinten sind deine Regenwolken. Der Föhn drückt Warmluft vom Süden her über die Alpen und schiebt dabei die Wolken weg ins Hinterland. Uns beschert er so jedes Jahr einen Frühling wie in Italien«, erklärt er ihr stolz, als wäre er der Erfinder des Wetterphänomens. »Regnen tut's woanders, ab den Hegaubergen von mir aus bis Hamburg.«

Er parkt vor der berühmten Wallfahrtskirche Birnau und führt Kewian auf den Vorplatz der Kirche. Es ist ein barocker Bau, im 18. Jahrhundert von den Salemer Mönchen erbaut. Der ausgewählte Ort liegt auf einem Hügelvorsprung, rundum stehen Reben. Die Mönche wussten, wo sich die besten Reblagen bieten. Die Sonne scheint hier am Südhang den ganzen Tag, die Steillage bietet dazu einen perfekten Winkel zur Sonneneinstrahlung der Reben. Die Umgebung ist nahezu unbebaut, nur auf dem anschließenden Hohenfels sieht man den stattlichen Rebhof des Barons.

»Kennst du den Baron von Hohenfels persönlich?«, fragt Leon seine Begleiterin.

Kewian hatte ihm schon während der Fahrt von Überlingen zur Birnau erzählt, dass sie heute Mittag einen Termin mit ihrem Onkel aus China und dem Baron von Hohenfels hat. Ihr Onkel führt eine Weinimportfirma in Mailand, hat sie ihm verraten. Er kauft Weine in Europa ein und verkauft sie in China. Sie hat bei den bisherigen Treffen des Onkels mit dem Baron als Dolmetscherin fungiert. Tatsächlich will er hier Bodenseeweine einkaufen und in China verkaufen. Relativ naiv erzählte sie in einem Atemzug Leon von dem Interesse ihres Onkels an Bodensee- und Bordeaux-Wein, als gäbe es da keinen Unterschied.

Kewian kommt aus der Nähe von Peking, dort hat sie Abitur gemacht und Deutsch studiert. Seit zwei Jahren wohnt sie in Heidelberg. »Ich mache gerade den Master in Germanistik«, erzählt sie stolz. Nach einer Weile aber gesteht sie eher traurig, nachdem Leon ihr Komplimente wegen ihrer perfekten Deutschkenntnisse gemacht hatte, dass sie eigentlich ihr Studium schon abgeschlossen hat: »Ich habe den Master schon geschafft und müsste jetzt nach Hause zurück. Aber ich würde gerne in Deutschland bleiben. Hanspeter wollte mir dabei helfen.«

»Wo ist Hanspeter?«, drängt sie erneut Leon vor der Fassade der Klosterkirche Birnau, ihr endlich die Wahrheit zu verraten: »Warum kann ich ihn nicht erreichen?«

»Ich weiß nicht, wie ich es dir sagen soll«, räuspert er sich unsicher, »aber Hanspeter ist tot«, rückt er schließlich und endlich verdruckst heraus. Er sieht, wie sich ihr Gesicht verfinstert, Tränen treten in ihre Augen.

Leon wird klar, Kewian wusste bis eben nichts von dem Tod seines Freundes. »Die Polizei vermutet, er hätte sich umgebracht«, fügt er trotzdem an und beobachtet scharf, wie sie reagiert.

Ihre bisher weiche, mädchenhafte und freundliche Miene erstarrt. Ihre Gesichtszüge werden hart. Sie schaut ihn trotzig an und gibt kühl zurück: »Die Polizei irrt sich!«

»Woher willst du das wissen?«

»Hanspeter war voller Energie, er hatte gerade so viel vor und hat mir versprochen, mir eine Wohnung hier in seiner Nähe am See zu besorgen«, beginnt sie zu weinen.

»Die Sache ist einfach«, bleibt Leon auf Distanz und beobachtet weiterhin ihre Mimik genau, »wenn er sich nicht umgebracht hat, wurde er ermordet. Man hat ihn in seinem Kühlhaus bei minus 30 Grad gefunden. Ein natürlicher Tod sieht anders aus.«

»Hanspeter setzt sich nicht in sein Kühlhaus und wartet, bis er erfroren ist«, nimmt sie seine Vorlage, ohne lange zu überlegen, steil an. »Die Polizei irrt sich!«, wiederholt sie stur.

»Was hast du Hanspeter über deinen chinesischen Onkel und die Geschäfte mit dem Baron erzählt?«

»Was hat das mit Hanspeters Tod zu tun?«, weint sie erneut los.

»Wenn er sich nicht in das Kühlhaus gesetzt hat, wurde er hineingesetzt, ganz einfach«, bleibt Leon cool, »das heißt, er wurde ermordet, oder?«, schaut er sie kritisch an und sieht, wie sich ihr Gesicht noch mehr versteinert.

Kein Grund für ihn, nicht weiter nachzubohren: »Jetzt stellt sich die Frage, wer bringt Hanspeter um, und vor allem warum?«

Aus den dunklen Augen Kewians fließen weiter Tränen, sie wischt sie sich mit beiden Händen von ihren Wangen und verschmiert dabei ihr Rouge. »Mein Onkel kauft hier Wein ein, ich übersetze die Verträge, also noch mal: Was soll das mit Hanspeters Tod zu tun haben?«, schluchzt es, in Leons Ohren geradezu herzzerreißend und viel zu laut, aus ihr heraus.

Er hat das Gefühl, bei Kewian einen wunden Punkt getroffen zu haben. Seine Andeutungen scheinen sie zu irritieren. Er nutzt erbarmungslos die offene Flanke und drängt sie in die Enge, als hätte er keine Vermutungen angestellt, sondern sie. Unschuldig schafft er es, ihr seine selbst angedeutete Unterstellung unterzujubeln: »Ich habe mit keiner Silbe einen Zusammenhang zwischen euren Geschäften und Hanspeters Tod hergestellt, wie kommst du jetzt darauf?«

Sie schaut ihn mit großen Pupillen aus ihren schmalen Mandelaugen an, streicht mit der rechten Hand Haare aus ihrem Gesicht, wo gar keine sind. Leon erkennt darin ihre Unsicherheit und setzt weiter unbarmherzig nach: »Du hast Hanspeter von dem Weinhandel des Barons mit deinem Onkel erzählt, wie hat er reagiert? Was hat ihn daran gestört? Und vor allem: Was genau hast du von Hanspeters Reaktion deinem Onkel erzählt?«

Sie dreht ihren Kopf ab und blickt auf den See. Sie wischt sich mit ihrer rechten Hand erneut über das Gesicht und kratzt sich unbeholfen an der Nase.

Leon deutet ihr Verhalten als Bestätigung und will jetzt genau wissen, was Hanspeter über die Beziehungen ihres Onkels zu dem Baron wusste, und umgekehrt, was der Onkel über Hanspeter wusste. »Hanspeter hatte alle Weinlieferungen des Barons storniert. Weil du ihm erzählt hast, dass dein Onkel Wein, den er nach China exportieren wolle, bei dem Baron einkauft? Oder warum sonst wollte Hanspeter plötzlich keine Weine mehr von dem Weingut von Hohenfels beziehen? Oder hast du eine Erklärung, warum Hanspeter plötzlich jemandem im Weg war?«

Kewian wirkt wie versteinert. Sie verzieht keine Miene und blickt stur geradeaus in die Ferne auf das Alpenpanorama.

Er fasst sie mit beiden Händen an den Schultern und dreht sie zu sich, sodass sie sich von Angesicht zu Angesicht gegenüberstehen. Eindringlich fragt er: »Um welche Geschäfte geht es tatsächlich zwischen dem Baron und deinem Onkel? Geht es da wirklich nur um Wein? Und was hatte Hanspeter gegen den Weinhandel des

Barons mit deinem Onkel einzuwenden? Wo ist das Problem? Ich verstehe es nicht. Bitte rede jetzt!«

Unsicher schaut sich Kewian um. Sie blickt über ihre Schultern und in alle Himmelsrichtungen, als hätte sie Angst, von jemanden gehört zu werden. Sie steht mit dem Rücken zur Begrenzungsmauer der Klosterkirche, stemmt ihre Unterarme darauf, schwingt sich hoch und zieht die Beine an. Im Schneidersitz sitzt sie auf Augenhöhe mit Leon. »Ich verstehe das alles nicht, ich weiß gar nichts mehr«, schluchzt sie und beginnt schließlich doch zu erzählen.

Nach einer halben Stunde sortiert Leon ihr Geständnis: Die Weinimportfirma ihres Onkels Shao Wang kauft in Frankreich und Italien Edelweine wie Barolo oder Bordeaux in großen Mengen ein und verschifft diese nach China. Als ihr Onkel gehört hatte, dass auch am Bodensee Bordeaux-Weine hergestellt werden, traf er auf den Baron von Hohenfels. Dazu wurde Kewian geladen, ihr Vater hatte sie angerufen und ihr gesagt, sie solle ihrem Onkel helfen, das Geschäft in Deutschland aufzubauen. Sie fuhr am Tag vor der ersten Besprechung von Heidelberg nach Überlingen, um am nächsten Tag zwischen ihrem Onkel und dem Baron zu dolmetschen. Der Baron hatte ihr bei Hanspeter ein Zimmer reserviert. Schon am ersten Abend hatte sich Hanspeter nach dem Abendessen einfach zu ihr gesetzt und hemmungslos mit ihr geflirtet.

Kewian hatte Hanspeter erzählt, warum sie in Überlingen sei, und am zweiten Abend hat sie ihm verraten, dass der Baron von Hohenfels Bordeaux-Weine herstelle und sie ihrem Onkel verkaufe. Hanspeter hatte sie zuerst ausgelacht, Bordeaux-Weine gibt es in Bordeaux, aber nicht am Bodensee! Sie hatte nicht gewusst, dass sie einen betrügerischen Deal zwischen dem Baron und ihrem Onkel übersetzt hatte. Darüber hatte erst Hanspeter sie aufgeklärt. Er war sehr aufgebracht, als sie ihm bei ihrem letzten Treffen vor einer Woche von der Abmachung erzählte, dass der Baron 40.000 Flaschen Bordeaux-Wein an ihren Onkel verkauft habe. Heute ist sie hier, weil an diesem Wochenende die Übergabe stattfinden soll, auch ihr Onkel wird anwesend sein.

»Aber, Leon«, schaut sie ihn fast flehentlich an, »warum sollte deshalb jemand Hanspeter umgebracht haben?«

»*Jemand* ist gut«, bleibt Leon unverbindlich hart, »vielleicht dein Onkel, weil er eine günstige Quelle und einen kriminellen Handlanger gefunden hat. Vielleicht aber auch der Baron, der sich das Geschäft nicht vermasseln lassen will«, überlegt er. »Weißt du denn, was dein Onkel für eine Flasche bezahlt?«

»Sie haben sich auf 15 Euro geeinigt. Mein Vater sagt, dass mein Onkel zu Hause mindestens das Doppelte pro Flasche verlangen könne.«

»Bei 40.000 Flaschen kein schlechtes Geschäft«, pfeift Leon durch die Zähne, »das sind für den Baron mehr als eine halbe Million Euro, zusätzlich die gleiche Summe für deinen Onkel.«

»Aber was hat Hanspeter damit zu tun?«

»Wenn Hanspeter den Deal verhindern wollte?«

»Wie denn?«

»Indem er den Betrug öffentlich macht, bevor er überhaupt über die Bühne geht. Es wurden schon für weniger Geld Menschen umgebracht.«

Kewian hat mit ihrem Onkel Shao Wang am Mittag einen Termin bei dem Baron von Hohenfels, doch die Einladung zu einem Mittagessen mit Leon nimmt sie zuvor gerne an. Sie fahren von der Birnau über Meersburg nach Hagnau. Der kleine Ort direkt am See ist der berühmteste Weinort am Bodensee. Hier hatte 1881 der Pfarrer Heinrich Hansjakob, Schriftsteller, Bürgerrechtler und Weinliebhaber, die erste Badische Winzergenossenschaft gegründet. Nach der Säkularisierung mussten sich die Winzerfamilien ohne die reichen Klosterbrüder neue Kunden für ihre Trauben suchen. Die Weinhändler nutzten die Notsituation der kleinen Wengerter und deren Uneinigkeit untereinander aus, indem sie immer neue Tiefstpreise für die Trauben erpressten. Der Pfarrer erkannte die Not seiner Schäfchen und gründete mit ihnen eine Genossenschaft. So entstand der Winzerverein als Bollwerk gegen die Willkür der Weinhändler. Heute ist der *Winzerverein Hagnau* mit rund 60 Winzerfamilien und einer 160 Hektar großen Rebfläche der größte genossenschaftliche Weinbaubetrieb am Bodensee.

Leon sitzt mit Kewian in Hagnau auf der Terrasse des Gasthauses *Seeblick*. Er hat zwei Gläser Winzersekt der Hagnauer Genossenschaft bestellt, eine fruchtige Cuvée von Müller-Thurgau, Bacchus und Kerner. Dass Kewian in ihr Glas noch Orangensaft schüttet, graust ihn, erstaunt ihn aber nicht. Warum er in genau solchen Augenblicken immer Sehnsucht nach seiner Lena hat, wundert ihn ebenfalls nicht.

»Trinkt man in China überhaupt Sekt und Wein?«, fragt er neugierig.

»Nur Champagner und Bordeaux-Wein«, schmunzelt sie frech, »alles, was aus Frankreich kommt, ist bei uns edel und teuer. Für die Genüsse sind die Franzosen zuständig, für die Technik die Deutschen.«

Leon hat sich die Speisekarte geschnappt. Der Koch Felix Herrenknecht hat sein Handwerk bei dem ehemaligen Linzgau Koch Clemens Baader gelernt und bei Markus Gruler in der renommierten *Seehalde*, unterhalb der Birnau liegend, verfeinert.

Direkt neben seiner Küche legt jeden Morgen der Fischerkahn des Hagnauer Fischers Peter Waldvogel an und bringt ihm seinen frischen Tagesfang. »Also Fisch!«, hatte Leon sich schon zuvor entschieden. Er schlägt geräuchertes Wallerfilet, geräucherten Aal und gebratene Hechtleber vor. Sie stimmt unkompliziert zu und langt, kaum stehen die Platten vor ihnen, kräftig zu.

Leon ist von Kewians Appetit begeistert. Schon zu vielen Frauen wollte er die ursprüngliche, unverfälschte Bodenseeküche nahebringen, doch über die klassischen Felchenfilets hinaus ließen sie sich nur selten zu den echten, authentischen Gerichten überreden.

Freilich, seine Lena, aber sonst …

Er denkt, er könne diese Kewian mit weiteren Bodenseegenüssen beeindrucken, und erzählt ihr, dass er bei einem befreundeten Koch diese süßen, kleinen schwarzen Wasservögel, die vor ihrer Nase im See vor der Terrasse tauchen, gegessen habe. Belchenbrüstchen sind eine Spezialität am Untersee.

»Habt ihr auch Seegurken oder Quallen?«, fragt Kewian treuherzig und beginnt von Baby-Aal zu schwärmen.

Jetzt schluckt Leon trocken. »Quallen?«, fragt er ungläubig, »da ist doch nichts dran?«

»Mmh«, macht sie, »Quallen-Salat mit Seetang.«

»Okay, mit einer guten Vinaigrette«, gibt sich Leon geschlagen, »kann ich mir das in der größten Not vielleicht vorstellen, aber was sind Seegurken?«

»Zehn Zentimeter lange Tierchen, die auf dem Meeresgrund leben«, beginnt Kewian nüchtern, die Seegurken zu beschreiben, »man isst sie nicht am Stück, sondern geschnitten.« Leon sieht in ihren Augen ein kurzes freches Aufblitzen, und schon zeigt sie ihm ihre kulinarische chinesische Unverfrorenheit: »Sehen aus wie eure Nacktschnecken im Salat.«

Glücklicherweise kommt in diesem Augenblick Tamara, die Restaurantleiterin, an ihren Tisch, sodass Leon sich eine Antwort ersparen kann. Er bestellt, wie es sich in Hagnau gehört, einen Hagnauer Burgstall Müller-Thurgau und erklärt Kewian, ohne auf das Nacktschneckengericht weiter einzugehen: »Nicht nur der Baron macht hier gute Weine, der Müller von hier ist leicht und doch schön limonig und erfrischend, damit du bei deinen Übersetzungen fit bist und ich beim Autofahren.«

Für ein Dessert ist keine Zeit mehr. Kewian muss zu ihrem Termin, ihr Onkel hat sie auf dem Handy schon angerufen und wird sie am Bahnhof in Überlingen abholen.

»Es ist besser, wenn ich schon zuvor am Bahnhof stehe und er nicht sieht, dass ich dich getroffen habe«, mutmaßt Kewian.

»Sag ehrlich, traust du deinem Onkel zu, dass er oder der Baron mit Hanspeters Tod etwas zu tun haben könnte?«

Energisch schüttelt sie den Kopf, dass ihr ihre halblangen schwarzen Haare um die Ohren fliegen. »Wie kommst du denn darauf? Mein Onkel ist kein Mörder, er ist ein Geschäftsmann, oder hast du Vorurteile gegen Chinesen?«

»Ich habe gegen niemanden Vorurteile!«, stellt Leon klar. »Aber Fakt ist, Hanspeter wurde umgebracht. Das siehst du auch so. Also stellt sich die Frage, von wem?«

Sie schaut ihn wieder mit ihrer versteinerten Miene ausdruckslos an und schweigt erneut.

»Ich kannte Hanspeter sehr gut«, bricht Leon das Schweigen, »und ich sehe weit und breit keine anderen Feinde, die Hanspeter gehabt haben könnte!«

»Feinde!«, zischt sie. »Mein Onkel kannte Hanspeter nicht einmal.«

»Lassen wir das«, gibt Leon vorerst nach, »achte bitte heute Mittag auf alles, was dein Onkel und der Baron reden. Ich rufe dich am Abend an, vielleicht fällt dir bei den Herren in ihren Gesprächen ja irgendetwas auf, was uns weiterhilft, Hanspeters Tod zu klären.«

Nachdem Kewian am Überlinger Bahnhof ausgestiegen ist, fährt Leon zu seinem Freund Karlemann. Er hat am Rand der Stadt Überlingen ein Grafikbüro im Obergeschoss seines Wohnhauses.

Karlemann heißt eigentlich Karlheinz, aber in der Künstlerszene nennt ihn jeder Karlemann. Er ist leidenschaftlicher Maler und Musiker, doch sein Brot verdient er als Werbegrafiker. Er erstellt neben den *Südland Köche-Magazinen* zusammen mit Leon Werbeanzeigen, Werbefilme und Internetauftritte für die Überlinger Geschäftswelt.

Es wird Zeit, dass sich Leon bei ihm sehen lässt. Er hat schließlich noch anderes zu tun, als die Arbeit der Polizei zu erledigen. Er muss mit Karlemann dringend die Liste der neuen Sterne-Köche und der *Bib Gourmand* Auszeichnungen des neuen *Michelin* am See durchgehen und dann die Internetseiten der Linzgau und Konzil Köche aktualisieren.

Jedes Jahr das gleiche Ritual, aber dieses Jahr wird es für ihn besonders schmerzhaft. Ohne Hanspeter, das heißt auch nie wieder den genialen Ochsenschwanz in Spätburgunder-, oder die säuerlichen Kalbsnieren in Rieslingsoße und vor allem nie wieder ausufernde Weinproben mit seinem besten Weinbruder.

Wie Leon in das Grafikerbüro kommt, sieht er, dass Karlemann schon mit der Arbeit begonnen hat. »Viel hat sich nicht geändert«, stellt dieser erfreut fest, »ich habe das Meiste schon wieder online gestellt.«

»Du machst mir Spaß«, murrt Leon, »alles hat sich verändert, mir wird er fehlen.«

»Ein paar Räusche weniger«, lacht Karlemann verschmitzt in seiner rheinischen Frohnatur. »Hier gibt's Kaffee.«

»Auch recht«, gibt sich Leon geschlagen und schiebt auf dem großen Besprechungstisch die Unterlagen zur Seite, um Platz für seine Tasse zu schaffen. Dabei fallen einige Blätter und Papiere, die auf dem Tisch liegen, zu Boden. Leon bückt sich, hebt sie auf und erkennt, dass darunter Weinetiketten sind. Er liest: »Bordeaux, Château Baron von Hohenfels«.

Verblüfft schaut er Karlemann an. Der reagiert gelassen: »Wenn der Herr Baron sein Weingut jetzt Château nennen will, kann mir das gleichgültig sein«, schmunzelt er, »das neue Etikett sollte aber niemand sehen, das hat er mir eindringlich eingeschärft«, lacht der Grafiker verschwörerisch.

»What goes up must come down«, singt aus den *Bose*-Lautsprechern David Clayton-Thomas, der Sänger von *Blood, Sweat & Tears.* »Passend ausgesucht«, deutet Leon den Song und denkt dabei an den Baron. Wer hoch hinaus will, fällt tief!, hatte seine Oma jedes Scheitern irgendwelcher Geschäftsleute aus ihrem Städtchen kommentiert.

»Seine Durchlaucht zockt ein riskantes Spiel«, kommentiert Leon die Weinetiketten. »Château kann der Herr Baron sein Weingut ja nennen, aber Bodenseewein als Bordeaux-Wein zu verkaufen, kann ihn vor Gericht bringen.«

Leon dreht und wendet fassungslos das Weinetikett in seinen Händen. »Ziemlich unverfroren. Hanspeter hatte von den krummen Geschäften des Barons gewusst. Rotwein vom Bodensee als Bordeaux-Wein zu verkaufen, das muss doch auffliegen! Gleichgültig, welche französische Plörre am Bodensee abgefüllt wird, nie und nimmer gewinnt er so einen Bordeaux-Wein.«

Leon geht auf Karlemann zu, fasst die Lehne seines Bürostuhls und dreht ihn um. Erregt redet er auf seinen Kompagnon ein: »Lass die Finger von dem Deal, der Baron übernimmt sich, das geht nicht gut«, und fast beschwörend warnt er ihn: »Das ist kein Kavaliersdelikt und auch kein Spaß. Hanspeter wusste offensichtlich von dem Deal und ist jetzt tot.«

»Red' keinen Nonsens«, herrscht ihn Karlemann unvermittelt scharf an, »das eine hat mit dem anderen nichts, aber auch gar nichts zu tun! Lass Hanspeter aus dem Spiel, der hat sich selbst umgebracht. Immer eine große Klappe, er mache sich nichts aus dem Stern, und kaum zeichnen die *Michelin*-Fuzzis ihn ein Jahr mal nicht damit aus, bringt der sich gleich um.«

»Hat dir das der Baron so eingeflüstert? Er muss wohl allen Grund haben, die Mär des Selbstmordes infolge des Stern-Verlustes weiterzuverbreiten.«

»Das sagt nicht der Herr Baron, sondern die Polizei!«, winkt Karlemann genervt ab und versenkt seinen Kopf wieder hinter seinem großen *iMac*. Konzentriert arbeitet er weiter, seine langen Haare fallen ihm dabei ins Gesicht.

Bis vor Kurzem trug er noch mit Stolz seine Langhaarkünstlermähne. Jetzt hat er sich, mit seinen 50 Jahren, von seinem Beatles-Haarschnitt getrennt und sich nach Leons Urteil einen »Hitler Youth Haircut« verpassen lassen, mit Glattrasur im Genick, rund um die Ohren bis zur Schädeldecke rasiert. »Seiten auf null«, kennt Karlemann die modische Jugendsprache, »das ist trendy!« Nur die Stirnlocke erinnert noch die Rockerlänge.

»Trend ist es in China, teure Rotweine zu trinken«, steuert Leon das Gespräch wieder Richtung Weinetikett, das er noch immer in seinen Händen hält. »Dabei zählen wohl weniger der Geschmack als die wohlklingenden Namen.«

»Von den Etiketten will der Herr Baron diese Woche noch 40.000 Stück haben, aber er weiß noch nicht, welchen Jahrgang ich darauf schreiben soll«, lenkt Karlemann unbekümmert ein und grinst belustigt.

»Den Wein hat er schon in den Tanks, ich war in seinem neuen *Weinhaus* bei Salem. Er muss sich nur noch entscheiden, welcher Jahrgang es ist«, schmunzelt auch Leon wieder versöhnlicher, »das ist der neue Trend im Marketing, die Beschriftung den Käuferwünschen anzupassen, nicht dem Inhalt.«

»Das ist nichts Neues, nicht überall, wo ein Stern am Restaurant klebt, steht der Sterne-Koch in der Küche«, amüsiert sich Karlemann. »Sicher ist, er wird mir einen Spitzenjahrgang nennen, der von mir aus so wahr ist wie die Behauptung, dass Bordeaux-Wein in den Flaschen ist, aber er bezahlt wenigstens Spitzenhonorare.«

»Du weißt schon, dass du damit einem Betrüger zur Hand gehst. Dafür gibt's bis zu fünf Jahre Knast, da du einen anderen täuschst, um dich selbst zu bereichern«, lässt Leon kurz die Reste seines juristischen Fachwissens, beziehungsweise was von seinem abgebrochenen Jurastudium übrigblieb, aufblitzen.

»Ich?«, winkt Karlemann verteidigend ab, »ich schreibe auf die Etiketten, was der Kunde mir vorlegt, Herr Advokat.«

»Du weißt, dass in den Flaschen nie und nimmer Bordeaux-Wein ist, so etwas nennt man vorsätzlich und bewusst, strafverschärfend, gewolltes Handeln.«

»Ich sehe hier keine Weinflaschen, ich gestalte Etiketten, die danach – davon gehe ich aus – von meinem Auftraggeber auf die richtigen Flaschen geklebt werden.«

»Alles Unsinn«, echauffiert sich Leon, »denk an Hanspeter. Du weißt genauso gut wie ich, dass es hier am See keinen Bordeaux-Wein gib und auch kein Château!«

»Was weißt du«, bleibt Karlemann gelassen, »im Allgäu machen sie Emmentaler Käse, und an der Promenade verkaufen sie Bodenseefelchen aus Polen. Warum soll der Baron hier am Bodensee keinen Bordeaux-Wein seines Schlösschens oder seines Châteaus verkaufen?«

»Muss ich dir etwas über Produkt- und Markenpiraterie erzählen? Wenn in Bordeaux nur ein Weinhändler von deinen Etiketten erfährt, stehen morgen zehn Anwälte in dem Château des Barons, und in deine Fälscherwerkstatt rückt die gesamte französische Armee ein.«

»Rechts um! Und ab zum Baron, liebe Soldaten«, lacht Karlemann, »entwerfen kann ich, was ich will, und auch drucken! Nur wer die Etiketten auf die falschen Flaschen klebt, verwendet und in den Umlauf bringt, macht sich strafbar. Ich bin vielleicht als kleiner Grafiker etwas zu kreativ, aber im Auftrag! Und in guter Absicht.«

»Ich weiß nicht, ob hinter diesem Etikett sich nicht das Motiv für Hanspeters Mord versteckt?«, hält Leon Karlemann das Etikett erneut unter die Nase.

Karlemann schiebt Leons Hand beiseite und schaut wieder auf seinen Bildschirm: »Vergiss es! Alle sagen, es war Selbstmord, nur du redest von Mord.«

»Verdammt, du kanntest Hanspeter so gut wie ich. Ein Typ wie der bringt sich nicht um!«

»Das hat man schon von den lustigsten Clowns in der Manege gedacht, die hinter den Zirkuskulissen wahre Trauerklöße waren. In der Psychiatrie nennt man so etwas manisch-depressiv.«

»Mein lieber Herr Doktor der Psychiatrie, Hanspeter war kein Clown. Ich werde heute den Kommissar Sibold treffen, der den Fall bearbeitet. Ich möchte wissen, wie die Polizei überhaupt zu solch einem abstrusen Ermittlungsergebnis kommt.«

Leon kommt es vor, als würde Karlemann ihm gar

nicht mehr zuhören. Er stiert stur auf seinen Bildschirm und überprüft die neuen *Michelin*-Auszeichnungen, die er gerade eingegeben hat. »Er wäre nicht der erste Koch, der sich wegen des Verlusts des *Michelin*-Sterns umbringt«, brabbelt Karlemann missmutig vor sich hin.

»Spinnig Wheel« dröhnt in der Zwischenzeit von *Blood, Sweat & Tears* durch das Grafikerbüro. Leon sieht die neuen Werbeplakate des Barons an Karlemanns Wänden hängen. Reben, deren Trauben am Bodenseeufer reifen und direkt von der Sonne und der spiegelnden Wasseroberfläche beschienen werden.

»Du drehst am falschen Rad«, nimmt Leon den Song von David Clayton-Thomas auf, »euer Schwindel fliegt auf.« Dann droht er: »Wenn die Polizei sich nicht für die Bordeaux-Fälschung und damit auch nicht um das Motiv für den Mord an Hanspeter interessiert, kümmere ich mich darum und veröffentliche die Story über eure Weinpanscherei.« Dann schiebt er säuerlich lächelnd hinterher: »Wenn du dir dann einen guten Medienanwalt nimmst, bekommst du vielleicht noch ein Honorar von den Zeitungen, die dein gefälschtes Etikett abdrucken.«

Da Karlemann ihm aber längst nicht mehr zuzuhören scheint, wird er immer lauter: »Warum nur wollt ihr nicht wahrhaben, was auf der Hand liegt?«, schreit er fast hilflos heraus. Er stiert fassungslos auf das Etikett des fraglichen Bordeaux, schaut verärgert zu seinem Freund Karlemann, steckt das Etikett kurz entschlossen einfach in seine Tasche und schlägt die Tür hinter sich laut zu.

»Um vier gibt's Bier, soll's das nicht sein, tut's auch ein Wein«, lacht Kommissar Horst Sibold und stößt mit seinem Weißherbst-Viertel mit Leon an. Die beiden sitzen in der äußersten Ecke der Theke in der *Weinstube Renker*. Genau auf den Plätzen, an denen sie saßen, als sie sich vor Jahren das erste Mal hier getroffen haben. Mit dem Kommissar verbindet Leon seither nicht nur die Schach-, sondern auch eine ungewöhnliche Weinfreundschaft.

Der Kommissar hat einen Weinkeller mit ausgesucht teuren Tropfen. In Leons Augen leidet er nicht an verschiedenen Räuschen, weil er zu viel trinkt, sondern an einem andauernden Weinkaufrausch. Hin und wieder sucht Leon in dem ständig wachsenden Sortiment des Kommissars nach einigen Flaschen, deren Weine er nicht kennt. Allerdings fragt er, bevor er sie mitnimmt, immer zuerst nach deren Preis. Die Besoldung eines Hauptkommissars liegt offensichtlich deutlich über seinen eigenen Einkünften.

Sein eigener Weinkeller ist dagegen leider bescheiden bestückt. Vielleicht liegt es aber auch an seinem täglichen Gebrauch, so können sich schließlich nie größere Mengen ansammeln.

»Es dauert lange, bis man ein richtiger Weinkenner wird«, hatte ihm Sibold erklärt, während er ihm mal wieder seinen Weinkeller stolz zeigte, und hinzugefügt: »Aber es ist die schönste Zeit!«

Gerade will der Kommissar ein Loblied auf seinen Weißherbst anstimmen. Er hebt sein Glas gegen das Licht und beschreibt den Inhalt: »Helle Lachsfarbe. Lebendige Frucht von Himbeeren und Erdbeeren. Dezente Restsüße, anregend fruchtig und süffig …«

Da fällt ihm aber schon Leon ins Wort: »Altherrenwein«, urteilt er scharf und knapp, »für Senioren, die sich nicht entscheiden können.«

Der Weißherbst zählte am Bodensee lange zu den Standardweinen. Er wird garantiert immer nur aus einer Traube gewonnen, meist aus Spätburgunder. Zur dezenten Farbgewinnung wird ihm auf der Maische die rote Beerenhaut entzogen, bevor er zum Rotwein gärt. Dem internationalen Trend angepasst, nennen die Bodenseewinzer ihn heute Rosé.

Leon hat sich dagegen mit Absicht einen Weißburgunder vom *Weingut Baron von Hohenfels* bestellt. Er bittet Elke, ihm die Flasche zu reichen, und hält sie dem Kommissar jetzt unter die Nase: »Weißburgunder trocken«, steht groß auf dem Etikett. Leon kennt das Etikett seit seinem Besuch im *Weinhaus* genau. Sein Freund Karlemann ist eben ein Künstler und schafft mit wenigen Strichen eine Anmutung des Sees, der Weinberge und der Reben.

»Lesen Sie hier«, fordert er den Kommissar auf: »Abfüller Weinhaus Baron von Hohenfels, Bodensee«.

»Ja, und?«, wundert sich dieser, was Leon ihm damit jetzt sagen will.

»Was heißt da ›ja und‹?«, echauffiert sich Leon, »ein Weißburgunder aus Bodenseetrauben denken Sie, oder?«

»Ja, und?«, bleibt der Kommissar einsilbig stur.

»Fehlanzeige!«, klärt Leon ihn auf. »Dann hieße es Gutsabfüllung oder Erzeugerabfüllung. Das wäre nach dem deutschen Weinrecht die korrekte Bezeichnung, wenn es denn Bodenseewein wäre. Nur bei Erzeugerabfüllung kann der Weinfreund auch tatsächlich davon ausgehen, dass er einen Wein trinkt, der auch aus den Trauben des Weingutes selbst gekeltert wurde. Aber woher die Trauben dieses Weißburgunder stammen, weiß der Kuckuck. Der Baron aber gaukelt uns vor, es wären Trauben vom See, nur weil er die Flaschen am Bodensee abfüllt.«

»Ja, und?«, spielt der Kommissar weiter die Rolle des Arglosen, »der Baron von Hohenfels ist ein Geschäftsmann. Wenn ihm die Trauben am Bodensee ausgehen, kauft er eben woanders welche hinzu. Wenn er das tut und selbst Sie die Etikettierungsvorschriften kennen, wird es legitim und recht sein.«

»Ja«, lacht Leon, »es ist legitim, dass der Mann Wein irgendwo auf dem Markt aufkauft, am Bodensee abfüllt und dann so tut, als wäre es Bodenseewein.«

»Na also«, winkt der Kommissar gespielt gelangweilt ab, »wo ist jetzt Ihr Problem?«

»Das Problem, warum ich Sie treffen wollte, ist der angebliche Selbstmord meines Freundes Hanspeter Rapp«, kommt Leon zu seinem wirklichen Anliegen, »Sie machen es sich zu einfach. Selbstmord. Deckel zu, Affe tot und Feierabend. Aber so einfach ist der Fall nicht.«

Leon ist jetzt in Fahrt, er knallt das bei Karlemann eingesteckte Etikett für den gefakten Bordeaux-Wein des Barons von Hohenfels auf den Tresen. »Ist das auch legitim, Herr Kommissar?«, fragt er provozierend, »haben Sie den Baron gefragt, wie er dazu kommt, nach seinem fraglichen Bodensee-Weißburgunder, auch noch gefälschten Bordeaux-Wein vom Bodensee zu verkaufen?«

Der Kommissar nimmt das Etikett in die Hand und liest überrascht und laut vor: »Bordeaux Château

Hohenfels.« Ungläubig schüttelt er seinen dicken Kopf, fährt mit der rechten Hand über seine rötliche Knollennase und lächelt amüsiert. »Das kann doch nicht wahr sein, das ist jetzt tatsächlich eine andere Nummer«, scheint er nun doch Interesse an Leons Recherchen zu wittern, schiebt aber schnell den Schwarzen Peter von sich: »Darum werden sich die Kollegen der Wirtschaftskriminalität mal kümmern müssen«, reicht er das Etikett, als ginge es ihn nun doch nichts an, wieder zurück. »Aber was, bitte, hat das jetzt mit mir und Ihrem Freund Rapp zu tun? Deshalb wollten Sie mich doch sprechen, oder?«

»Der Herr Baron verkauft dieser Tage 40.000 gefakte Flaschen Bordeaux-Weine mit diesem Etikett nach China. Ich hatte heute Morgen das Vergnügen, mich mit der Nichte des chinesischen Weinimporteurs zu unterhalten. Es geht bei dem Deal um mindestens eine Million Euro. Hanspeter kam dahinter und wollte wohl den Betrug verhindern«, hält Leon mit seinem Verdacht nicht länger hinterm Berg. »Der Baron fürchtete um den gewinnbringenden Handel und seinen guten Ruf, deshalb musste Hanspeter zum Schweigen gebracht werden.«

»Vom Baron?«, schmunzelt Sibold ungläubig. »Machen Sie sich doch nicht lächerlich.«

»Haben Sie die Bordeaux-Flaschen im Büro bei Hanspeter gesehen, ohne Etiketten? Die Frage ist, wie sie zu ihm gelangt sind«, beharrt Leon. »Haben Sie sich überhaupt in seinem Büro gründlich umgesehen?«

»Jetzt aber halblang«, winkt der Kommissar überheblich ab, rutscht mit seinen ein Meter 65 Körpermaß vom Barhocker und baut sich in seiner vermeintlichen vollen Größe vor Leon auf. »Glauben Sie, wir sind auf der Brennsuppe dahergeschwommen?«

In seinem abgetragenen grauen Anzug, mit seinem zu dicken, fast feisten Bauch, der Hemdkragen durch seinen starken Bartwuchs abgescheuert, träge Fettpölsterchen im Gesicht, einem dicken, ungepflegten Henriquatre Bart und einem lockigen, ebenfalls ungepflegten Haarkranz um seine Glatze, erinnert der Kommissar Leon an Udo Samel alias Ernst Gennat, Leiter der Mordinspektion in *Babylon Berlin*. Sibold zeichnet ein Abbild von ihm, aber als auslaufendes Modell. Doch jetzt, aufrecht vor Leon stehend, gibt er sich staatstragend.

»Wir haben genügend Weinflaschen gefunden, dazu brauchen wir Sie nicht! Doch entscheidend war nur die, von der er trank. In ihr haben wir eine Mixtur Spätburgunder mit einem Opioid festgestellt. Die Flasche stand neben Ihrem toten Freund im Kühlraum, und daraus hatte er getrunken, das steht zweifelsfrei fest! Diese tödliche Mischung fand sich in dem Glas wie auch in seinem Magen wieder.« Triumphierend schaut er auf Leon und fügt hinzu: »Wir sprechen hier off the record!«

»Schon gut, Ihre kriminalistischen Ergebnisse will eh kein halbwegs vernünftiger Mensch hören«, wird Leon unbeherrscht, »was alleine interessiert ist: Wer hat ihm den Mix gereicht und eingeflößt, oder glauben Sie, Hanspeter hatte *Exit* um Sterbehilfe gebeten?«

»Wie kommen sie auf *Exit*?«, wird der Kommissar hellhörig. Der Schweizer Verein ist in jüngster Zeit im Bodenseegebiet als Begleiter für Sterbehilfe in die Schlagzeilen geraten.

»Weil zur Sterbehilfe oft *Methadon* verwendet wird«, winkt Leon ab, als würde er einen falschen Gedanken vertreiben. Verärgert und etwas zu laut setzt er nach: »Sie sind aber auf dem Holzweg.« Dann lächelt er fast hämisch und stichelt frech: »Aber kluge Polizisten auf der richtigen Spur gibt es wohl sowieso nur im Fernsehen.«

»Junger Mann, ich erzähle Ihnen hier Dinge, von denen ich besser nicht sprechen sollte, deshalb bitte ich Sie um ein bisschen mehr Beherrschung«, wird nun auch Sibold barsch.

Leon merkt, er sollte jetzt lieber seine provozierende Klappe halten, wenn er mehr erfahren will, und setzt schnell einen unterwürfigen Dackelblick auf.

»Natürlich haben wir alles untersucht, den Wein den Mageninhalt, wir haben das ganze Haus auf den Kopf gestellt. Fakt ist: Hanspeter Rapp war nicht nur alkoholabhängig, sondern er nahm auch regelmäßig Kokain!«

Verdammt! Jetzt kommt der Kommissar auch noch, wie gestern schon der Baron, mit dieser Drogen-Story. Leon will widersprechen und antworten: Daran stirbt man nicht. Er hat schon den Mund geöffnet, schließt ihn aber lieber sofort wieder.

Der Kommissar hat seine Reaktion registriert und lächelt überlegen: »Bleiben Sie ganz ruhig, mein junger Freund. Die Pathologie hat sich Ihres Kochs gründlich angenommen. Man kann dank des täglichen Haarwuchses im Nachhinein den regelmäßigen Kokainkonsum feststellen, der war nicht unerheblich und lässt jeden Menschen nach anfänglichen Hochs in die Tiefe gleiten. In tiefe, depressive Phasen, so ist das leider immer!«

Leon zügelt sich, dem Kommissar erneut ins Wort

zu fallen. Dieser nimmt einen kräftigen Schluck aus seinem Weißherbst-Glas und doziert weiter: »Zum Tod aber führte, und da sind sich unsere Weißkittel alle einig, eine Überdosierung an Opioiden. Die hat Ihr Freund mit dem Spätburgunder gemixt und geschluckt. So lässt sich auch der zunächst ungewöhnliche, rätselhafte Fund in seinem Kühlraum erklären. Wir haben auf seinem Oberlippenbart Raureif festgestellt, sodass sicher ist, er hat sich lebend auf den Stuhl in den Kühlraum gesetzt. Er muss noch geatmet haben, denn nur bei Kälte bildete sich beim Ausatmen Wasserdampf, der sich in den Barthaaren über seinem Mund festsetzte. Die warme Luft aus der Lunge enthält Feuchtigkeit, die sich als Tröpfchen auf Rapps Bart niederließen und zu Raureif froren. Spuren von Gewalteinwirkung finden sich nicht an der Leiche, aber zu viel Alkohol mit Opioiden in seinem Magen!

Zu viel Opioide ist immer ein Tanz auf Messers Schneide. Wir gehen nicht davon aus, dass Rapp vorsätzlich aus dem Leben schied, nein, dafür gibt es keine Hinweise, kein Testament und keinen Abschiedsbrief.«

Der Kommissar schaut sich hin und wieder, während er redet, in der Weinstube um, aber sie sind um diese Zeit noch ungestört in dem Lokal. Kein Gast hört ihnen zu, und Elke stellt neue Blumen und Deko auf die Tische. Ungestört kommt der Kommissar so zu dem Ende seiner Ermittlungsergebnisse: »Demnach hat sich Rapp betrunken, übrigens mit über zwei Promille im Blut, in seinen Kühlraum begeben. Die Ärzte gehen davon aus, dass er in seinem Zustand dank des tödlichen Drogenmix von der Kälte nicht viel mitbekommen habe und durch die

Endorphine, die zu schweren Gleichgewichtsstörungen führen und den Blutkreislauf senken, schließlich, wie bei jedem Alkoholiker, sich mit einem völligen Kontrollverlust auf den Stuhl gesetzt habe.«

»Und um frisch zu bleiben, blieb er sitzen, bis ihn jemand fand. Das ist doch haarsträubend!«, kann sich Leon nicht weiter zurückhalten, merkt aber, dass er etwas zu laut wurde, und setzt schnell leiser nach: »Das klingt eher nach einem perfiden Schachzug eines nicht unüberlegt handelnden Täters!«

»Mein lieber Freund, es ist nun mal so, dass bei einer Überdosierung von Opioiden die Dämpfung des Atemzentrums zur Bewusstlosigkeit und schließlich zu einem Atemstillstand und zu den endgültigen, unkontrollierten Handlungen führt. Es beginnt kaum merkbar mit einer vertieften und von der Frequenz her verminderten Atmung, schließlich folgen nur noch wenige Atemzügen pro Minute, aufgrund dessen wurde es Rapp schwindlig, er setzte sich auf den Stuhl und stellte die Weinflasche, auf der sich übrigens nur seine Fingerabdrücke finden, wie auch auf dem Glas, neben sich und schlief, wenn Sie so wollen, friedlich ein.«

»Ein friedlicher Mord!«, lacht Leon böse. »Wir hatten, zugegeben, öfter kräftig über den Durst getrunken, aber wir saßen meist im Gastraum und nie im Kühlraum!«

»Der Stuhl aus dem Gastraum, auch das haben wir geklärt, steht seit dem Einbau der Kühlzelle in dem Kühlraum, das bestätigen alle Mitarbeiter. Es gibt eine serbische Küchenhelferin, die hatte ihn vor Jahren schon hineingestellt, damit, wenn sie darauf steigt, sie die tiefgefrorenen Felchen aus dem oberen Regal fischen kann.«

Dabei schaut der Kommissar Leon belustigt an. »Hat Ihnen Ihr Freund nicht auch erzählt, dass man Felchen gar nicht eingefrieren könne?«

Leon schaut den Kommissar irritiert an. »Sind Sie jetzt beim Wirtschaftskontrolldienst oder bei der Mordkommission?«, zischt er giftig. »Fragen Sie sich lieber, warum Hanspeter in Ihrer Theorie überhaupt in den Kühlraum ging, um sich von der Welt zu verabschieden oder einen tiefgefrorenen Wein zu holen?«

»Mein Lieber, wir haben uns natürlich gründlich umgesehen. Herr Rapp hatte im Kühlraum ein ansehnliches Kokain-Depot, professionell feucht eingefroren. Ihr Freund war kein Gelegenheitskonsument. Wollen Sie es nicht lieber dabei belassen und ihn nicht noch öffentlich posthum als Kokain-Dealer hinstellen?«

»Und da er von all seinen Drogen nicht genug bekam, hat er in seinen Spätburgunder ein Opioid gekippt und wollte dann noch etwas Koks zusätzlich schniefen?«, lacht Leon hämisch. »Wo hatte er denn das Kokain her?«

»Vermutlich von seinem Kellner Konrad Hengstler, man kennt ihn in der Szene als Drogen-Dealer. Wir haben ihn zur Fahndung ausgeschrieben. Aber für den Tod Ihres Freundes ist es letztendlich unerheblich, woher er seine Drogen bezog.«

»Eine schöne Theorie haben Sie sich da zurechtgelegt. Gratuliere, Sie haben Ihren Fall aufgeklärt! Nach dem Verstoß gegen das Betäubungsmittelgesetz ein tragisches Missgeschick eines Drogies. Ein Drogentoter mehr, und der Bürger wird erneut von dem Verstoß gegen das Betäubungsmittelgesetz gewarnt. Wen die Polizei nicht erwischt, der bringt sich selbst um!«, brummelt Leon verächtlich. »Das alles glauben Sie doch selbst nicht!«, setzt er verärgert nach, und etwas lauter und echauffiert wirft er dem Kommissar vor: »Den Baron und seine Chinesen lassen Sie laufen. Dass Hanspeter den Weinbetrug aufgedeckt hat, interessiert Sie einfach nicht.«

»Aber natürlich«, beschwichtigt dieser, »das habe ich Ihnen bereits gesagt. Die Kollegen der Wirtschaftskriminalität werden sich darum kümmern. Aber was hat das mit dem Tod von Herrn Rapp zu tun? Haben Sie es immer noch nicht kapiert: Wollen Sie, dass wir öffentlich von seiner Drogenabhängigkeit reden oder lieber von einem Suizid?«

Leon winkt verärgert ab, steht von seinem Barhocker auf, lässt den Kommissar sitzen und steckt Elke im Gehen einen Zehneuroschein zu. Den sturen Beamten nach diesem Gespräch noch einzuladen, fällt ihm sicher nicht mehr ein. Verärgert steigt er in seinen Porsche, der vor der Weinstube im Parkverbot steht, und rauscht etwas zu laut und zu schnell davon.

Gegen schlechte Laune hilft joggen oder ein gutes Essen. Mit zwei Viertel im Kopf entscheidet er sich leicht für die zweite Alternative und ein weiteres Viertel zu Hause. Im Bioladen ums Eck kauft er ein Bauernbrot, denkt an diese verfluchten Rotweine zu Hause und kauft sich dazu einen Roquefort-Käse.

Wenn Föhnwetter ist und die Sonne tagsüber scheint, riechen die Seehasen schon im Monat März den Frühling. Abends allerdings wird es manchmal noch empfindlich kalt. Deshalb setzt sich Leon einen Gaisburger Marsch auf, allerdings nicht mit Suppenfleisch, sondern mit kleinen Kretzerfilets, die er am Samstag bei dem Bodenseefischer Knoblauch, in seinem Fischgeschäft auf der Überlinger Hofstatt, eingekauft hat.

Zuerst röstet er dafür Zwiebeln in einem Topf, löscht sie mit einem Grauburgunder, den er im Kühlschrank stehen hat, ab. Ungewöhnlich, dass er sich erst danach einen Schluck in ein Glas einschenkt und trinkt, und schon rächt sich der Fehler. Auch ein zweiter Schluck versöhnt ihn mit dem Grauburgunder nicht. Er hat einen deutlichen Korkgeschmack!

Er weiß, dass viele Köche ihre Korkweine hemmungslos in die Soße oder Suppe schütten. Sie behaupten, dass sich der Geschmack beim Kochen verflüchtige. Manche Winzer schenken Wein mit leichtem Kork selbst in ihrer Rädlewirtschaft zu später Stunde als Schorlewein, bedenkenlos den fröhlichen Gästen in die Gläser.

Leon könnte die Flasche zu Hans Rebholz nach Liggeringen zurückbringen. Sein Weingut liegt zwar auf dem Bodanrück, doch seine Reben stehen auf der Halbinsel Höri bei Bohlingen und Gaienhofen. Ein kleines, aber feines Weingut. Lieber schüttet er aber den Wein großzügig in den Abfluss und greift unverdrossen zu einer weiteren Grauburgunderflasche von Hans Rebholz.

Aus Fehlern soll man lernen! Diesmal testet er zuerst, füllt sein ausgeschwenktes Glas mit dem neuen Wein, riecht die Wiesenkräuter und Zitrusaromen, nimmt einen Schluck, schmeckt die feinen Mineralien, trinkt zufrieden noch einen zweiten Schluck und gibt dann Kartoffelwürfel, Lauch, Sellerie und klein geschnittenen Ingwer in den Topf hinzu. Da schrillt die Haustürklingel im Flur.

Verdammt, gerade hatte er sich auf einen ruhigen Abend gefreut. Er muss jetzt erst einmal die Neuigkeiten des Kommissars sortieren und verarbeiten. Besuch passt ihm jetzt überhaupt nicht ins Programm. Gelassen nimmt er einen weiteren Schluck des Grauburgunders, schnalzt mit der Zunge und wartet ruhig ab.

Doch es klingelt erneut. Er hört Senta oben bei Helma bellen. Später will er kurz nach den beiden schauen, doch jetzt öffnet er erst mal missmutig die Haustür.

»Entschuldige, aber du hast mich nicht angerufen.« Kewian steht in ihrem gelben Mantel mit ihrem roten Koffer vor seiner Haustür.

»Komm herein«, setzt Leon schnell seine freundlichste Gastgebermiene auf und winkt sie höflich in das Haus, »ich mache mir gerade eine heiße Suppe, danach hätte ich mich bei dir gemeldet«, behauptet er frech.

»Ich muss mit dir reden, ich gehe auch gleich wieder«, antwortet sie verunsichert und schaut verängstigt nach oben, wo Senta noch immer bellt.

»Keine Angst, bellende Hunde beißen nicht,« greift Leon nach ihrem Koffer und zieht ihn in den Flur. »Jetzt komm erst mal rein.« Er hilft ihr, ganz Gentleman, aus ihrem gelben Mantel und hängt ihn an die Garderobe, dann führt er sie in die Küche.

»Nimm Platz«, schiebt er ihr einen Barhocker an den erhöhten Küchentisch, auf dem Leon die Suppenzutaten vorbereitet hat. »Einen Schluck Wein?«, fragt er und gießt ihr, bevor sie antworten kann, ein Glas Grauburgunder ein.

Neugierig schaut Kewian in den Kochtopf auf dem Herd, und Leon entscheidet sich schnell für weitere feinere Zutaten: Er nimmt die Hitze von der angesetzten Gemüsebrühe, dass die Karotten nicht zu weich kochen und holt tiefgefrorene Garnelen aus seinem Eisfach. Diese gibt er in ein Sieb und hält sie unter fließendes kaltes Wasser. Danach legt er sie auf ein Küchentuch, schneidet viel Knoblauch, Zwiebeln und Chilischoten klein und gibt alles in eine heiße Pfanne, in die er zuvor etwas Öl gegossen hat. Einige Zwiebelringe lässt er auf dem Holzbrett liegen, sie will er später mehlieren und damit seinen jetzt auf Asia-Style getrimmten Gaisburger Marsch professionell krönen.

Leon spürt, wie Kewian ihn beobachtet und mustert. Damit kann er aber gleich gar nicht umgehen. Er schaut sie herausfordernd an, blickt ihr in die dunklen Augen, hebt sein Weinglas und stößt mit ihr an: »Auf Bai Ling, aber du siehst noch besser aus als sie«, zwinkert er ihr zu. »Ich habe heute Morgen nach ihr im Internet geschaut, um dich am Bahnhof zu erkennen.«

»Meine Freunde sagen, ich hätte Ähnlichkeiten«, wiegelt sie ab. »Aber außer meinem Schönheitsfleck hier«, dabei fährt sie sich mit ihrer rechten Hand zu ihrem Muttermal im Gesicht, »sehe ich nicht viel Vergleichbares.«

»Ich schon«, bleibt Leon ganz charmant, »jetzt erst habe ich bei deiner Bai Ling erfahren, dass dein Muttermal im Gesicht kein Leberfleck, sondern ein Schönheitsfleck ist.«

»Bei uns in China nennt man den Flecken Qi. Das Qi der Leber verteilt das Blut im Körper, das Qi der Mutter behütet das Kind, das Qi der Erde trägt das Haus, und so weiter.«

»Schon gut«, bremst Leon, »klingt nach einer daoistischen Weisheit. Ich kann dir als durchschnittlicher Mitteleuropäer nur sagen, dass du es jederzeit mit Bai Ling in puncto Schönheit aufnehmen kannst.«

»Dann kann ich mir den Fleck ja wegwischen«, lacht sie augenzwinkernd, nimmt ein Papiertaschentuch, spuckt darauf und wischt den Schönheitsfleck aus ihrem Gesicht.

Leon ist baff: »Hier im Westen bewundern viele die Zauberkräfte eurer chinesischen Medizinmänner, und tatsächlich, du gehörst wohl auch zu den Yin-und-Yang-Schamanen. Bei uns am See schnippelt in Lindau ein Schönheitsoperateur für viel Geld den Frauen im Gesicht herum, du dagegen brauchst offensichtlich nur ein Taschentuch, mehr nicht.«

»Ich male mir den Fleck erst, seit ich in Deutschland lebe, auf«, klingt sie fast entschuldigend, »aber ich wurde in der Uni immer mit einer chinesischen Kommilitonin verwechselt, da sah ich Bai Ling, seither male ich mir den Fleck auf wie sie.«

»Sieht ja wirklich gut aus, wie einst bei Hollywoodstar Marilyn Monroe. Wegen mir kannst du den Fleck wieder aufmalen«, ermuntert Leon seine Besucherin, während er nebenbei die Kretzer mit Salz, Pfeffer und Zitrone würzt. Die kleinen Filets will er später, erst ganz kurz vor dem Servieren, nur sanft im heißen Dampf des Gaisburger Marsches garen.

»Aber du siehst sowieso gut aus, du weißt, viele Europäer stehen auf Asiatinnen«, beendet er seine Komplimentenarie und muss plötzlich an Lena denken. Wenn sie ihn so reden hören würde, auweia. Ihr macht er stets

Komplimente, weil sie wahrlich keine asiatische mädchenhafte Figur wie Kewian hat, sondern eine groß gewachsene Frau ist, langbeinig, Sportlerkreuz und Schwimmerschultern.

Sie aber lächelt unschuldig: »Danke! Vielleicht sehe ich in deinen Augen gut aus, aber mir geht es heute schlecht, sehr schlecht!«, verhärten sich ihre Züge, »zuerst am Morgen die Nachricht von Hanspeters Tod, und heute Mittag das seltsame Verhalten meines Onkels Shao.«

Leon stellt seine Kretzerfilets, die er gerade in den Topf legen will, zurück und setzt sich Kewian gegenüber. »Erzähl!«, fordert er sie interessiert auf.

Sie beginnt zunächst zögerlich und verhalten zu berichten und fängt mit der jüngsten Drohung an: »Zum Abschied, im Auto, beschimpfte er mich sehr böse und warnte mich. Ich hätte Hanspeter nichts von seinen Geschäften mit dem Baron erzählen dürfen. Dann herrschte er mich plötzlich aggressiv an: Wenn ich nicht die Klappe hielte, könne er für nichts mehr garantieren!«

»Klingt tatsächlich nach einer ernst zu nehmenden Drohung«, gibt Leon ihr nüchtern recht, »was heißt das, er könne für nichts garantieren? Für dein Leben, oder was? Und was genau und in welchem Zusammenhang hat er dir das alles an den Kopf geworfen?«

»Ich habe ihm gesagt, dass ich um 18 Uhr mit dem Zug nach Heidelberg zurückfahre. Dann hat er mich an den Bahnhof gebracht und mich zuerst nach meinem Verhältnis zu Hanspeter ausgefragt und gleichzeitig beschimpft, warum ich die Klappe nicht halten könnte. Ich habe doch, als ich Hanspeter von meinen Übersetzungsdiensten erzählte, nicht gewusst, dass niemand erfahren soll, dass mein Onkel hier Wein einkauft. Das habe ich ihm gesagt, aber mir war es von Anfang an unwohl in seinem Auto. Vor allem sein Drohen. Später, als ich allein auf dem dunklen Bahnsteig stand, ging mir die Schärfe seines Tons nochmals durch den Kopf, und da bekam ich erst richtig Angst.«

Schon fast verzweifelt schaut sie Leon an und fügt mit dünner Stimme hinzu: »Dann erst habe ich gelesen, dass mein Zug wegen irgendwelchen Gleisarbeiten heute gar nicht fährt.«

»Und dann?«

»Was hätte ich denn dann tun sollen? Hanspeter lebt nicht mehr, und ich hatte plötzlich solche Angst vor meinem eigenen Onkel. Ich bin schnell die Treppen von dem dunklen Bahnsteig auf den erleuchteten Vorplatz hochgelaufen, habe mich in ein Taxi gesetzt, deine Adresse im Internet gesucht und bin dann direkt hierhergekommen. Wohin hätte ich denn sonst gehen können? Ich kenne doch außer dir niemanden hier.«

»Was hast du denn alles deinem Onkel von Hanspeter erzählt?«

»Schon am Mittag hatte er mich gefragt, wo ich übernachte. Ich habe ihm geantwortet, dass ich nicht übernachten werde. Der *Adler*, wo mich der Baron ursprünglich einquartiert hatte, ist geschlossen und der Besitzer, Hanspeter Rapp wurde ermordet. Als ich ihm das gesagt hatte, schaute er fragend zu dem Baron, dieser aber verstand nichts von unserem Gespräch, worauf mein Onkel mich bat, dem Baron zu übersetzen, was ich ihm gerade erzählt habe.«

Leon hört ihr aufmerksam zu. Dass ihr Onkel und der Baron mit Hanspeters Tod etwas zu tun haben, wird für ihn erneut offensichtlich. Welchen Unfug der Kommissar auch immer ihm heute Mittag in der Weinstube erzählt hat, war für ihn von Anfang an Makulatur. »Erzähl weiter«, fordert er Kewian auf.

»Bevor ich dem Baron alles übersetzen konnte, fiel er mir schon ins Wort und raunzte mich wüst an, woher ich diesen Quatsch hätte? Hanspeter wurde nicht ermordet, er hätte sich selbst umgebracht! Dann wollte er unbedingt wissen, wie ich auf die Idee eines Mordes gekommen sei.«

»Hast du meinen Namen genannt?«, wird es Leon zunehmend mulmig.

»Er hat so lange nachgefragt und gebohrt, bis ich einen Namen nennen musste«, stammelt sie verunsichert.

»Verdammt«, entfährt es Leon. Er steht auf, geht aus der Küche über den Flur in das dunkle Wohnzimmer. Er lässt das Licht aus, schleicht sich zum Fenster und linst vorsichtig auf die dunkle Straße.

Zurück in der Küche dreht er das Gas am Herd aus. »Ich bin sofort zurück«, ruft er Kewian zu, eilt die Treppen hinunter in den Keller, öffnet die Tür zum Garten und pirscht sich leise im Sichtschutz der Hecken und Sträucher zum Gartenzaun.

Vorsichtig spitzelt er durch die Zweige. Es ist längst stockdunkel. Die Straßenleuchten sind spärlich aufgestellt, trotzdem erkennt er jedes Auto, das hier parkt. Je größer die Villa, desto dicker der SUV. Leon kann jede Karre ihrem Bewohner zuordnen. Dank Helma wohnt er in einer noblen Gegend der Seestadt, und schicke Villen fordern von ihren Besitzern heute wohl immer auch dickere Autos vor der Tür.

Er schaut sich sicherheitshalber nochmal um. Bei Helma im Obergeschoss brennt wie immer ein Licht im Wohnzimmer, der Fernseher flackert bläulich. Ansonsten herrscht Vorstadtruhe. Trotzdem will er noch einen weiteren Blick in die Anliegerstraße werfen. Schon erleichtert geht er aufrecht auf die Fahrbahn.

Kaum aber steht er in dem Sträßchen, blenden nur wenige Meter vor ihm plötzlich zwei gleißende Autoscheinwerfer auf, gleichzeitig dröhnt ein wütender Motor auf, und Reifen quietschen. Die grellen Lichter halten voll auf Leon zu. Er springt reaktionsschnell zur Seite, landet in den Dornen der eigenen Hecken und schaut dem hörbar hochmotorisierten Sportwagen hinterher.

Bevor er die Automarke des tiefergelegten Rennwagens oder eine Autonummer erkennen kann, blickt er nur noch kleinen runden Rücklichtern des Wagens hinterher. Lediglich das Dröhnen der von Leon geschätzten acht oder gar zwölf Zylinder, ist noch in der kleinen Straße zu hören.

Bella, der Hund des Nachbarn, jault kurz auf. Bounty, die Katze von gegenüber, stolziert gemütlich über die dunkle Straße. Damit herrscht auch schon wieder die allabendliche friedliche Vorstadtidylle. Leons leises Fluchen hört niemand.

Zurück in seiner Küche sitzt Kewian unverändert steif auf ihrem Hocker. Er findet sie mit leerem Blick in die Luft stieren. Ihre Furcht ist spürbar. Doch als Leon eintritt, lächelt sie ihm gespielt mutig zu.

Auch er gibt sich locker: »Alles okay«, lächelt er zuversichtlich zurück und zündet die Gasflammen unter der Pfanne und dem Topf wieder an. »Wir sollten etwas essen«, rät er mehr sich selbst, sagt aber zu Kewian gerichtet: »Das beruhigt die Nerven.«

Von wegen Suizid!

Für Leon ist die Verfolgung Kewians ein weiterer Hinweis, dass sein Freund keines freiwilligen Todes gestorben ist. Warum sonst diese Drohung ihres Onkels und jetzt noch die Überwachung. Er fragt sich nur, steckt der Baron oder Kewians Onkel oder gar beide hinter dem Mord?

Dass der Fahrer des Sportwagens von Kewians Onkel ihr auf den Hals gehetzt wurde, ist er sich sicher, wie sonst hätte er den Weg jetzt zu ihm gefunden. Er muss Kewian vom Bahnhof aus gefolgt sein, vielleicht trägt sie einen Sender irgendwo an sich, in ihrer Handtasche oder ihrem Koffer.

Verflixt ist aber, dass ihr Onkel ihn jetzt selbst auf seinem Bildschirm hat. Ganz wohl in seiner Haut fühlt er sich nicht mehr. Ob er Kewian von seinen Befürchtungen erzählen soll?

Wie beiläufig fragt er: »Du und dein Onkel, versteht ihr euch gut?«

»Wie meinst du das?«

»Ist er ein guter Onkel, um es deutlicher zu sagen, ein liebevoller Onkel?«

»Er hat mir das Abitur und das Studium ermöglicht, deshalb bin ich ihm zu immerwährendem Dank verpflichtet. Mein Vater sagt, ich muss tun, was er fordert, wir stehen tief in seiner Schuld!«

»Was fährt er für ein Auto?«, fragt Leon unverbindlich.

»Einen Mercedes natürlich!«

»Kein Sportwagen?«

»Nein, einen großen schwarzen Mercedes, ganz sicher.«

»Und seit wann ex- und importiert er Weine von Deutschland nach China?«

»Aus Deutschland jetzt zum ersten Mal. Ich hatte meinen Onkel seit Jahren nicht mehr gesehen. Vor einem halben Jahr hat er mich zu sich nach Mailand gerufen, dort hat er ein großes Büro mit vielen Lagerhallen. Bisher hatte er in Frankreich und Italien Weine eingekauft. In China trinken nur reiche Leute Wein. Die reichsten fahren BMW und trinken Bordeaux.«

»Zumindest haben sie Geschmack«, attestiert Leon den prestigeträchtigen Statussymbolen und prostet Kewian mit seinem Bodensee Grauburgunder zu.

»Nein, haben sie nicht«, widerspricht sie resolut, »sie haben einfach viel Geld und wollen das zeigen. Deshalb sagt mein Onkel, das Etikett muss glänzen, Château und Bordeaux muss darauf stehen, und der Wein muss dunkelrot wie Blut sein, nur das zählt bei seinen Kunden!«

»Und Vin sec«, ergänzt Leon, »secco, beziehungsweise auf gut Deutsch: trocken!«

Sie lacht: »Als ich meine Mutter letztes Jahr besuchte, hatte sie eine Flasche Barolo von meinem Onkel im Wohnzimmer stehen. Zu meinen Ehren haben sie die Flasche geöffnet; nach dem ersten Schluck hat meine Mutter Zucker geholt, und mein Vater hat Cola in seinen Wein geschüttet.«

»Gibt es denn Cola in China?«, wundert sich Leon, »ich meine echtes *Coca-Cola*?«

»Glaubst du, China ist hinter dem Mond zu Hause?«, klingt Kewian plötzlich fast beleidigt.

»Nein, aber ich dachte, China ist eine kommunistische Volksrepublik. Die Amis sind doch nicht eure Freunde, und Mao hat sicherlich kein Cola getrunken.«

»Ihr Deutschen mit unserem Mao«, lacht sie und nutzt das Geplänkel schnell, um ihre Angst zu überspielen, »ich glaube, Mao Tse-tung liebte den süßen Saft des US-Imperialismus, vielleicht förderte er nur deshalb nach seiner Revolution die revisionistische Politik gegenüber dem Westen, um die Handelsbeziehungen zu ermöglichen und an Cola zu gelangen.«

»Oder wegen des Bordeaux-Weins?«, schmunzelt Leon.

»Vermutlich auch deshalb«, wirkt Kewian langsam wieder etwas unbeschwerter und befreiter, »schließlich habt ihr Deutschen ja nur wegen des Bordeaux-Weins Frankreich besetzt und dann die Weinkeller der Bordeaux-Winzer ausgeraubt. Das habe ich jedenfalls gelesen.«

»*Wein und Krieg*«, nennt Leon den Titel des Buches von Don & Petie Kladstrup. Er staunt, wie belesen die junge Chinesin ist. Das französische Autorenpaar beschreibt darin den Zweiten Weltkrieg als eine Schlacht um Frankreichs größten Reichtum. Demnach wurden auf ausdrücklichen Befehl Hitlers die besten Bordeaux-Weine und Champagner-Flaschen aus Frankreich nach Deutschland verschleppt. Dieser Diebstahl soll erst die französischen Winzer in die Résistance getrieben haben.

»Aber ob Hitler tatsächlich nur wegen des Bordeaux-Weins in Frankreich einmarschiert ist, ist jetzt doch eine arg steile These von dir. Ich glaube nicht, dass die auch nur irgendein ernstzunehmender Historiker nüchtern mit dir teilt«, schmunzelt Leon, der dank der kleinen Diskussion auch schon wieder etwas lockerer wird.

»Sitz ich allein, wo kann ich besser sein? Meinen Wein trink ich allein, niemand setzt mir Schranken, ich habe so meine eig'nen Gedanken«, legt Kewian stolz lächelnd eine Schippe ihrer deutschen Literaturkenntnis weiter obenauf.

»Gede«, schiebt sie selbstbewusst noch hinterher.

»Goethe«, korrigiert Leon besserwisserisch kleinlaut, »doch ich bin sicher, ich könnte bei dir, Frau Master Germanistik, in einigen Deutschstunden noch viel lernen. Aber lassen wird das jetzt lieber. Wir haben leider noch ein anderes wichtigeres Thema: Ich muss wissen, hast du jetzt Angst vor deinem Onkel? Traust du ihm zu, dass er mit Hanspeters Mord zu tun hat?« Leon braucht Klarheit, um diesen Shao Wang richtig einzuordnen.

»Mein Onkel hat es geschafft, in die internationale Geschäftswelt aufzusteigen, das ist bei uns in China nicht so einfach. Aber er kennt genügend korrupte Parteikader, diesen Erfolg lässt er sich jetzt nicht mehr nehmen.«

»Damit hast du meine Frage nicht beantwortet,« insistiert Leon, gibt die Kretzer auf die Gaisburger-Marsch-Brühe und schließt den Topf mit einem Deckel. Nur im Dampf werden sie jetzt garen. In der Zeit brät er die mehlierten Zwiebelringe parallel in einer Pfanne mit heißem Öl.

»Etikettenschwindel ist bei uns weniger ein Problem als bei euch. Gepanschten Wein erkennen die Kunden kaum«, stellt Kewian nüchtern fest, »aber Mord – ich weiß nicht. Allerdings, ein Toter in Überlingen interessiert in China so wenig wie euch, wenn in Peking ein Sack Reis umfällt.«

»Na, Humor hast du ja noch«, freut sich Leon, »aber witzig ist das alles nicht mehr.« Er denkt an den Sportwagen, der ihn fast umgefahren hätte, sagt aber unverfänglich: »Gut genährt ist halb gewonnen!«, stellt zwei Teller auf den Tisch und gibt die Gemüsebrühe hinein, legt die gedämpften Kretzerfilets darauf und dazu die gerösteten Krabben. Mit den frittierten Zwiebelringen obenauf garniert er das Gericht.

»Essen, Trinken, Lachen, sind alles feine Sachen«, erinnert sich Leon an einen Kinderreim zu Tisch.

Kewian schaut ihn irritiert an.

»Sehen, Riechen, Schmecken, heißt feines entdecken«, zitiert er augenzwinkernd weiter.

»Wein, Gemüse und Fisch stehen auf dem Tisch«, reimt er weiter und hebt sein Weinglas hoch. Er nimmt einen Schluck und schaut Kewian zu, wie sie sich zuerst mit der Gabel die Krabben vom Teller pickt und sich dann an die Fischfilets macht.

Leon dagegen nimmt den Löffel und beginnt mit der Brühe und Gemüsestücken.

»Grätsèr«, klärt er sie in breitem Seealemannisch auf, »einer der feinsten Fische aus dem Bodensee. Aber magst du keine Fischsuppe?«, wundert er sich. »Ich dachte, Suppe ist euer Nationalgericht in China, deshalb habe ich dir einen Löffel hingelegt.«

»Wir essen zuerst das Hauptgericht, erst danach trinken wir die Suppe«, klärt sie ihn auf. »Immer der Reihe nach! Wir haben in China eine etwas andere Menüfolge als ihr Deutschen.«

»Okay, mach, wie du meinst. Aber der Nachtisch kommt bei euch auch am Schluss. Es gibt nachher zum Dessert Käse«, schlägt Leon vor und holt den Roquefort aus dem Kühlschrank. Dazu greift er zu der Rotweinflasche, die er gestern heimlich im *Weinhaus* abgefüllt hatte. Er öffnet die Flasche und schenkt zwei dickbauchige Rotweingläser ein. »So weißt du wenigstens, wie der Bordeaux-Bodenseewein, den dein Onkel in China verkaufen will, schmeckt«, schmunzelt er.

Sie greift zu einem der Gläser, schiebt den Käse aber weit von sich: »So wenig wie du unsere Seegurken magst, so wenig habe ich mich an eure schimmlige Milch gewöhnt.«

»Das werden eure Eliten auf der Jagd nach luxuriösen französischen Gourmetspezialitäten schon noch herausfinden. Roquefort zusammen mit Bordeaux, ein Hochgenuss für die Zunge! Weißt du, zu welchem Preis dein Onkel die Bordeaux-Flasche in China verkaufen wird?«

»Wenn ihm das Etikett gefällt, wird er dem Baron von Hohenfels sicher die 15 Euro pro Flasche bezahlen, auf diese Summe haben sie sich geeinigt. Ich denke, dass er in China leicht den doppelten, wenn nicht gar den dreifachen Preis bekommen wird. Auch in China glauben die Reichen, was teuer ist, ist gut!«

»Dann könnte dein Onkel auf die Schnelle mal kurz eine Million Euro einsacken«, pfeift Leon durch die Zähne, »ich habe dir doch gesagt, da rechnet sich solch ein Mord schnell.«

»Darum habe ich doch solche Angst«, flackert die Furcht erneut in ihren Augen auf. Ihre dunklen Pupillen beginnen zunehmend, unruhig zu flimmern. »Wenn mein Onkel Hanspeter tatsächlich auf dem Gewissen hat, müssen wir das der Polizei sagen!«

»Die wollen von einem Mord nichts hören«, winkt Leon ab, »Hanspeter hätte den Deal verhindern können, er wollte ihn verhindern! Aber genau deshalb musste dein Onkel oder der Baron Hanspeter aus dem Weg räumen. Aber die Polizei interessiert das alles nicht. – Noch nicht!«

Seine Befürchtung, dass er sich nun selbst im Visier des möglichen Mörders sieht, verrät er ihr lieber nicht. »Du fährst morgen wieder nach Heidelberg und bist dann erst mal aus der Schusslinie«, lächelt er ihr aufmunternd zu und riecht an dem Glas mit dem ominösen Rotwein.

Leon ist überrascht über das wirklich ansprechende Bukett, erkennt ohne Zweifel die typischen dunklen Beeren eines Bordeaux, nimmt einen ersten Schluck und schmeckt auch Schokolade. Der Teergeschmack, den er beim Abfüllen bemerkt hatte, ist heute wie verflogen.

»Ich verstehe das ganze Theater, das ihr um eure Weine macht, sowieso nicht«, dreht Kewian ihr Rotweinglas wie einen ekligen Gegenstand aus einem fremden Land in ihrer Hand. Dann hält sie das Glas, wie es eben Leon getan hat, gegen das Licht, schaut es fast mit Todesverachtung an und nimmt plötzlich einen kräftigen Schluck daraus. Dann stellt sie das Glas ab und ist sich sicher: »Nichts schlägt einen frisch aufgegossenen grünen Jasmintee!«

»Dafür hast du aber gerade einen ziemlich großen Schluck von dem Wein genommen«, zeigt Leon auf ihr Glas, das schon nach dem ersten Schluck halb leer ist.

»Aber nicht, weil er mir schmeckt, sondern damit ich

nachher schneller einschlafen kann«, gesteht sie und leert mit einem zweiten Schluck ihr Glas endgültig, »ein Glas Rotwein wirkt bei mir wie ein Röhrchen Schlaftabletten.«

Leon schaut ihr kritisch zu. Wein trinken ist für ihn immer ein Geschmackserlebnis. Mit einem Lächeln zitiert er frei nach Wilhelm Busch: »Ein Trinkgefäß, sobald es leer, macht keine rechte Freude mehr.« Aufmunternd gießt er ihr nach, wohl wissend, dass Kewians Art des Trinkens, um zu vergessen oder gar fröhlich zu werden, immer genau das Gegenteil bewirkt.

Er selbst redet sich ein, mit Alkohol umgehen zu können. Jeder Schluck ist bei ihm ein Genuss! So war es auch bei Hanspeter. Den Stuss des Kommissars, dass Hanspeter sich ein Opioid in seinen Wein gegeben haben soll, glaubt er sowieso nicht. Sie beide tranken Wein, nicht, um zu vergessen, sondern, um ihn zu genießen.

Jeder Schluck ist meist ein Herantasten an das Terroir. Es gilt, dic Handschrift des Weinmachers zu erkennen. Wein ist ein Naturprodukt und soll es bleiben. Dies macht gerade die geschmackliche Vielfalt der Weine aus! Es gilt, den vergorenen Traubensaft zu genießen und zu erleben, er trinkt seit seiner Jugend nicht mehr, um sich abzuschießen. In seinem Alter heute fahren am nächsten Tag noch die Rebläuse in seinem Kopf Karussell.

Wie befürchtet aber stürzt Kewian auch ihr drittes Glas Wein in hoher Geschwindigkeit hinunter. Ihre Zunge wird hörbar schwerer, ihre Stimme immer kläglicher. »Mein Onkel ist kein Mörder«, lallt sie schon bald und schaut Leon mit weit aufgerissenen, bangen Augen an.

»Sicher nicht«, tröstet Leon und führt sie in das Wohnzimmer nebenan, wo er die Couch für sie zum Schlafen richtet.

»Mein Onkel zwingt mich, zu ihm nach Mailand zu kommen«, weint sie plötzlich leise und hemmungslos und steht dabei neben Leon wie ein verlorenes Kind. »Mein Vater sagt, ich müsse tun, was mein Onkel fordert. Er hat ein Recht auf meine Dienste, weil ich ihm nur so meine Studiengebühren zurückzahlen kann.«

»Ich denke, China ist ein kommunistisches Land«, staunt Leon, »da habe ich wohl etwas falsch verstanden? Ihr müsst Studiengebühren bezahlen?«

»Ja klar«, scheint es für Kewian ganz selbstverständlich, »gerade für das Deutschstudium sogar sehr viel. Deutsch will bei uns jeder studieren, um danach bei *BMW* oder *Siemens* viel Geld zu verdienen.«

»Da habt ihr unseren Karl Marx aber wohl gründlich missverstanden«, erinnert sich Leon an seine Marx-Vorlesungen, »so hat er die Akkumulation des Mehrwerts nicht gemeint.«

»Sag das mal Xi Jinping oder meinem Onkel Shao. Mein Vater hatte kein Geld, also hat mein Onkel die Kosten übernommen. Selbst wenn ich jetzt heiraten wollte, müsste mein zukünftiger Mann meinem Onkel zuerst einen Teil der Studiengebühren zurückbezahlen.«

Sie schluchzt immer herzzerreißender und schaut völlig hilflos zu Leon. Er kann nicht anders, nimmt sie in seine Arme, legt ihren Kopf an seine Schulter, streichelt ihr über ihre schwarzen störrischen Haare und lässt sie einfach weinen.

Er selbst fühlt sich dabei ebenso hilflos wie sie. Was

soll er denn jetzt mit dieser zierlichen und zerbrechlichen jungen Frau machen?

»Komm, gehen wir schlafen«, fordert er sie auf, löst sich von ihr und schlägt die Decke des Sofas zurück, »morgen sieht die Welt wieder anders aus.«

Dann lässt er sie stehen, flüchtet in die Küche, um aufzuräumen. Irgendwie kommt er mit dieser Situation, allein mit der fremden weinenden Frau in seiner Wohnung, überhaupt nicht zurecht.

Wenn nur Lena da wäre – oder lieber doch nicht?

Leise schleicht er sich ins Bad. Plötzlich steht Kewian wieder neben ihm. Jetzt in einem freizügigen, durchscheinenden Nachthemd.

Nichts wie raus, denkt Leon und wünscht ihr im Hinausgehen kurz eine gute Nacht.

Im Bett ruft er Lena an und erzählt ihr wie beiläufig von Karlemanns Weinetikett für den Baron von Hohenfels. Auch dass er eine junge Chinesin getroffen habe, die für ihren Onkel aus China den Deal mit dem Baron übersetze. Dass diese Dame gerade im Nachthemd durch ihrer beider Wohnung flitzt, behält er lieber für sich. Stattdessen behauptet er, wenn auch mit schlechtem Gewissen, dass er natürlich auch heute nach Helma geschaut habe, und nimmt sich dabei fest vor, die alte Dame morgen auf keinen Fall zu vernachlässigen.

Lena erzählt von ihrer Schwester und ihren Kindern. Schickt per *SignalApp* ein paar Bilder der Kinder, bis Leon das Gespräch beenden kann.

Er liebt Lena und freut sich, wenn sie wieder zurück ist, aber für ihn gilt noch immer die Aufforderung der guten alten Post als Telefonanbieter: »Fasse dich kurz!« –

Vor allem, wenn er Besuch hat, über den er nicht reden will.

Nach ein paar Versicherungen, dass alles okay ist, versichert er ihr: »Nein, Du täuscht Dich, es ist wirklich nichts. Alles wie immer bestens!« – kann er das Handy endlich ausschalten und macht das Licht aus.

Das Gespräch mit dem Kommissar geht ihm nochmal durch den Kopf. Ein Opioid fand sich in Hanspeters Spätburgunder. Konrad Hengstler soll ihn nach Meinung des Kommissars zusätzlich mit Koks versorgt haben.

Koni ist ein alter Bekannter von Leon. Er kennt den Typen noch aus seinen Zeiten als Polizeireporter. Ihn aufzuspüren, dürfte, wenn er seine alten Verbindungen spielen lässt, für ihn kein Problem sein. Mit Koni wird er dringend reden müssen. Er will nicht glauben, dass Hanspeter ein abhängiger Drogenkonsument war, und schon gar nicht, dass er es auf einen letzten Tripp hätte ankommen lassen.

Das ist doch alles Unfug. Koni weiß sicher, woher Hanspeter eine größere Menge an Kokain gehabt haben soll, und vor allem, ob er andere Drogen nahm oder sie gar in seinen Wein gekippt hätte. Er will auch von Koni wissen, warum er ihn an dem Abend, als er versucht hatte, Hanspeter anzurufen, so schnell abgebügelt hat, und was er Hanspeter gesagt hat, warum er ihn dann nicht zurückgerufen hat?

Leon hört, wie Kewian aus dem Bad kommt und die Wohnzimmertür schließt. Er denkt an ihre festen, kleinen Brüste unter ihrem Nachthemd. Er fasst sich zwischen seine Beine, denkt schnell an Lena und zwingt sich, an ihre letzte gemeinsame Nacht zu denken, bevor sie nach Karlsruhe fuhr.

Halb eingeschlafen, hört er, wie sich seine Schlafzimmertür öffnet und Kewian einfach zu ihm ins Bett steigt. Er bleibt steif liegen, sie kuschelt sich an ihn.

Leon denkt wieder an Lena und tut, als schliefe er tief. Er spürt ihre kalten Füße an seinen und vor allem ihre Angst.

Sich zu ihr drehend, schließt er sie in seine Arme und tut, als schliefe er weiter. Schon bald träumt Leon, Lena läge neben ihm.

DONNERSTAG

Leon wird früh wach. Kewian liegt noch immer bei ihm im Bett und hält ihn umschlungen wie ein Klammeräffchen. Die Nacht hat er ohne Sünde überstanden, grient er über seine Absolution, die er sich selbst gibt. Vorsichtig löst er sich von ihr. Bei aller Schönheit ist sie doch ein arg zartes Wesen.

Doch um sie macht er sich, bei Tage gesehen, weniger Sorgen als um sich selbst. Auch dass ihr Onkel, dieser Shao Wang, einen Mercedes und keinen Sportwagen fährt, beruhigt ihn nicht wirklich. Er wird wohl kaum selbst ein Opioid in Hanspeters Weinflasche gegeben haben. Typen wie er beauftragen für Schmutzarbeiten immer ihre zwielichtigen Handlanger. Sollte er wieder einen beauftragt haben, dann sicher diesen Fahrer des röhrenden Sportwagens, der gestern Abend vor dem Haus stand.

Leon wird es bei dem Gedanken wieder mulmig wie schon am Vorabend. In den Augen des lieben Onkels Shao wird bestimmt die kleine Nichte Kewian nicht die große Gefahr darstellen, eher er, Leon?

Er schält sich leise aus dem Bett, um diese trüben Gedanken zu vertreiben. Er zieht seine Sportsachen an, schnürt die Laufschuhe und will sich still aus dem Haus stehlen, da fällt ihm Senta ein. Das Tier muss nun mal täglich seine Notdurft verrichten, und ohne Lena ist dies diese Woche eindeutig sein Job.

Er nimmt schnell die Treppenstufen nach oben zu Helma und klopft an ihre Wohnungstür, um Senta abzuholen. Da steht Helma schon vor ihm und fragt mit besorgtem Gesicht: »Wo ist denn die Lena? Wohnt die noch hier?«

Täglich grüßt das Murmeltier, denkt Leon genervt. »Lena liegt noch im Bett«, behauptet er kurz angebunden, »ich will schnell mit Senta um die Ecke laufen.«

Die Hündin hört ihren Namen und springt an ihm hoch. Er sieht in der Küche die leere Karaffe, die er gestern Helma mit der Apfelsaftschorle gebracht hat. Die Schorle immerhin hat sie offensichtlich getrunken. Er schnappt sich das leere Gefäß. »Ich bringe dir nachher wieder solch einen Sekt«, scherzt er und verschwindet mit Senta im Schlepptau im Treppenhaus. Die Karaffe stellt er vor seiner Wohnungstür ab und schleicht, um Kewian nicht zu wecken, leise zur Haustür.

Bevor er sie öffnet, packt er Senta am Halsband, öffnet die Tür nur einen Spalt und verschwindet durch ihn mit der Hündin an der Hand gleich ums Eck hinter das Haus. Er läuft, dank der Hecken mit Sichtschutz, bis zum Grundstück des Nachbarn, steigt über den Zaun, Senta kriecht unten durch, und gemeinsam laufen sie von dort Richtung der angrenzenden Felder in den Wald.

Erst im Wald macht er wegen Senta wieder langsam. Er muss, damit die Hündin nicht immer an der gleichen Stelle ihr Geschäft verrichtet, immer einen anderen Weg nehmen. Er sträubt sich einfach, die Hundescheiße in Tütchen zu packen, und wohin dann damit? In sein Sporttrikot? Sollte Helma einmal nicht mehr leben, wird er auch für Senta eine andere Lösung finden müssen.

Kaum hat Senta ihr Geschäft erledigt, blickt sie ihn aus treuen Augen an. »Schau nicht so treudoof«, sagt Leon zu ihr. Als er sich selbst hört, schweigt er aber sofort wieder. Das will er sich jetzt wirklich nicht angewöhnen. Zu einem befehlsmäßigen »Komm!« lässt er sich dennoch hinreißen und rennt auch schon wieder los.

Kaum sieht er die ersten Häuser seines Wohnviertels, keimt wieder die Angst ihn ihm auf. Den direkten Weg nach Hause scheut er, lieber schlägt er einen großen Bogen um sein Viertel. Vorsichtig blickt er sich ständig um, bevor er in eine neue Straße einbiegt, immer auf der Suche nach einem Ferrari, Lamborghini oder sonst einer röhrenden Angeberkarre. Senta hat er längst verloren, sie hat den direkten Weg nach Hause genommen.

Doch die Luft scheint rein, der Typ ist wohl weg, ist Leon erleichtert und trabt zur Gartentür, vor der die Hündin schon fragend nach ihm schaut.

»Gib nicht so an«, redet er schon wieder mit ihr und könnte sich auf die Zunge beißen. »Drei Frauen im Haus und ich als Pfleger«, sieht er seine Rolle der Woche und füllt Senta ihre Schale mit Wasser und in der Küche Helmas Karaffe erneut mit Apfelsaftschorle. Dazu legt er ihr zwei mit Marmelade bestrichene weiche Toastscheiben und trägt ihr das kleine Gedeck in ihre Wohnung hoch. »Du musst jeden Tag mindestens diese Karaffe leer trinken!«, ermahnt er sie zum x-ten Mal. Geduldig erzählt er wieder, dass Lena bei ihrer Schwester in Karlsruhe sei und verspricht gleichzeitig, heute Abend etwas mehr Zeit für sie zu haben, aber zunächst habe er noch viel zu tun.

»Schaff du nur, du musst auch deine Miete bezahlen«, beweist Helma wieder einmal einen realistischen Blick und schiebt verschmitzt eine ihrer philosophischen Altersweisheiten hinterher: »Arbeit ist das beste Mittel gegen Armut!«

In diesem Augenblick tapst Senta die Treppe hoch. Leon geht ihr entgegen und tätschelt ihr ungewohnt liebevoll den Hals: »Da rede ich doch lieber wieder mit dir«, entschuldigt er sich bei der Hündin.

Er winkt Helma kurz zu und poltert, jetzt absichtlich laut und hörbar, die alte Holztreppe hinunter in seine Wohnung. Geräuschvoll macht er die Tür auf, doch Kewian scheint noch im Schlafzimmer zu sein. So stellt er sich kurz unter die Dusche und überlegt, ob er sich über Kewians Onkel, besser gesagt, seinen Handlanger, weiter Gedanken machen muss.

Heute Morgen wollte er ursprünglich den Artikel über das Weingut des Barons von Hohenfels schreiben. Aber er hat, nach dem, was er nun erfahren hat, keine Lust mehr, einen Jubelartikel über das Weingut mit seinem *Weinhaus* zu verfassen.

Da fallen ihm wieder Pat und Patachon ein. Flori hat ihm doch verraten, dass Eugen von Hohenfels kein Freund der Abfüllstation des *Weinhauses* seines Bruders sei. Er habe gedroht, er würde die Stahltanks mit dem zugekauften Wein in die Luft jagen, so hat es Flori ihm erzählt. Demnach sollte er mit Eugen nochmal reden, bevor er den Artikel schreibt. So oder so, ob als romantische Familienerfolgsgeschichte eines adligen Bodenseewinzers oder als Enthüllungsstory über seine gefakten Bodenseeweine und den fragwürdigen Bordeaux.

Er streift sich Jeans und ein Shirt über und geht schnell in seinen Weinkeller. Hier sucht er ein Mitbringsel für Eugen aus. Weinfreunde besuchen sich nie mit leeren Händen! Für seinen neuen Weinbruder »Eigän« muss es etwas Besonderes sein, denkt er, und zieht einen der neu am Bodensee gepflanzten PiWi-Weine aus seinem Weinregal.

PiWi-Weine schaffen heute noch keine zwei Prozent, am Bodensee vielleicht nur ein Prozent des Anbaus. In der Schweiz, im Thurgau am Untersee, züchten Roland und Karin Lenz die neuen Rebsorten schon länger. Die pilzwiderstandsfähigen Reben ermöglichen den Winzern, ihre Trauben ohne chemische Substanzen im Weinberg zu züchten. Auf deutschem Seegebiet befindet sich eine kleine Bio-Enklave am bayerischen Ufer. Die junge Winzerin Teresa Deufel bei Lindau vorneweg. In der Nachbarschaft, in Nonnenhorn, hat Benjamin Lanz den Obstbaubetrieb der Eltern ergänzt und baut ebenfalls fast ausschließlich PiWi-Weine an.

Leon entscheidet sich für einen Souvignier gris vom *Weingut Lanz*. Eine neu gezüchtete Weißweinsorte, mit der sich in niederschlagsreicheren Sommermonaten die konventionell nötigen, aber fraglichen Pflanzenschutzmaßnahmen reduzieren lassen. Diese neue Rebe kennt Eugen vielleicht noch nicht, hofft Leon. Vor allem aber ist der Souvignier gris nach seinem Geschmack: Er hat einen kraftvollen Körper, aber auch feine, erfrischende Aromen, dazu hat ihn Benjamin Lanz noch kurz im Holzfass nachreifen lassen.

Zurück in der Wohnung, hört er jetzt Kewian im Badezimmer. Er schaut auf seinem Handy nach ihrem nächstmöglichen Zug Richtung Heidelberg, setzt dann einen Kaffee für sich und für sie Teewasser auf. Jasmintee wird er in Lenas Teesammlung allerdings wohl kaum finden, aber da soll Kewian sich selbst ihre Mischung aussuchen. Tee trinkt er nur, wenn er schwer krank ist.

Dafür wird sein chinesischer Besuch sicherlich seinen gebratenen Bauchspeck und Spiegeleier mögen. Schließlich exportiert die ganze Welt Schweinefleisch nach China. Demnach müssen die Chinesen, seiner Meinung entsprechend, wie er als alter Schwarzwälder auch, schon morgens mit dem Verzehr von Schweinespeck beginnen.

Kewian scheint sich wieder gefangen zu haben. Sie zeigt sich aufgekratzt und fröhlich. Sie kommt in die Küche und legt spontan ihre Arme um Leon und flüstert ihm: »Xièxie!«, ins Ohr. Dann lacht sie ihn an und wiederholt auf Deutsch: »Danke!«

Leon winkt verlegen ab. Er denkt, meinen Mann bin ich vergangene Nacht ja gewiss nicht gestanden, aber vielleicht wollte sie einfach meine Nähe, und ich habe ihr Sicherheit geboten. Er schiebt ihr die Teebox und das heiße Wasser über den Tisch, gibt ihr das krosse Spiegelei, gebratenen Schinkenspeck und geröstete Zwiebeln auf einen vorgewärmten Teller und freut sich schon bald über ihren sichtbar gesunden Appetit.

Danach schnappt er sich die Flasche Souvignier gris und fährt Kewian zum Bahnhof. »Warte kurz«, sagt er zu ihr und steigt aus. Er sieht sich vorsichtshalber auf dem Bahnhofsvorplatz nach allen Seiten um. Erst als er sicher ist, dass sie nicht verfolgt wurden, öffnet er auch ihr die Tür und lässt sie aussteigen. Er hievt ihren Koffer aus dem Auto und schließt sie herzlich in die Arme. »Wir sehen uns wieder«, verspricht er ihr, »ich sage dir Bescheid, wann Hanspeter beerdigt wird. Du kannst jederzeit bei uns übernachten, auch wenn Lena da ist«, zwinkert er ihr zu.

Sie lächelt ihn aus ihren schmalen Augen mit ihren großen Pupillen an. »Ich freue mich darauf, deine Lena kennenzulernen, und wir müssen auch noch den Mörder von Hanspeter finden.« Sie stellt sich auf die Zehenspitzen und küsst ihn frech auf den Mund, nimmt ihren Rollkoffer und marschiert tapfer los zu dem Bahnsteig.

Leon schaut ihr kurz nach. Er glaubt sie in Sicherheit, schaut sich nochmals um, aber jetzt eher, um nach eigenen Verfolgern Ausschau zu halten. Doch die Luft scheint tatsächlich rein zu sein. Erleichtert setzt er sich hinter das Steuer seines Targas, lässt »Women From Tokyo« von *Deep Purple* von seiner Handy-Mediathek laufen und fährt, so gemütlich es ihm bei diesem Hardrock Sound möglich ist, in Richtung des *Weinguts Baron von Hohenfels.*

Seit zehn Jahren lebt Leon am Bodensee, doch an diesem herrlichen Blick wird er sich wohl nie sattsehen können. Nicht von ungefähr schildert die Schöpfungsgeschichte des Bodensees, im Gegensatz zum biblischen Ursprung der Erde, eine etwas andere Erzählung. Sie sagt, dass Gott erst mit dem Bodensee sein Meisterwerk geschaffen hat. Nach dieser Entstehungsgeschichte hat er den See am sechsten Tag geformt. Als Gott sein Werk sah, wusste er, schöner wird's nicht mehr, und hat deshalb im breitesten Seealemannisch beschlossen: »Jetzt hör i auf!« Somit hatte er den westlichsten Zipfel des Sees zur »Höri« getauft.

Vermutlich hatte er auch gleichzeitig zur Entstehung der Höri die Reben mit an den See gepflanzt. Allerdings haben erst die Römer und später die Klosterbrüder die wilden Reben kultiviert.

Leon fährt auf dem Weg zum Weingut von Hohenfels auf der Bundestraße nach der Klosterkirche Birnau rechts ran. Neben einem Friedhof, auf dem ehemalige KZ-Arbeiter liegen, haben die Straßenplaner für vorbeifahrende Seefreunde eine Parkbucht angelegt. Die KZ-Geschichte liegt für die Touristen im Abseits. Sie blicken lieber über den Überlinger See, zu den hochgewachsenen Pappeln im Hafen von Unteruhldingen, zur Insel Mainau bis hoch zu den schneeweißen Spitzen der Alpenkette.

Er hört den Baron sagen: »Bei diesem Anblick brauche ich keine Drogen!« – Nicht für dich selbst, denkt Leon den Satz zu Ende, aber vielleicht für Hanspeter, um ihn heimtückisch zu ermorden.

Er nimmt sich nochmals vor, so bald wie möglich Koni aufzutreiben. Sollte der Baron den Mord tatsächlich zu verantworten haben, muss er schließlich irgendwo das Opioid aufgetrieben haben.

Leon traut Koni nicht über den Weg. Vielleicht ist er ungerecht, aber zu oft musste er schon lernen: Einmal Drogi, immer Drogi. Als Dealer lässt es sich einfach zu schnell viel zu viel Geld verdienen.

Er hatte sich damals gewundert, wie Koni plötzlich bei Hanspeter den Service übernahm. Leon hatte Koni als Drogendealer kennengelernt. Er selbst war damals

als Polizeireporter dem Drogenhandel am See auf der Spur. Als Koni plötzlich im *Adler* vor ihm stand, wollte er Hanspeter zuerst noch warnen, doch dann bremste er sich und hoffte, Koni nutze seine Chance und würde aus dem kriminellen Milieu aussteigen. Doch jetzt zweifelt er daran.

Zurück im Auto dreht Leon als Erstes die Musik weg. Er braucht jetzt seine Ruhe und muss überlegen, wie er sich Eugen von Hohenfels am geschicktesten nähert. Dieser Mann ist für ihn ein Garant der authentischen Bodensee Weinkultur. Pat und Patachon haben ihm verraten, dass er die fraglichen neuen Weinzusammenführungen seines Bruders ablehnt. Dass diese strittigen Weine mit den Namen *Inspiration* oder *Intuition* nicht nach dem Geschmack des Kellermeisters sind, kann sich Leon denken. Aber wird Eugen von Hohenfels auch ihm gegenüber seinen eigenen Bruder, den Baron, verurteilen und ihm, Leon, verraten, woher der Baron die Trauben, die Maische oder gar den fertigen Wein tatsächlich bezieht? Kann er ihn damit überhaupt direkt konfrontieren? Leon hat gestern selbst gesehen, wie ein Tanklastzug aus Frankreich Wein in die Tanks des *Weinhauses* gepumpt hat. Darüber müsste doch Eugen von Hohenfels Bescheid wissen?

Leon fährt, als er auf den Hof des Weinguts zusteuert, sofort rechts an den Eingang des alten Weinkellers ran. Er will auf keinen Fall dem Baron über den Weg laufen. Glücklicherweise sieht er den Mercedes SUV des Barons aber auch nicht im Hof stehen.

Er schnappt sich sein flüssiges Mitbringsel, steigt aus seinem Porsche und verschwindet schnell hinter den alten Toren, die in den historischen Weinkeller führen. Einer der rumänischen Arbeiter erkennt ihn wieder und schickt ihn in einen neuen Anbau, wo die großen Barriquefässer aus französischer Eiche lagern.

Leon kommt gerade hinzu, als der Kellermeister aus einem 225-Liter-Fass einen Spund herauszieht und mit einer langen Glaspipette eine Probe entnimmt. Den dunklen Rotwein füllt er in ein bauchiges Weinglas, schwenkt es, riecht daran, hält es andächtig gegen eine grell leuchtende Neonröhre, betrachtet die Schlieren, die träge am Glasrand herunterlaufen, nimmt schließlich einen Mund voll, schlürft dabei und schmatzt.

»Darf man beim Kosten auch schlucken?«, macht sich Leon bemerkbar.

Eugen von Hohenfels scheint in eine andere Welt eingetaucht zu sein. Erst als Leon ihn anspricht, registriert er den Besucher. Er schaut ihn an, lässt den Wein noch kurz in seinem Mund, bis er die richtige Temperatur hat, um die flüchtigen Aromen im Rachen und den Nasenhöhlen zu erkennen.

Dann erst sieht Leon den Adamsapfel des Kellermeisters tanzen und hört sein Urteil: »Ein wunderbarer Jahrgang«, freut sich Eugen von Hohenfels und reicht Leon das Glas.

Leon gibt ihm im Tausch die mitgebrachte Flasche des Bioweins Souvignier gris und knüpft, wie ganz selbstverständlich, an das vertraute Du, auf das sie beim letzten Treffen getrunken hatten, an: »Eine Rebsorte, die du vielleicht noch gar nicht kennst«, will er gerade zur Erläuterung seines Gastgeschenks ansetzen, da fällt ihm Eugen von Hohenfels schon ins Wort, kaum hat er auf das Etikett geblickt: »Mein Lieber, du musst uns nicht vorstellen, wir kennen uns schon lange.« Er hält die Flasche fast schon zärtlich in der Hand. »Darauf freue ich mich!« Selbstsicher fügt er hinzu: »Für jede Flasche Bodenseewein, die du mir bringst und die ich nicht kenne, darfst du dir eine Weinkiste, frei nach deiner Wahl in meinem Keller aussuchen.«

Leon schlürft den Rotwein, den ihm der Kellermeister in die Hand gedrückt hat. Laut zieht er ihn mit Luft ein, schmatzt ebenso wie der Kellermeister zuvor, schluckt nur viel schneller.

»Auch wenn ich kein Freund von Spätburgunder wäre, dieser Wein schmeckt danach und doch nicht, er hat ganz andere Noten«, schleimt er sich ein, hält das Glas gegen das Licht und singt weiter seine Lobeshymne: »Schon die kräftige dunkle Farbe überrascht, genauso kräftig schmecke ich dunkle Beerenaromen und Gewürze wie Nelken und Lorbeer.«

Der Kellermeister nickt nachdenklich, fährt mit seiner rechten Hand durch seinen verwahrlosten Bart und brummelt: »Das schafft der Hauch Merlot und Cabernet Sauvignon in unserer Spätburgunder Cuvée.« Dann kratzt er sich in seiner lockigen Löwenmähne und fragt Leon: »Deshalb bist du aber nicht gekommen, um mit mir Proben zu ziehen, was kann ich für dich tun?«

»Lieber Eugen, ohne lange hinterm Berg zu halten, ich denke, wir ziehen an einem Strang«, baut Leon erst mal vor, »kannst du mir etwas zu den Bodenseeweinen *Inspiration* oder *Intuition* sagen, die bei euch im Shop angeboten werden?«

Als hätte Leon ein Licht abgedreht, erlischt das freundliche Lächeln in Eugens Gesicht und verfinstert sich. »Das sind keine Weine unseres Weinguts!«, sagt er mit fester Stimme. »Das wird aber auch mit keiner Silbe behauptet. Der Abfüller ist ein *Weinhaus* im Hinterland, das könnte auch in Buxtehude stehen.«

»Tut es aber nicht, der Abfüller heißt Baron von Hohenfels, der nun mal am Bodensee seine Adresse hat, die er deutlich auf jede Flasche schreibt.«

»Ich dachte, du wolltest einen Artikel über unser Weingut schreiben«, knurrt der Kellermeister, »das *Weinhaus* geht mich nichts, aber auch gar nichts an und hat auch nichts mit dem Weingut hier zu tun!«

»Dass du das so siehst, denke ich mir«, lenkt Leon ein, »ich war überrascht von der Firmierung und wusste zunächst keinen Hintergrund. Jetzt erst ist mir klar: Du machst hier im Weingut einen anständigen Bodenseewein, und dein Bruder füllt im *Weinhaus* irgendwo billig eingekaufte Tankzüge voll Wein am Bodensee in Flaschen ab. Aber die Kunden in eurem Shop des Weinguts erkennen diese kaufmännische Spitzfindigkeit natürlich nicht. Dein Bruder führt eure Kunden damit hinters Licht, oder wie siehst du das?«

Betrübt und nachdenklich nickt Eugen mit seinem roten Schopf, als wäre ihm plötzlich jede Locke auf seinem Schädel zu schwer. Doch dann geht ein Ruck durch ihn, offensichtlich reißt er sich zusammen, richtet sich auf und bellt Leon an: »Und? Was soll ich jetzt tun? Mein Bruder ist der Erstgeborene, er ist der Baron! Ich bin gar nichts, er hat das Sagen, auf mich hat er noch nie gehört.«

»Er weiß sich gut zu verkaufen«, will Leon den plötzlich aufgebrachten Mann beruhigen.

»Er verkauft den Namen unseres Weinguts!«, fällt ihm Eugen von Hohenfels scharf ins Wort. »Er verscherbelt unseren guten Namen, den nicht er, sondern wir im Weinkeller aufgebaut haben.«

»Aber die Abfüllungen sind ja auch alle nicht ausgezeichnet wie deine Weine. Jede deiner Gutsabfüllungen ist doch ein vom Verband ausgewiesener Qualitätswein, Kabinett oder gar eine ausgezeichnete Spätlese.«

»Vergiss das alles«, wischt Eugen Leons Hinweis grob beiseite, »diese Auszeichnungen sind Schnee von gestern, die gibt es bald nicht mehr. Heute zählt nur noch der Name des Weinguts! Und die Lage des Weinbergs, das sind die entscheidenden Qualitätsmaßstäbe. Deshalb schreibt mein Bruder doch auf jede Abfüllung ›von Hohenfels‹. Ob *Weingut* oder *Weinhaus*, ob Gutsabfüllung oder nur Abfüllung, da blicken die wenigsten Kunden durch! Wer kann das schon unterscheiden?«

»Aber du bist doch der Winemaker«, widerspricht Leon und will Eugen damit schmeicheln, »du könntest doch ebenso gute Weine mit fremder Maische im *Weinhaus* machen, oder etwa nicht?«

»Eben nicht!«, wird der Kellermeister immer lauter und engagierter. »Wir haben hier mit unserer steilen Südhanglage direkt am See einen Spitzenweinberg! Er wird seit über acht Generationen gepflegt. Was wir hier ernten, ist ein reines Naturprodukt! Nur der Lage und dem Berg haben wir unsere Spitzenweine zu verdanken. Mein Bruder hat keinen Bezug zu unserer Lage Hohenfels. Aber dieser Name alleine ist unsere Auszeichnung!«

»Deinem Bruder reicht die Auszeichnung: ›Abgefüllt im Weinhaus Hohenfels am Bodensee‹.«

»Ja, aber er wirbt mit dem Namen unserer Familie. Er allein ist ein Nichts!«

Eugen von Hohenfels ist plötzlich auf 180. Er ist mehr als verärgert und lässt dies jetzt auch lautstark hören. Leon nutzt die Gunst des Augenblicks und kommt wie beiläufig zu seinem wahren Anliegen: »Ich denke, Hanspeter hat dies ebenso gesehen«, und geschickt legt er heimtückisch seine Vermutung dar: »Hanspeter hat deine Qualitäten erkannt und immer nur dich gelobt, wenn er über eure Weine sprach. ›Der Eugen macht den Wein!‹, hat er jedem gesagt.«

»Freilich«, schimpft der Kellermeister unversöhnlich weiter, »bei mir hätte Hanspeter weiterhin alle unsere Weine gekauft, aber mit meinem Bruder wollte er absolut nichts mehr zu tun haben. Dieses Theater um diesen verdammten Bordeaux kostet uns mehr Reputation, als es uns einbringt!«

Der Kellermeister hat angebissen, denkt Leon und schiebt nach: »Hanspeter wäre vielleicht nicht der Einzige der Bodenseeköche gewesen, der eurem Weingut den Rücken gekehrt hätte.«

»Natürlich nicht«, Eugen von Hohenfels ist in Fahrt und lässt sich nicht bremsen, »wenn der Hanspeter das an die große Glocke gehängt hätte, hätten sich ihm alle seine Kochkollegen angeschlossen.«

»Nun ja«, schmunzelt Leon kumpelhaft, »wenn in eurem Shop tatsächlich plötzlich ein Rotwein mit einem Etikett Bodensee-Bordeaux stehen würde, würde dies andere Wellen schlagen. Dann stände statt der Bodenseeköche sicherlich schneller die Staatsanwaltschaft in eurem Weinkeller als irgendein Kunde.«

»Das wäre eine internationale Blamage. Ich könnte mich auf keiner Weinprämierung und bei keinem Kollegen mehr sehen lassen.«

»Hat dir Hanspeter gesagt, dass er tatsächlich an die Öffentlichkeit gehen wollte?«, hakt Leon weiter scheinheilig nach, ohne zu verraten, dass Hanspeter ihm eine Mail geschickt hatte, nach der er zweifellos die Machenschaften des Barons von Hohenfels veröffentlicht hätte.

Doch langsam scheint Eugen von Hohenfels den Köder, den ihm Leon ausgelegt hat zu erkennen. Abrupt schweigt er. Irritiert schaut er Leon in die Augen. »Was hat das mit Hanspeter Rapp zu tun?«, fragt er unwillkürlich. »Bedauerlich, dass er sich umgebracht hat, aber kein Koch muss mir sagen, wie wir hier Wein zu machen haben!«

Leon registriert die plötzliche Verunsicherung des Kellermeisters. Er hat seine widersprüchlichen Aussagen jetzt wohl selbst bemerkt. Während des letzten Treffens hatte Eugen noch beteuert, Hanspeter kaum zu kennen. Jetzt gibt er zu, von Hanspeters Ablehnung gewusst zu haben, und dass die beiden sich wohl doch besser kannten, als er es ihm bei seinem letzten Gespräch gestanden hat.

Leon weiß zwar nun mehr über das zerstrittene Verhältnis der beiden Brüder. Doch wie er das alles mit Hanspeters Tod genau in Verbindung bringen soll, ist ihm nach wie vor unklar. Klar ist ihm lediglich, er steht erneut kurz vor dem Rauswurf von Eugen von Hohenfels.

Auf weitere Nachfragen verzichtet er jetzt lieber. »Ich werde mich hüten, von Bordeaux zu reden, aber der

Rotwein in dem Fass wird ein neuer Höhepunkt der Bodensee Weinbaugeschichte im *Weingut von Hohenfels*!«, drückt Leon dem Kellermeister unvermittelt sein längst leer getrunkenes Rotweinglas in die Hand und verabschiedet sich schnell.

Kaum ist Leon wieder auf der Bundesstraße, blickt er nicht auf den schillernden Bodensee, sondern in seinen Rückspiegel. Dieser Sportwagen, der in der vergangenen Nacht vor seinem Haus auf ihn zuraste, lässt ihm weiterhin keine Ruhe. Er denkt an Kewian, ob sie schon in Heidelberg angekommen ist?, fragt er sich und ruft sie an, doch sie nimmt nicht ab.

Unschlüssig fährt er zu Karlemann. Bei ihm gibt es immer eine Tasse Kaffee und meist auch Neuigkeiten aus der Überlinger Geschäftswelt. Wie immer, trifft er seinen Freund vor seinem Bildschirm an. Mit seinem *Apple*-Pencil malt er angestrengt auf seinem Pad. »Carolingia! Eine hässlichere Schriftart gibt es gar nicht!«, zischt Karlemann, »und dann noch in Gold!«

Leon beobachtet über seine Schultern, wie er das Wort »Château« in einer antiquierten Schrift goldfarbig ausmalt, wie auch die Buchstaben für den Adelstitel »Baron«.

»Weißt du jetzt, welcher Jahrgang es sein wird, den der Herr Baron am Wochenende abfüllt?«, provoziert Leon und lässt sich einen Espresso aus der Kaffeemaschine.

»Nur vom Besten!«, lacht Karlemann. »Ich habe nachgeschlagen, 1989 zählt zu den Jahrhundertjahrgängen.«

»Als ob das irgendein Chinese wüsste.«

»Wenn nicht, erfährt er es hier«, zeigt Karlemann auf einen QR-Code, den er auf der Rückseite des Etiketts eingefügt hat, »hier wird er alles über das noble Weingut des Barons von Hohenfels erfahren. Ich drehe noch einen kurzen Clip mit dem Baron, in dem er sein Weingut und den Wein persönlich vorstellt.« Dann lacht der Werbegrafiker noch breiter und fügt hinzu: »En français bien sûr dans sa langue maternelle.«

»In seiner Muttersprache?«, schmunzelt Leon.

»Jetzt fang doch nicht schon wieder mit deiner Haarspalterei an«, winkt Karlemann ab, »wir leben in einer Welt der Globalisierung! Schau mal, was für ein schönes Etikett, da schmeckt jeder Wein wie ein Bordeaux.«

»Bisschen kitschig«, urteilt Leon, »und wie machst du das mit dem Clip? Die Weinberge rund um Bordeaux sehen nun mal etwas anders aus als die Weinberge bei uns am Bodensee.«

»Ich habe schon eine Schauspielerfamilie, die mit einem alten 2CV in die Reben fährt, Baguette auspackt, Salami und Camembert auf ein blau-weiß-rotes Tuch ausbreitet und der Vater dann zu dem Bodensee-Bordeaux greift. Dann schwenkt die Kamera auf das Château Hohenfels, Blende in den Weinkeller, dort steht der Baron zwischen seinen Barriquefässern und stellt seinen Bordeaux persönlich vor.«

»Bodensee-Bordeaux!«, korrigiert Leon, »so viel Zeit muss sein, wenn ich mich schon auf die verlogene Bezeichnung Bordeaux einlasse.« Trotzdem rät er kooperativ: »Leg am besten unter deine romantischen Bilder eine typisch französische Akkordeonmusik wie einst bei Kommissar Maigret an der Seine.«

»Na siehst du«, lacht Karlemann, »da freut sich Napoleon im Grab. Zusammen verkaufen wir auch den Bodensee als immerwährende französische Kolonie, schließlich sind wir, kulinarisch gesehen, doch alle Gourmets et bons vivants français!«

»Genießen wir es, bevor wir Seegurken essen und Reiswein trinken müssen«, grummelt Leon und denkt an Kewian.

»Nicht schon wieder deine neue Chinesen-Phobie!«, stöhnt Karlemann.

»Was heißt da Phobie? Die haben mich im Visier«, erzählt Leon von seinem nächtlichen Erlebnis am Abend zuvor, als ihn ein Rennbolide fast überfahren hätte. »Ich denke, der Baron oder sein chinesischer Freund haben ihn mir auf den Hals gehetzt. Ich habe nur die Scheinwerfer auf mich zurasen gesehen, die acht Zylinder laut röhren gehört und dann noch die Rücklichter gesehen.«

»Wenn es stimmt, was du vermutest, halte dich einfach mal zurück«, wird der Grafiker plötzlich ernst, »heute Morgen habe ich deine chinesischen Weinfreunde getroffen. Ich habe dem Baron und einem Herrn Wang das Etikett im *Weinhaus* bei Salem präsentiert.«

»Dann läuft doch alles bestens für dich, du gehörst schon zum Inner Circle des Chinesen-Mafiaclans.«

»Ja, wenn ich den Testarossa fahre, dann vielleicht.«

»Wieso Testarossa? Wie kommst du jetzt darauf?«

»Weil ein Testarossa heute Morgen auf dem Parkplatz des Barons parkte. Feuerrot! Mailänder Kennzeichen. Daneben der dicke Jeep des Barons und eine Mercedes-Karosse, ebenfalls aus Mailand.«

»Sorry«, gibt sich Leon geschlagen, »ich dachte, ich hätte heute Nacht acht Zylinder gehört, aber dann sind es wohl zwölf Zylinder gewesen, oder was hat die Karre?«

»Zwölf Zylinder, vier Komma neun Liter, 428 PS«, kennt Karlemann die Daten seiner Traumfahrzeuge auswendig.

»Und welchen Eindruck haben die Chinesen auf dich gemacht?«

»Was weiß ich. Die beiden Männer haben kein Wort mit mir gesprochen. Sembra buono, war der Kommentar des älteren der beiden, als ich dem Baron mein neues Etikett vorgelegt habe. Der Baron hat mir kurz zugelächelt und zu verstehen gegeben, ich könne sofort wieder gehen und solle mich umgehend um den Druck kümmern.«

»Und der andere?«

»Sah wirklich wie Bruce Lee aus, totale Ähnlichkeiten im Gesicht«, erinnert sich Karlemann, »aber mit einem Undercut, wie du es liebst, rundum glattrasiert wie die kaiserlichen Soldaten Japans zu Hitlerzeiten.«

»Willst du mir jetzt noch mehr Angst einjagen?«, fragt Leon verunsichert.

»Quatsch, jetzt lass endlich deine alten Vorurteile sausen«, winkt Karlemann ab, »so sehen heute alle Fußballstars und selbst die Lieblinge der Teenies und Omis im ARD-Vorabendprogramm aus.«

Karlemann gibt den blauen Strichen auf dem Weinetikett, die offensichtlich den See verkörpern sollen, etwas mehr Kontur und lässt die weißen Berge im Hintergrund etwas heller scheinen. »So gefällt das jedem Chinesen, warte ab«, ist er mit seinem Werk zufrieden. »Der Kaiser von China hat es schon abgenommen, jetzt schicke ich es in die Druckerei. Morgen, Freitagabend, bekommt der Baron 40.000 Stück davon geliefert und gleichzeitig meine Rechnung!«

Leon stellt sein Espressotässchen in die Spüle und winkt Karlemann zu: »Vielleicht sehen wir uns im *Weinhaus* beim Abfüllen eures Bordeaux.«

»Ich mache mich doch nicht strafbar«, gibt sich Karlemann als Ehrenmann, »du weißt ja: Ich liefere nur die Etiketten, worauf der Baron sie klebt, geht mich nichts an!«

Leon sitzt in seinem Porsche und fährt am Strandbad Ost vorbei Richtung Stadtmitte. Im Sommer verbringt er hier die meiste Zeit. Ein kurdischer Türke weiß auf der Terrasse Lamm und Fisch zu grillen und mit Zaziki zu servieren, perfekt abgestimmt auf Leons Sommerdiät. Herzhafte Gerichte und leichte Sommerweine. Als muslimischer Kurde hat er von Wein zwar keine Ahnung, aber Leon hat ihn beraten, seither schenkt er die besten Tropfen des *Weinguts Kress* aus der Nachbarschaft aus.

»Ich verstehe, regional!«, hat sich Cengiz Aktas leicht überzeugen lassen. Glücklicherweise aber hält er an den Knoblauch- und Chili-Rezepten seiner kurdischen Heimat fest.

Leon wundert sich über die auffallend vielen Polizeiautos, die ihm unterwegs entgegenkommen. Er versucht erneut, Kewian anzurufen, da hört er am anderen Ende der Leitung plötzlich eine männliche Stimme »Ja«, sagen, mehr nicht.

»Wer ist dran?«, fragt Leon irritiert und biegt in die Bucht einer Bushaltestelle ein. Unvermittelt beschleicht ihn ein ungutes Gefühl. »Hallo, wer sind Sie?«

»Herr Dold?«, fragt eine männliche Stimme am anderen Ende der Leitung. »Ich denke, Sie sind es, oder?«

Leon wird es noch heißer und gleichzeitig speiübel. Verdammt, die Stimme kenne ich doch, denkt er und tippt: »Herr Sibold, das kann doch nicht sein?«, will Leon seine eigene Vermutung nicht wahrhaben.

»Herr Dold, ich bitte Sie, in einer Stunde bei mir im Kommissariat zu sein.«

Verdammt! Doch Sibold!

»Wie kommen Sie an das Telefon von Kewian?«

»Sie ist tot«, antwortet der Kommissar kalt.

»Tot?«, ist Leon baff, »wieso?«

Er würde gerne zweifeln: »Das kann nicht wahr sein!«

»Glauben Sie mir, ich mache über den Tod eines Menschen keine Scherze. Wir sehen uns in einer Stunde«, bestimmt der Kommissar noch kaltschnäuziger und legt unvermittelt auf.

Leon rast das Herz. Verängstigt schaut er sich um. Seine Vorahnung wird zur Gewissheit: In einem roten Testarossa lauert die Gefahr! Der Typ von gestern Abend blieb ihr auf den Fersen. Wer sonst soll sie umgebracht haben. Für ihn ist klar: Noch ein Mord! Für ihn kommt nur dieser Bruce-Lee-Verschnitt, von dem Karlemann gerade erzählt hat, als Täter infrage. Aber, verdammt, warum hat er Kewian ermordet und nicht ihn? Was hatten sie denn von ihr zu befürchten?

Und fürchten sie ihn?

Nach Hause fahren kann er jetzt nicht. Er ist zu aufgewühlt. Ein Bus lässt seine Hupe hinter ihm erschallen und gibt ungeduldig Lichtzeichen. Er muss aus der Busbucht wegfahren, setzt mit zitternden Fingern den Blinker und fährt ziellos weiter Richtung Stadtmitte. Die Einbahnstraßenregelung zwingt ihn, um die Altstadt zu kurven, am Bahnhof vorbei. Auf der Höhe des Bahnhofsvorplatzes sieht er ein Großaufgebot an Polizei und einen schwarzen Bestattungswagen.

Schnell entschlossen setzt er erneut den Blinker und fährt auf den großen Parkplatz. Ein Teil davon ist von der Polizei abgesperrt. Er fährt mit der flachen Schnauze seines Porsches direkt vor die Absperrung unter das rot-weiße Absperrband, steigt aus und geht zielgerichtet und frech unter der Absperrung hindurch, Richtung Bahnsteig. Den gleichen Weg, den heute Morgen Kewian gegangen ist. Hier hat er ihr noch nachgeschaut.

Ein Polizist stellt sich ihm in den Weg. »Hier ist gesperrt!«, herrscht er Leon an. »Wie kamen Sie überhaupt durch die Absperrung?«

»Lassen Sie mich zu ihr gehen«, antwortet Leon leise und geschlagen, »ich will sie sehen.«

Der Polizist ist verunsichert. Leon wirkt betroffen und geht wie in Trance einfach weiter. Der Uniformierte will ihm nachgehen und festhalten. Da bleibt Leon mitten auf der Brücke, mit Blick auf den Bahnsteig unter sich, stehen. Am Ende der Treppe zu dem Bahnsteig sieht er sie liegen. Ihr grellgelber Mantel, ihre tiefschwarzen Haare und ihr roter Koffer.

»Wie kommen Sie hierher?«, herrscht der Kommissar ihn an, der ihn eintreffen sah und ihm schnell entgegenging. »Woher wussten Sie von dem Unfallort?«

Fassungslos schaut Leon den Kommissar an. »Unfallort?«, flüstert er leise, »Sie reden von einem Unfall?«

»Herr Dold, bleiben Sie bitte erst mal ganz ruhig«, versucht Sibold, Leon zu beruhigen, »bisher sieht alles nach einem Sturz aus, die genaue Ursache werden unsere

Mediziner feststellen. Aber auf den ersten Blick ist keine Gewaltanwendung zu erkennen und bisher gibt es auch keine Zeugen, die eine Gewalttat beobachtet hätten.«

Erst jetzt wendet Leon seinen Blick von der toten Chinesin auf dem Bahnsteig ab und schaut dem Kommissar direkt in die Augen: »Sie sind eine echte Fehlbesetzung«, zischt er ihm leise ins Gesicht, »suchen Sie einen roten Ferrari mit Mailänder Kennzeichen, das kann ja nicht so schwer sein, und Sie haben den Täter.«

»Herr Dold, kommen Sie mit. Wir fahren zusammen in das Kommissariat, da können wir Ihre Aussage aufnehmen. Ich glaube, Sie sollten ein Beruhigungsmittel einnehmen, vielleicht können wir dann in Ruhe über alles sprechen«, überhört der Kommissar geflissentlich den Vorwurf seiner Unfähigkeit. »Sie kannten Frau Wang, ist Sie die Übersetzerin, von der Sie mir gestern erzählt haben?«

Leon nickt wie unbeteiligt.

»Kommen Sie mit mir«, greift Sibold fast schon fürsorglich Leon unter den Arm, »ein Kollege bringt Ihnen Ihren Porsche sicherlich gerne in das Kommissariat nach.«

Wie in Trance reicht Leon dem Kommissar seinen Autoschlüssel und folgt ihm in einen Streifenwagen. Schweigend fahren sie zu seiner Polizeidienststelle. Dort nimmt Sibold Leon sofort mit in sein Dienstzimmer. »Das ist der Vorteil eines kleinen Kommissariats«, beginnt er die Befragung, »wir sind unter uns.«

»Dann geben Sie mir bitte erst mal einen Schnaps«, beweist Leon die Rückkehr seiner Lebensgeister.

Der Kommissar grinst verschmitzt. »Nicht ganz nach Dienstvorschrift«, schmunzelt er verschwörerisch, greift in seinen Schreibtisch, stellt zwei Schnapsgläschen auf den Tisch und schenkt ihnen einen *Bodensee Marc* von Herbert Senft aus Rickenbach ein. »Was für herrliche Getränke man aus Trauben machen kann«, schmatzt Sibold.

Leon kippt den Tresterbrand mit einem Zug hinunter, lässt ein langes »Ahh« ertönen und schaut noch immer abwesend zu dem Kommissar.

»Ich kann mir denken, welche Geschichten sich in Ihrem Kopf zusammenreimen«, beginnt dieser, »aber zunächst sollten Sie mir von Ihrem Treffen mit der jungen Chinesin erzählen und vor allem, wann Sie sie zuletzt lebend gesehen haben?«

Leon setzt an und hört sich die letzten 24 Stunden mit Kewian der Reihe nach erzählen. Dabei kann er seine Gedanken und Erlebnisse selbst nochmals ordnen. Für ihn ist absolut klar, dass der Testarossa-Fahrer, der Kewian gestern Abend bis zu ihm gefolgt ist, sie auch umgebracht hat.

»Wie es aussieht, hat sie den Halswirbel gebrochen«, erklärt der Kommissar, »die Pathologie wird feststellen, ob sie bei einem Sturz so unglücklich auf den Kopf gefallen ist, dass ihr der Halswirbel brach, oder ob andere äußerliche Einwirkungen zu dem Genickbruch führten.«

»Jeder Karateka kennt mindestens einen tödlichen Genickschlag«, beharrt Leon auf seiner Vermutung.

»Aber nicht jeder Chinese, der aussieht wie Ihr Filmschauspieler, ist auch ein Karateka«, beschwichtigt Sibold.

»Selbstmord schließen Sie in diesem Fall aber aus?«, raunzt Leon den Kommissar aggressiv an. »Warum wollen Sie die offensichtlichen Fakten nicht wahrhaben? Gebietet das Ihre Hochachtung vor dem Adel?«

»Ach hören Sie doch auf, Herr Dold«, schießt der Kommissar hörbar entrüstet zurück, »zuerst ist der Baron von Hohenfels der Mörder Ihres Herrn Rapp, jetzt sollen irgendwelche Chinesen Ihre neue Bekanntschaft umgebracht haben«, wird der Kommissar verärgert laut.

»Ich habe Ihnen die Fakten geschildert, Herr Sibold, wenn Sie den Baron nicht nach seinem chinesischen Gast befragen, darf ich Ihre Ermittlungsarbeit schon in Zweifel ziehen, oder wie soll ich Ihren Erkenntnisstand bewerten?«

»Sie müssen hier gar nichts bewerten!«, stellt der Kommissar kurz klar. »Aber ich werde sofort eine Fahndung nach Ihrem roten Ferrari rausgeben, das ist doch klar«, versucht der Kommissar, den Journalisten trotzdem zu beruhigen. »Wir kennen uns lange genug, also bleiben Sie ruhig.«

Leon bleibt ruhig, winkt stur ab und schaut ratlos dem Kommissar ins Gesicht.

»Vor großen Tieren habe ich keine Angst«, nimmt der Kommissar seinen Faden wieder auf, »der Baron mag sich dazu zählen, ich zähle ihn nicht dazu. Doch mit einem greifbaren Ergebnis der Pathologie lässt es sich dem Herrn leichter auf die Füße treten. Ich bekomme heute Nachmittag ein erstes Ergebnis der Gerichtsmediziner.«

»Sie glauben doch selbst nicht an den Zufall, dass gestern jemand Kewian nachstellt, und sie heute aus Ungeschick einen tödlichen Sturz erlebt? In diesem Fall ist ein Fehltritt wie auch Selbstmord ausgeschlossen!«

»Wir drehen uns im Kreis, ich muss zuerst die genaue

Todesursache von unseren Medizinmännern erfahren, dann sehen wir weiter.« Der Kommissar steht auf und ruft einen Kollegen in sein Büro. »Wir sollten jetzt Ihre Aussagen protokollieren.«

Leon wiederholt geduldig alles, was er gerade schon dem Kommissar unter vier Augen erzählt hat, unterschreibt das Protokoll, wendet sich aber, bevor er geht, nochmals an den Kommissar und fragt diesen, was er im Falle der vermutlich anstehenden Bordeaux-Abfüllung am Wochenende unternehmen wird.

»Ich habe Ihrer Meinung nach einen Mord aufzuklären, und Sie kommen mir mit Ihrem Weinhandel«, wiegelt Sibold die Frage ab.

»Nein, ich komme Ihnen mit zwei Morden!«, bleibt Leon bei seiner Theorie. »Die beiden Toten sind das Opfer eines Mörders! Der Baron und die Chinesen wollen ihr Weingeschäft über die Bühne bringen, da standen Hanspeter wie auch Kewian im Weg. Hanspeter wollte den Betrug öffentlich machen. Kewian wollte seinen Mord nicht hinnehmen. Sie hätte keine Ruhe gegeben, deshalb musste jetzt auch die junge Frau sterben.«

Gestern um diese Zeit hat Leon eine junge chinesische Studentin kennengelernt. Heute, keine 24 Stunden später, kommt es ihm vor, als hätte er gerade eine alte Freundin verloren. Kewian ist ihm schnell ans Herz gewachsen. Die vergangene Nacht hätte auch anders verlaufen können. Im Nachhinein weiß er, dass er sie heute Morgen nicht hätte gehen lassen dürfen. Er macht sich Vorwürfe und weiß doch, dass er sie kaum hätte beschützen können.

Doch genauso, wie sie Hanspeters Mörder ausfindig machen wollte, fühlt er sich ihr gegenüber nun verpflichtet, ihrem Mörder auf die Spur zu kommen.

Ohne sich große Gedanken zu machen, fährt er am Bodensee entlang. Er sollte sich eine kurze Auszeit gönnen, denkt er. Am liebsten rudert er in solchen Augenblicken auf den See hinaus. Jeder Ruderschlag führt ihn weiter weg von den aktuellen Problemen und dem Alltagslärm. Mitten auf dem See herrscht für ihn himmlischer Frieden und wohltuender Abstand. Auf dem See fühlt er sich vollkommen geborgen und in absoluter Sicherheit. Der leise Schlag der Wellen an die Bootsplanken ist für ihn die schönste Musik, der er sich hingeben kann.

Wieder schaut er in den Rückspiegel. Wird dieses Sicherheitsdenken jetzt für mich zur überlebenswichtigen Gewohnheit?, fragt er sich. Karlemann hatte den Bruce-Lee-Verschnitt mit seinem Ferrari im *Weinhaus* getroffen, vielleicht ist er noch dort? Sich vor ihm auf Dauer zu verstecken, ist aussichtslos, da will er ihm lieber gleich gegenübertreten, wann und wo er es bestimmen kann, am besten mit Zeugen, am besten sofort! Er würde den Baron gerne dabeihaben und vielleicht auch diesen Flori, den Jungen der beiden Pat-und-Patachon-Gestalten.

Entschlossen biegt er bei dem Ort Röhrenbach weg vom See in das Hinterland ab. In dem kleinen Flecken versteckt sich eines der kleinsten Weingüter am Bodensee, das den heutigen Winzern vor 100 Jahren, wortwörtlich über Nacht, ihre heute wertvollste Weißweinrebe gebracht hat.

Es ist eine Nacht im April 1925, in der der Urgroßvater des heutigen Winzers, Albert Röhrenbach, in einem Ruderboot bei völliger Dunkelheit ohne vorgeschriebenes Positionslicht hinüber in die Schweiz rudert. Hier hat sein Vater, Johann Baptist Röhrenbach, eine neue Rebe entdeckt. Er ist Gutsverwalter auf dem Schloss Kirchberg, das damals noch dem Markgrafen von Baden gehörte. Doch um dessen sauren Wein zu verkaufen, braucht es vier Männer, scherzt er gerne: den Gast, zwei, die ihn festhalten, und einen Vierten, der ihm den Wein einflößt.

Die Neuzüchtung des Herrn Hermann Müller im Thurgau bestand, wie man damals annahm, aus einer Kreuzung der Riesling- und Sylvaner-Rebe. Das versprach weniger Säure und mehr frische Aromen. Johann Baptist Röhrenbach hat den Wein auf dem Schloss Arenenberg, in der Schweiz am Untersee, probiert und war begeistert. Der Markgraf aber wollte diese neue Rebe nicht pflanzen. Gegen den Willen der damaligen Obrigkeit schmuggelte der junge Albert Röhrenbach die ersten Setzlinge der neuen Rebe für seinen Vater auf den markgräflichen Kirchberg.

In der Schweiz heißt die neue Rebe Rivaner, auf deutschem Gebiet nennt man sie nach ihrem Züchter und seiner Heimat Müller-Thurgau. Nach einem anfänglichen Verbot des Anbaus schaffte die Rebe 30 Jahre nach ihrer verbotenen nächtlichen Einfuhr den Durchbruch und wurde zum erfolgreichsten Weißwein der Bodenseewinzer.

Wenn man heute auch weiß, wie Leon gerade für ein Fachmagazin recherchiert hat, dass Direktor Hermann

Müller in der Pflanzenversuchsanstalt Geisenheim, tatsächlich nicht die Riesling-Rebe mit einer Sylvaner-Rebe kreuzte, sondern mit der Gutedel-Rebe *Madeleine Royale*, so bleibt sie doch die erfolgreichste Bodenseeweißweinrebe.

Vor Leon fährt ein großer Lkw. Die Landstraßen werden immer schmaler. Langsam nervt der Lastwagen vor ihm. Leon sieht auf der Plane des Anhängers mehrere Flaschen abgebildet. Saft-, Bier- und Weinflaschen. »Ihr Flaschen-Gießer«, liest er. Es braucht einige Zeit, bis bei ihm der Groschen fällt. Wohin will der Flaschen-Gießer in dieser ländlichen Gegend wohl fahren? Rundum finden sich nur Obstwiesen, Bauernhöfe und in vier Kilometern Entfernung der alte Maierhof des Kloster Salems, das heutige *Weinhaus* des Barons von Hohenfels!

Leon setzt den Blinker, überholt den Brummi und gibt Gas, um vor ihm an dem ehemaligen Gutshof zu sein. In gebührendem Abstand parkt er seinen Porsche am Rande des Sträßchens und läuft schnurstracks in Richtung des *Weinhauses.* Der Lastwagen rollt von hinten an, er geht einen Schritt zur Seite und lässt ihn passieren.

Leon bleibt wie unbeteiligt stehen, läuft dann aber schnell hinter dem Lkw her. Vor dem großen Einfahrtstor hält der Lastwagen an, beide Flügel öffnen sich wie von Geisterhand. Leon nutzt die Chance läuft schnell zu dem Tor und schiebt sich zwischen Anhänger und offenem Torflügel in den Innenhof.

Der Innenhof scheint ihm heute größer, als er ihn in Erinnerung hat. Die beiden mächtigen Hallen stehen auf der linken Seite. Geradeaus ist der alte Schopf, über den er das letzte Mal Zugang gefunden hat. Rechts steht das ehemalige Herrenhaus. Es ist neu renoviert, im Stil des Schlösschens des Barons auf seinem Gut Hohenfels.

Vor dem herrschaftlichen Anwesen parken einige Autos. Doch ein Ferrari ist nicht dabei, auch keine Mercedes Limousine mit Mailänder Kennzeichen und auch nicht der Mercedes SUV des Barons. Statt der Luxuskarossen stehen heute zwei Dacias und ein Skoda auf dem Parkplatz. Sicherlich die Fahrzeuge der Rumänen und Polen, die der Baron sonst in den Rieden seines Weinguts beschäftigt, vermutet Leon. Demnach scheint heute ja mehr los zu sein als bei seinem letzten Besuch.

Schnell läuft er um den Anhänger des Lastwagens, sieht die Tore der ersten großen Halle, in der er noch nicht war, weit offen stehen. Er blickt sich kurz um und geht schnellen Schrittes in die Halle hinein. Zu Beginn sieht er nach dem Lichtwechsel nicht viel. Draußen schien die Sonne, hier drin wirkt alles zunächst stockfinster.

Sicherheitshalber drückt er sich in die rechte Ecke und findet Schutz hinter einem hohen Stahltank, der bis zur Decke bestimmt 20 Meter misst. Gerade rechtzeitig kann er sich hinter dem Tank verstecken, denn schon hört er den Gabelstapler auf sich zukommen. Flori, der jüngere der beiden Arbeiter, die Leon bei Trude kennengelernt hatte, ruft dem Lkw-Fahrer zu: »Fahr mit dem Anhänger um die Halle und stell ihn hinten ab.«

Der ältere der beiden Arbeiter kommt mit einem kleinen, dicklichen Mann mit Jogginghose und einem Unterhemd bekleidet hinterher. Leon hört ihn sagen: »Der Chef spinnt, wir können doch nicht alle 40.000 Flaschen bis Sonntag abladen, abfüllen und dann wieder verladen«, echauffiert er sich. »Wir haben einfach nicht so viel Platz in den Hallen. Am besten, wir entladen nur deinen Zugwagen, und den Anhänger lässt du bis Montag stehen.«

»Heißt das, dass ihr alle 40.000 Flaschen bis Montag abgefüllt und auch schon wieder verladen habt?«, wundert sich der Fahrer.

»Am Montag sind sie schon auf dem Schiff nach China«, antwortet der Arbeiter stolz und schiebt sich seine Kappe zurecht. »Am Sonntagabend sind alle unsere Tanks mit dem Roten leer, dann bringt ihr uns am Montag die 10.000 Burgunder-Flaschen, und du kannst den Anhänger wieder mitnehmen.«

Die beiden gehen aus der Halle ins Freie. Flori, der jüngere der Arbeiter, ist mit dem Gabelstapler draußen und lädt die Zugmaschine ab. Leon nutzt die Chance, kriecht hinter dem Stahltank hervor und geht zielsicher immer tiefer in den Raum hinein. Er hört im hinteren Teil mehrere Arbeiter hantieren. Seine Neugierde treibt ihn zwischen den hohen Stahltanks weiter. Im hinteren Teil sieht er mehrere Arbeiter mit Hubwagen hochgestapelte Paletten mit leeren Flaschen umsetzen.

Leon will näher an das Geschehen. Er muss wissen, ob die Arbeiter schon mit dem Abfüllen des fraglichen Bordeaux beginnen. Da steht vor ihm plötzlich ein Mann, so groß wie ein Riese. Leon riecht seinen Schweiß und eine Rauchfahne. Unfreundlich schaut der Mann Leon an.

Leon sieht in seinen Augen eine beklommene Unsicherheit flackern. Sie sind dunkelbraun und liegen tief in den Höhlen. Seine Haut ist wettergegerbt, sein unrasierter Stoppelbart ist mehr grau als dunkel. Er hat eine auffallend lange Nase mit einer Warze darauf, die sicher nicht, wie bei Kewian, aufgemalt ist, denkt Leon und schilt sich gleichzeitig, was für einen Unsinn er in dieser brenzligen Situation denken kann.

Der Mann zieht seinen alten grünen Parker enger zusammen, schiebt die Wollmütze aus dem Gesicht und herrscht Leon trotz seines offensichtlichen Alters in einem jugendlich türkisch-deutschen Ghettoslang an: »Was du machen hier?«

»Wo ist der Baron?«, herrscht Leon frech zurück und schiebt keck nach: »Seid ihr fertig?«

Der Arbeiter ist irritiert und ruft in einer Sprache, die Leon nicht versteht, etwas seinen Leuten zu. Diese hören sofort mit ihrer Arbeit auf und kommen zu ihnen.

Leon sieht sich vier gestandenen Männern gegenüber. Wenn er jetzt wegliefe, käme er nicht weit, ist ihm klar. Draußen stehen Pat und Patachon. Er muss die brenzlige Situation schnell klären. »Seid ihr fertig«, blafft er erneut, »draußen kamen gerade 20.000 weitere Flaschen an, nehmt die Hubwagen und nichts wie raus, aber dalli! Wir müssen sie alle reinfahren.«

Die vier Arbeiter schauen sich gegenseitig ratlos an. Lena würde ihn einen hochnäsigen Rassisten schimpfen, aber Leon setzt noch einen Befehl oben auf: »Los, gebt Gas! Śmiało«, fällt ihm noch auf Polnisch ein. Die Chefrolle perfekt spielend, klatscht er laut in die Hände. »Rabota! Dawai!«, setzt er autoritär in seinem Russisch hinzu, und tatsächlich, der Mann, der ihn zuerst angesprochen hat, dreht sich zu seinen Kollegen um, sagt irgendetwas, was Leon nicht versteht, aber erleichtert sieht er, wie sich die Arbeiter umdrehen und von ihm ablassen.

Ihm fällt ein Stein vom Herzen. Glück gehabt, denkt er und will sich auch wegdrehen, um so schnell wie möglich aus der Halle zu gelangen.

Doch verdammt!

Zuerst hört er ihn nur, aber dann ist es schon zu spät: Der Gabelstapler mit Flori am Steuer schießt direkt auf ihn zu. Leon sieht sich erneut in der Falle. Bescheuert! Wie konnte er nur so ungeschützt in die Höhle des Drachens marschieren.

Flori hält direkt auf Leon zu, als wolle er ihn aufspießen. Cool dreht er im Fahren mit der rechten Hand sein Basecap auf dem Kopf, sodass das Schild der Mütze jetzt nach hinten zeigt. Triumphierend bremst er knapp vor Leon scharf ab, bleibt direkt vor ihm stehen, mit den Gabeln vor Leons Bauch.

»Bravo«, reagiert Leon nach außen gelassen, »du hast die Karre im Griff.« Leon bleibt seiner gerade eingenommenen Rolle treu und winkt ihm souverän zu. »Wo ist der Baron?«, fragt er, als sei er tatsächlich mit ihm verabredet.

»Was machst du hier?«, schreit dagegen Flori gegen den Motorenlärm seines Staplers an und lässt sich nicht auf ein freundliches Wiedersehen-Geplänkel ein. »Wie kommst du überhaupt hier rein?«

Leon erinnert sich an den Namen des Jungen, kollegial versucht er, seine Haut zu retten. »Hey, Flori, bleib ganz ruhig, ich war heute Morgen mit dem Baron hier verabredet, jetzt habe ich mich eben etwas verspätet.«

»Wie kommst du hier rein?«, zischt er weiterhin aggressiv, stellt den Motor ab und geht angriffslustig auf Leon zu.

»Das Tor draußen und die Tür innen standen offen, warum?«, spielt Leon weiterhin den Unbedarften, »ich muss unbedingt den Baron treffen.«

»Was macht denn der hier?«, schallt es plötzlich erneut, diesmal noch lauter und ärgerlicher, durch die große Halle. Der ältere der beiden Arbeiter kommt mit dem Lkw-Fahrer hinzu. Kaum hat er Leon gesehen, lässt er den Fahrer stehen und eilt zu Leon. »Wie kommst du hier rein?«, giftet er sofort erneut unfreundlich los.

»Ich sage es auch dir gerne nochmal: durch die Tür«, spielt Leon weiterhin den Überlegenen. Er will erneut seine Arglosigkeit beteuern und auf seine Freundschaft mit dem Baron verweisen. Doch bevor er mit seiner Erklärung fertig ist, legt der ältere der Arbeiter seine Zunge in eine Falte, ein Pfiff gellt durch die Halle, und die vier Arbeiter, die aus der Ferne der Auseinandersetzung interessiert zugesehen hatten, bewegen sich mit schnellen Schritten wieder zu ihnen zurück.

»Sperrt ihn in den Keller,«, befiehlt der Alte, »der Baron soll dann entscheiden, was wir mit ihm machen sollen.«

Der Riese mit der Wollmütze greift als Erster nach Leon. Er packt ihn tatsächlich am Kragen. Ein weiterer seiner Kollegen dreht Leon blitzschnell den Arm auf den Rücken, als wäre er in einer Polizeischule gewesen.

Bevor Leon sich versieht, steht er wie ein geprügelter Hund da.

»Hey, was soll das? Was geht hier vor?«, gellt plötzlich eine ganz andere Stimme mit lauter und scharfer Autorität durch die Halle.

Die Köpfe aller beteiligten Männer fahren erschrocken in die Richtung, aus der die Stimme kommt.

Leon erkennt ihn sofort und nimmt in diesem Augenblick alles, was er ihm heute schon an Unfähigkeiten an den Kopf geworfen und unterstellt hat, wieder zurück.

»Kommissar Sibold«, stellt sich Horst Sibold mit lauter Stimme und amtlicher Autorität vor. Gleichzeitig hält er den beiden Vorarbeitern seinen gezückten Dienstausweis unter die Nasen. »Sie sind mir eine Erklärung schuldig.«

»Warum wir?«, kontert Flori vorlaut. »Der Typ ist hier einfach eingedrungen«, zeigt er auf Leon, »wir wissen nicht einmal, wer er ist und was er hier will.«

»Dieser Typ ist ein Mitarbeiter von mir und sucht, wie auch ich, den Herrn Baron«, antwortet Sibold mit einem Augenzwinkern zu Leon. Dieser glaubt, nicht recht zu hören, ist aber gleichzeitig erleichtert und widerspricht ausnahmsweise dem Kommissar nicht.

Horst Sibold scheint an seiner neuen Rolle des Retters Gefallen zu finden und spult sie wie einstudiert weiter ab. Die Arbeiter hat er mit seiner dienstlichen Autorität schnell überzeugt, auch Flori steht plötzlich stramm vor dem kleinen, dicken Kommissar.

Dieser redet, zu Leon gewandt, dienstbeflissen weiter: »Sie haben doch noch anderes zu tun. Ich denke, Sie machen sich jetzt an Ihre Aufgaben. Den Baron werde ich morgen in das Kommissariat bestellen, und Sie machen Ihren Job im *Renker*, da sehen wir uns in einer Stunde!«

»Jawohl, Herr Kommissar«, schmunzelt Leon innerlich und verabschiedet sich, wie einst der Saaldiener im *Königlich Bayerischen Amtsgericht*, mit einem militärischen Gruß, indem er mit gestreckten Fingern seiner rechten Hand an den imaginären Schirm seiner Schildmütze salutiert und die Hacken zusammenschlägt.

Im Hinausgehen hört Leon den Kommissar die Arbeiter befragen, wann der Baron am Morgen im *Weinhaus* war. Er selbst geht langsam Richtung Ausgang der Halle. Noch hört er den Kommissar die Arbeiter auch nach den Chinesen fragen. Vor dem Ausgang stößt er fast mit dem Lastwagenfahrer zusammen, der darauf wartet, dass sein Lkw entladen wird. »Verrückt, was der kleine Laden hier umsetzt«, brummelt er anerkennend zu Leon.

Leon nickt ihm zu und geht postwendend zum Eingang des fürstlichen Verwaltungsgebäudes. Wie selbstverständlich drückt er die Klinke. Doch Pech, die Tür ist verschlossen. Also macht er, was der Kommissar ihm riet, und verschwindet schnellstens.

Für einen Gourmetkritiker eigentlich ein viel zu verrückter Tag, denkt Leon. Kewians Tod steckt ihm noch in den Knochen, und jetzt wäre er beinahe im Keller des *Weinhauses* gelandet. Er geht den halben Kilometer vom *Weinhaus* zu seinem Porsche zurück. Die Sonne senkt sich hinter dem Bergrücken des Salemer Tals. Leon verschließt schon mal das Dach seines Targas und fährt Richtung Überlingen zurück.

Es ist Donnerstag, der vierte Tag in dieser verdammten Woche. Seit Montag weiß er, dass sein Freund tot ist. Seither hetzt er nur noch der Frage nach, wer ihn umgebracht haben könnte. Die Ermittlungen der Polizei akzeptiert er nicht. Von Suizid will er nichts hören. Er hat während seiner Recherchen erfahren, dass der Baron erstens zugekauften Weißburgunder geschickt beschriftetet verkauft, als wäre es ein Bodensee-Burgunder, und zweitens, dass er zugekauften Rotwein als Bordeaux-Wein nach China verscherbeln will. Gravierender aber ist, dass heute Morgen Kewian ermordet wurde und er jetzt Angst hat, als Nächster auf der Liste der Opfer zu stehen. Er ist fest überzeugt, dass dieser chinesische Ferrari-Fahrer auf jeden Fall Kewian umgebracht hat, aber vermutlich auch Hanspeter auf dem Gewissen hat.

Sein Chef, Shao Wang, will das Geschäft durchziehen und in China dafür mehr als eine Million kassieren. Er muss dem Chinesen und dem Baron das Handwerk legen und vor allem Kommissar Sibold ein paar zwingende Hinweise auf den Mörder präsentieren, die dieser nicht von der Hand weisen kann.

Bis Sonntag hat er noch Zeit, dann ist der Spuk vorbei und das Motiv der Mordserie schwimmt in 40.000 Flaschen Richtung China.

Sein Handy klingelt, es ist Lena. Leon biegt rechts in einen Feldweg ein und nimmt das Gespräch an. »Warum höre ich nichts von dir?«, fragt sie eher bekümmert als vorwurfsvoll. Sie kommt ihm jetzt gerade recht und er lässt seinen ganzen Frust vom Stapel.

Lena hört ihm geduldig zu, fragt hin und wieder nach, bietet ihm an, sofort zurückzukommen. »Nicht, bevor ich diesen Bruce Lee getroffen habe«, entscheidet Leon. »Bei solchen Typen weißt du nie, auf welche Ideen sie kommen, wenn du zu Hause bist und ich nicht. Nein, bleib du, wo du bist!«

»Dann solltest du als Nächstes Koni treffen«, rät sie ihm, »du weißt genau, dass er und Hanspeter hin und wieder gemeinsam einen durchgezogen haben.«

»Was willst du damit sagen?«, herrscht Leon sie an.

»Mann, tu nicht so scheinheilig. Die letzten Kekse, die wir bei Hanspeter gegessen haben, die hatten es in sich«, erinnert Lena Leon an ihre beschwipste Heimfahrt. »Unsere ausgelassene Stimmung lag wohl nicht nur an unserem Weinkonsum, und das weißt du genauso gut wie ich, also frag Koni. Er allein weiß, ob Hanspeter tatsächlich auf dem Trip war, sich irgendwelche Drogen in seinen Wein zu pushen, und auch nur er weiß, woher Hanspeter das Zeug bekommen hätte können.«

»Ich bin schon auf dem Weg«, gibt Leon klein bei und startet lautstark seine 180 PS. Mit einem Kuss durch den Äther verabschiedet er sich von Lena, kehrt seine Karre um und fährt auf direktem Weg zu Koni. Dass er nicht schon längst selbst zu ihm gefahren ist, ärgert ihn jetzt. Da muss ihn erst Lena auf die Spur hieven. Er hält nochmals kurz an und simst dem Kommissar: »Danke! Aber *Renker* klappt nicht, melde mich später.«

Konrad Hengstler kennt jeder nur als Koni. Leon hatte ihn einmal vor einem Zugriff der Polizei gerettet. Leon drehte mit seinem Team als Polizeireporter eine Polizeirazzia in einem Jugendklub bei Friedrichshafen. Der Zoll und die Polizei stürmten gemeinsam den Klub, Leon durfte den Beamten mit seinem Kamerateam folgen, so war es mit der Pressestelle abgemacht. Der Zoll kontrollierte die Aufenthalts- und Arbeitsgenehmigungen, die Polizei suchte nach Rauschgift.

Leon kannte Koni vom Sehen und einem unbedeutenden Wortwechsel. Er hatte schon länger in der Rauschgiftszene recherchiert. Ein Informant riet ihm, sich an

Koni zu halten. »Er kennt die Hintermänner und die Verteilungswege«, hieß es damals.

Seine Chance, an Koni ranzukommen, verschaffte ihm der Tag der Razzia. Die Polizei ließ die Klubbesucher in Reih und Glied aufstellen. Leon ging mit seinem Kameramann an der Reihe vorbei. Die meisten hielten ihre Hände vor die Kameralinse, Leon versprach, alle Köpfe unkenntlich zu machen. Koni lachte ihn frech an und schob ihm einen kleinen Beutel zu. Leon blickte sich schnell um, suchte den Pressesprecher, sah ihn nicht und steckte das Plastiktütchen in seine Tasche. Als sei nichts geschehen, drehten sie weiter.

Am nächsten Morgen stand Koni vor Leons Haustür und forderte seine Tüte zurück. Leon erschrak, ging zur Garderobe im Flur, griff in seine Jackentasche und zog den Beutel heraus. Dabei wurde ihm erst klar, was er im Begriff war zu tun.

Zunächst kam es zu einem heftigen Disput. Leon wusste, dass er den Beutel auf keinen Fall herausrücken konnte. Wenn dieser Typ seinen Coup rumerzählte, wäre er geliefert und könnte seinen Job als Polizeireporter an den Nagel hängen. Doch Koni schien sich auf keinen Handel einlassen zu wollen, bis Leon ihm drohte, die Polizei zu rufen.

Schließlich verbrannte Leon mit Koni die Tüte, in der 50 Gramm Kokain war. »Da gehen 4.000 Euro in die Luft«, jammerte Konrad Hengstler damals. »Die wären auch weg, wenn ich sie dir nicht abgenommen hätte«, beruhigte ihn Leon damals, »und du hättest zusätzlich eine saftige Anzeige am Hals.«

Nach seiner Reportage über den Drogenhandel am

Bodensee, in der Leon dank Koni »Die weiße Straße des Kokains« von Italien über den Brenner aufzeigen konnte, verloren sie sich aus den Augen.

Erst als Koni vor zwei Jahren plötzlich wieder vor ihm stand, erinnerte sich Leon an die Zeit des Konrad Hengstler in der Drogenszene. Sein Freund Hanspeter hatte ihn aber schon als seinen neuen Kellner angestellt.

Leon hatte zuerst verwundert geschluckt, doch schon bald erkannt, dass die beiden perfekt harmonierten. Leon hielt die Klappe, wollte Konis Chance nicht vermasseln und hatte auch mit Koni nie über dessen ehemalige Dealer-Karriere gesprochen.

Doch jetzt? Hatte Koni seinen Freund Hanspeter angefixt? Hatte Koni die Koksplatte, die die Polizei fand, in dem Kühlraum deponiert? Aber das machte erst recht keinen Sinn. Dann hätte Koni sie rechtzeitig rausgeholt. Gerade das gefundene Kokain war für Leon ein weiterer Hinweis, dass jemand Hanspeter damit diskreditieren will. Er muss den Kommissar unbedingt fragen, welchen Wert das Kokain hatte.

Leon fährt hinter dem Salemer Tal einen Tobel hinauf. Mit Blick über die Hochebene bis hinunter zum Bodensee biegt er in einen Feldweg, der nicht geteert ist, ein. In die Fahrspuren links und rechts haben sich Traktorrinnen eingegraben. In der Mitte steht die frisch gewachsene Grasnarbe für seinen tiefgelegten Targa gefährlich hoch. Leon fürchtet um seinen Frontspoiler, hört das Gestrüpp am Karosserieboden kratzen, gibt trotzdem aber Gas.

Koni wohnt am Ende des Weges in einem alten, abgelegenen Bauernhaus, das die beste Zeit längst hinter sich hat. Rundum stehen Streuobstwiesen. An einem Abend bei Hanspeter hatte er ihm von seinem Glück erzählt, in der alten Hütte günstig wohnen zu können. Ideal für krumme Geschäfte, denkt Leon und stellt seine Karre neben einem alten, verrosteten Pflug und Heurechen ab.

Die Fassade des Bauernhauses blättert ab, unter dem alten Verputz zeigen sich Bruchsteine im Holzfachwerk. Das Scheunentor ist mit Gesträuch zugewachsen. Die Stalltür ist mit Spinnweben verhangen, daneben führt eine alte, krumm getretene Steintreppe in das Wohnhaus. Leon drückt die fast antike Türklinke hinunter und die alte, sperrige Holztür auf und steht unvermittelt im dunklen Flur. Er geht sicherheitshalber nochmals einen Schritt zurück, sieht aber keine Klingel am Türrahmen und tritt wieder mutig ein. Laut ruft er nach Koni.

Nichts rührt sich.

Leon steht im dunklen Flur auf knarrenden Holzdielen. Vor ihm führt eine Holztreppe in das obere Stockwerk, rechts geht vermutlich die Tür in den Stall. Leon entscheidet sich für die linke Tür, öffnet sie, zieht den Kopf ein und steht in einer niedrigen Bauernstube.

Eine perfekte Location für einen kitschigen Heimatschinken, denkt er: kleine Fenster, kaum Licht, grüner Kachelofen, ein Tisch in der Mitte des kleinen Raumes mit vier Holzstühlen darum, darüber eine Schirmlampe mit gehäkeltem Wollschirm. Auf dem Tisch eine Unordnung, als hätte ein bankrotter Buchhalter gerade den Raum verlassen. Ungeöffnete Briefe, Rechnungen und Zeitungen liegen auf dem verschmutzten Tischtuch. Leon tritt näher heran. Er will sehen, mit wem Koni solch einen intensiven Briefverkehr pflegt.

Die Unordnung in der Stube, wie sie sich zeigt, passt

eigentlich nicht mehr zu dem Koni, wie er sich in den letzten beiden Jahren bei Hanspeter im *Adler* präsentierte. Außer seinen langen Haaren hatte er alle äußerlichen Erkennungszeichen seines alten Dealer-Lebens abgestreift.

Leon hatte ihn in alten Jeans mit zerrissener Jeansjacke, bunten T-Shirts und *Sannyasin*-Holzkette um den Hals kennengelernt. Im *Adler* dagegen zeigte er sich immer korrekt, schlank und rank in seiner schwarzen Bügelfaltenhose, frisch geplättetem weißem Hemd, und statt der Mala trägt er heute eine Weißgold-Solitär-Halskette.

Nur von seinen langen schwarzen Haaren hat er sich nicht getrennt. Sie bindet er während des Service streng zu einem Zopf, danach steckt er sich seine *Ray-Ban* Sonnenbrille in die Haare, auch nachts, weshalb Leon ihn gern foppt: trotz Brille auf der Schädeldecke kein Durchblick im Großhirn.

Die Strafzettel auf dem Tisch interessieren Leon nicht, davon findet er bei sich zu Hause genügend. Interessanter sind für ihn ein paar Briefe, die er aus dem Stapel zieht, neben deren Absender das Wappen der *Fürst-Erzbischöflichen Hofapotheke Meersburg* prangt. Die Kuverts sind geöffnet, Leon zieht verschiedene Rechnungen heraus. Jetzt scheint ihm einiges klar zu werden. Koni steckt offensichtlich in einem Drogenentzugsprogramm, dafür stellt ihm der Apotheker regelmäßig das Opioid Methadonhydrochlorid her.

Leon steckt die Rechnungen zurück in den Umschlag, legt alles wieder auf den Tisch, wie er es vorgefunden hat. Er überlegt, ob Hanspeter davon wusste. Wollte er Koni helfen? Oder wollte Koni Hanspeter helfen, ihn mit Methadon von seinem, wie vom Kommissar behaupteten, zu hohen Kokainverbrauch abzubringen?

Erst jetzt checkt Leon, dass es um ihn stockdunkel geworden ist. Er steht in Konis Haus, in das er einfach eingestiegen ist, nur weil die Tür nicht verschlossen war. Koni ist nicht da. Mehr, als er gerade erfahren hat, wird er wohl kaum finden. Er schaut sich noch einmal kurz um, es ist mucksmäuschenstill in der alten Hütte. Er entschließt sich, besser zu gehen. Im Finsteren sucht er im Gang den Weg zur Haustür und atmet erleichtert aus, als er in seinem Auto sitzt. Grübelnd fährt er den ausgefahrenen Feldweg zurück.

Hätte er einen ordentlichen Job, hätte er jetzt längst Feierabend. Aber warum eigentlich spielt er hier den Schimanski und benötigt dann auch noch eine Pfeife wie Kommissar Sibold, der ihn am Nachmittag aus seinem selbstverschuldeten Schlamassel in dem *Weinhaus* ziehen musste. Obwohl er gerade mit dem Beamten schwer hadert, muss er jetzt auch noch zu ihm. Er will unbedingt wissen, ob Sibold den Baron getroffen, was die Polizei über den Ferrari-Fahrer ermittelt und was die Pathologie zu Kewians Tod in Erfahrung gebracht hat.

Soll er ihn jetzt einfach anrufen? Oder ihn lieber frech zu Hause besuchen? Zu allem hin spürt er langsam einen echten Hunger und weiß somit auch schon, wie er den Kommissar, auch nach Feierabend, zu einem kollegialen Gespräch verführen kann. Doch zuerst muss er unbedingt noch kurz bei Helma vorbeischauen. Nicht nur, weil er dies Lena versprochen hat. Längst ist ihm die alte, oft auch grantelnde Frau ans Herz gewachsen.

Er fährt langsam in seine Wohnstraße ein. Hält die Augen weit offen. Er hält Ausschau nach einem roten Ferrari oder dunklen Mercedes mit Mailänder Kennzeichen. Sicherheitshalber fährt er noch einmal um das Viertel, auch durch die Parallelstraßen. Doch die Luft scheint rein zu sein. Erleichtert parkt er vor seinem Haus und geht hinein.

Er gibt sich eine halbe Stunde Zeit, dann will er los zu Horst Sibold. »Schnelle Teller« nennt er seine Rezepte, die er im Handumdrehen zubereiten kann. Dazu zählen Linsen mit Spätzle, ein Klassiker und eines von Helmas Lieblingsgerichten. Dafür stellt er schnell zwei Töpfe mit Wasser auf den Herd.

Helma vergisst in jüngster Zeit nicht nur zu trinken, sondern manchmal auch zu essen. Er kennt ihre Marotten. Lena hat ihr extra *Essen auf Rädern* bestellt, doch manchmal spielt sie vornehme Dame. Stur wie einst der Suppenkasper im *Struwwelpeter*-Buch sagt sie dann, frech lachend wie ein Kind: »Nein, dieses Essen ess' ich nicht!«

Mit Linsen und Spätzle muss er sie nicht lange überreden zu essen. Er misst 250 Gramm Mehl in eine Schüssel, gibt vier Eier hinein und Salz. Dann verrührt er den Teig und drückt ihn später durch eine Presse in das kochende Salzwasser, während die Linsen in dem anderen Topf garen.

Mit Butter, Mehl und feingehackten Zwiebeln rührt er im Nu eine braune Mehlschwitze an, gibt die gekochten Linsen hinein und schmeckt mit Salz, Pfeffer und Essig ab. Die gepressten Spätzle schwenkt er kurz mit etwas Butter durch die Pfanne. Ein paar Saitenwürste fischt er aus der Tiefkühltruhe und gibt sie zu den Linsen.

Leon ist gut in der Zeit, schnell richtet er das Tablett, stellt eine Apfelsaftschorle darauf und zu dem Teller zwei Schüsseln. In die eine gibt er die Spätzle, in die andere die Linsen mit den Würsten, und schon trägt er das Tablett einen Stock höher.

»Mein Leibgericht!«, freut sich Helma, als Leon ihr die beiden Schüsseln auf den Küchentisch stellt.

»Was hast du heute gegessen?«, fragt er.

»Kassler Ripple, Salzkartoffeln und Sauerkraut«, antwortet sie treuherzig.

Leon schaut sich um, findet die Küche aufgeräumt wie am Morgen, als er ihr die Apfelsaftschorle brachte. Ohne etwas zu sagen, öffnet er den Mülleimer in der Küche. Auch dieser ist leer.

»Hat's geschmeckt?«, fragt er trotzdem treuherzig. Er hat jetzt keine Lust, nach den Resten des Gerichts der Sozialstation zu suchen. Vielleicht hat sie es ja doch aufgegessen, oder die Putzfrau war schon hier und hat die Reste weggeräumt.

Helma strahlt ihn aus ihren blaugrauen Augen an: »Es hat geschmeckt, aber deine Linsen und Spätzle schmecken besser! Weißt du nicht: Das ist mein Leibgericht!«, wiederholt sie.

»Du bist halt doch eine Schwäbin«, freut sich Leon. Längst haben er und Lena gelernt, ihr alle ihre Lügen zu verzeihen. Trotzdem schaut er noch in den Kühlschrank und sieht dort einen abgedeckten Teller stehen. Aber jetzt isst sie ja Spätzle und Linsen und trinkt auch die Apfelsaftschorle. Also lässt er den Teller, als hätte er ihn übersehen, einfach stehen.

Helma will mit aller Macht unbedingt in ihrer Wohnung bleiben. Leon soll es recht sein. Solang sie bleibt, können auch Lena und er in der schicken Vorstadtvilla leben. Die Baulöwen und Makler kreisen schon längst wie Aasgeier um das Anwesen.

Über das Villensterben in der Bodenseestadt wird viel geredet, doch wer will es verhindern? Die alteingesessenen Überlinger mosern zwar, aber verdienen doch selbst sehr gut mit ihrem alten Erbe. Rund um Helmas Grundstück verwandelt sich historische Bausubstanz in neuzeitliche Mehrfamilienhäuser, die dann als Eigentumswohnungen verschachert werden, oder als *Airbnb* Ferienwohnungen gewinnträchtige Geldanlagemöglichkeiten für reiche Spekulanten bieten.

Leon beugt sich zu Helma und gießt ihr den letzten Rest der Schorle in ein Glas. Sie genießt, dass er sie bedient, und strahlt ihn an. Ihre tiefen Furchen im Gesicht wandeln sich zu Lachfalten, wenn Leon ihr schmeichelt und sagt, ohne sie wäre er in dieser teuren Stadt längst obdachlos und müsste in das Hinterland ziehen.

Sie lacht.

Er weiß aber, dass es leider stimmt!

Eine halbe Stunde hat er sich gegeben, die Zeit ist rum. Er muss jetzt zu Horst Sibold.

»Genieße in Ruhe weiter«, verabschiedet er sich und sprintet schnell die Treppe noch eine Etage höher. Auf dem Speicher schnappt er sich zwei Paar Bratwürste und schneidet von einer Speckseite eine dicke Scheibe ab. Als Notration hat er solche Delikatessen seiner Schwarzwälder Kindheit immer an einem Fleischerhaken unterm Dach hängen.

Helma hatte sich erst an den neuen Duft in ihrem alten

Holzspeicher gewöhnen müssen. Als er im ersten Winter nach seinem Einzug die schwarzgerauchten Speckseiten neben ihrem Schrank auf dem Speicher trocknen ließ, hatte sie laut protestiert. Ihre alten Kleider hingen noch immer in dem Schrank. »Die stinken dann nach deinem Speck«, hatte sie gejammert.

»Die Klamotten hier drin sind doch längst aus der Mode«, beruhigte er sie, »die kann vielleicht noch eine alte Frau tragen, aber doch keine Dame wie du!«

Damit hatte er sie überzeugt.

Anfangs hatte noch Senta vor der Speichertür mit hechelnder Zunge ihren Wachposten bezogen. Doch bald hatte auch sie kapiert, dass Leon, wenn's um seinen Speck ging, ein knausriger Sack ist.

Dafür hatte er schon bald Helma mit seinen Speckkrautkrapfen und mit Speck gefüllten Maultaschen überzeugt. Spätestens nach diesen Mahlzeiten wurde ihr klar, dass sie die Kleider aus ihrer Modelzeit auf der Dachbühne sowieso nie mehr würde tragen können. Und Senta hatte gelernt, dass es für sie höchstens die Speckschwarte gibt, und auch dann nur, wenn der neue Mieter für sich selbst seinen Speck vom Dachboden holt.

Zusätzlich liegt bei Leon im Kühlschrank meist ein großes Stück zwei Jahre gereifter Bergkäse von der *Hofgemeinschaft Heggelbach*. Heute findet er auch noch den Roquefort, den Kewian gestern verschmäht hatte. Mit einem Bauernbrot, das er am Vortag gekauft hatte, packt er alles in eine leere Weinkiste. In eine zweite Kiste stellt Leon eine Auswahl verschiedener Rotweinflaschen des *Weinguts und Weinhauses Baron von Hohenfels*, die er bei seinem Einbruch in Hanspeters Büro mitgenommen hatte.

Bepackt wie für ein Picknick mit Weinverkostung, fährt er zu Kommissar Sibold. Erstens will er sich für die Befreiungsaktion aus seiner misslichen Lage am Nachmittag im *Weinhaus* bedanken, und zweitens will er jetzt unbedingt wissen, ob die neuesten polizeilichen Erkenntnisse endlich auch den Kommissar überzeugen, dass Kewian ermordet wurde.

Für einen fairen Informationsaustausch hat schließlich auch er einige Neuigkeiten zu bieten. Mit seiner neuesten Entdeckung in Konis Bauernhaus und dem vermeintlichen Methadonkonsum von Koni Hengstler kann er schließlich gut punkten.

Der Kommissar wohnt in einem schmucken Einfamilienhaus in der Überlinger Fischerhäuser Vorstadt. Ein Fischer in seinem Boot auf dem Bodensee bietet den Gästen des Viertels in einer Wandmalerei einen Blick in die Geschichte des gewachsenen Quartiers im Mittelalter. Heute noch stehen hier bescheidene Ein- und Zweifamilienhäuser, meist noch mit Handwerksbetrieben im Erdgeschoss. Ein Idyll, den die Bewohner gerade gegen neue große Baupläne verteidigen, vorneweg natürlich dieser zugezogene, kauzige Kommissar. »Erst, wenn in ganz Überlingen nur noch die neuen viereckigen Glaskuben stehen, werden die Investoren Ruhe geben«, wurde er im *Südkurier* zitiert.

Leon fährt von der Gartenstraße über Kopfsteinpflaster einen engen Stich hoch. Direkt am Ende der Sackgasse hatte der Kommissar eine idyllische Bleibe in einem flachen Altbau gefunden. Leon parkt direkt vor der Haustür.

Im Wohnzimmer, hinter verschlossenen Gardinen, brennt Licht. Er klopft mit seinem Autoschlüssel dreimal an das Fenster. Über den plötzlichen, hellen Klang der Klopfzeichen, die sich anhören wie Einschüsse in das Fensterglas, erschrickt er selbst. Der Dicke wird erst recht aufschrecken, schmunzelt Leon still in sich hinein, geht zurück zu seinem Porsche und kramt vom Beifahrersitz seine beiden Weinkisten hervor. Vollbeladen steht er, als der Kommissar mit mürrischem Blick öffnet, vor seiner Haustür.

»Für Besucher hat der Elektriker hier eine Klingel angebracht«, schimpft Sibold und zeigt auf die Türglocke.

»Für Lieferanten, die alle Hände voll haben, wäre eine Lichtschranke angebrachter«, drückt Leon dem Kommissar die Kiste mit den Weinflaschen in die Arme, wobei er darauf achten muss, dass er die zweite Kiste mit dem Vesper nicht fallen lässt.

»Wollen Sie bei mir einziehen?«, staunt der Kommissar über Leons vollgepackte Kisten.

»Stört dich beim Arbeiten der Wein, dann lass das Arbeiten sein!«, zitiert Leon eine Weintrinker-Weisheit, »heute aber machen wir beides in mehreren Zügen. Heute gehört unsere Weinverkostung zu unserem Arbeitspensum. Ich habe uns eine interessante Auswahl der Rotweine des Barons mitgebracht, damit wir geschmacklich erkennen, was der Baron unter Bordeaux versteht.«

»Was heißt das?«

»Ich muss Sie doch auf die Spur des Bordeaux' unseres Barons bringen, damit Ihre kriminalistische Nase endlich Witterung aufnimmt. Ich habe eine Flasche seines fraglichen Bordeaux' mitgebracht, eine Flasche seines prämierten Spätburgunder Cuvée und einen ganz einfachen Spätburgunder des Weinguts sowie einen der abgefüllten Spätburgunder aus dem *Weinhaus Baron von Hohenfels.*«

»Als Eintrittskarte ausreichend«, winkt der Kommissar Leon gnädig gestimmter in den Flur und will voraus in das Wohnzimmer gehen. Doch Leon folgt ihm nur die ersten Schritte, dann bleibt er im Flur stehen und bittet: »Wollen wir nicht in die Küche gehen, ich habe einen Mordshunger und könnte ein Vesper zu unserer Weinprobe vertragen.« Dabei zeigt er auf seine Kiste, mit den schmackhaften Mitbringseln.

»Manche genießen ein zweites Frühstück«, ändert der Kommissar seine Richtung und geht folgsam voraus in die Küche, »bei diesem Anblick lasse ich mich aber gern zu einem zweiten Abendbrot überreden.«

Die Küche des Kommissars würde jedem Mitglied des Überlinger Verschönerungsvereins gefallen. Sie lädt ein, wie ein weiteres Argument für die Bürger des Fischerhäuser Vorstadtviertels, ihr Quartier zu erhalten. Die gesamte Einrichtung stammt offensichtlich aus der Mitte des letzten Jahrhunderts, bevor es Einbauküchen von der Stange gab.

Hinter der Küchentür ist ein Küchenschrank aus Wurzelholz eingebaut. Er ist exakt vom Boden bis zur Decke handwerklich präzise eingepasst. Der untere Teil bietet hinter den Schranktüren viel Platz für größere Töpfe. Zusätzlich ist ein Brotkasten aus Emaille eingebaut und darüber Schubladenteile. Obenauf steht eine Vitrine, gefüllt mit Tassen und Gläsern. Dazwischen bieten Glasschubladen, wie in einem alten Apothekerschrank, Platz für Zucker, Salz und vieles mehr der ehemals offen gehandelten Küchenzutaten.

Breite Kieferdielen wie Schiffsplanken auf dem Boden zeugen von einer bodenständigen Bauweise. Holztäfer rundum ersparte damals Gipser- und Malerarbeiten, heute sorgen sie für eine wohlige Atmosphäre. In der Ecke hängt noch immer das obligatorische große Holzkreuz mit Heiland. Darunter ist eine Eckbank eingebaut mit einem Holztisch, davor zwei Eichenholzstühle.

Leon lässt sich von der hölzernen Idylle nicht lange trügen, er ist nicht zum ersten Mal hier. Er weiß, was gleich passiert. Nachdem der Kommissar den Lichtschalter betätigt hat, strahlen zuerst nur kleine Blitze auf, aber dann erhellt sich die fast schon historische Küche dank neueingebauter Neonröhren in einem gefühllosen, grellen Licht.

»Jetzt sehen wir wenigstens, was wir trinken«, quittiert Leon den zerstörenden Fauxpas. Selbst im Wohnzimmer hat Sibold solche grellen Neonröhren an die Decke montieren lassen. Bei den regelmäßigen Schachspielen und Weinverkostungen hat Leon sich an das aufdringliche Licht gewöhnt.

Leon zieht, als wäre er hier zu Hause, die mittlere Schublade des großen Buffets auf und entnimmt daraus den Korkenzieher. »Beginnen wir mit dem einfachen Spätburgunder«, schlägt er vor.

»Den kennen wir doch schon«, winkt der Kommissar jedoch schnell ab, »und den abgefüllten Spätburgunder des *Weinhauses* können Sie auch gleich wieder einpacken. Ich bin aber sehr gespannt, auf diese Cuvée, von der die ganze Weinwelt redet.« Dann lacht er laut: »Bodensee-Bordeaux! – Was für eine Anmaßung. Machen Sie doch bitte den zuerst auf«, freut sich der Kommissar sichtbar auf die bevorstehende Weinprobe.

Leon greift, wie gewünscht, zu der Cuvée-Flasche, öffnet diese und auch die Bordeaux-Flasche ohne Etikett, die er ebenfalls aus Hanspeters Büro mitgehen hat lassen. »Das ist ein *Erlkönig*, würden die Autobauer sagen«, schmunzelt Leon, »diese Flasche wird es hier bei uns im Handel wohl nie geben, nur in China! Aber bitte, wie gewünscht, wir starten jetzt zuerst mit unserer neuen, hochgelobten Spätburgunder Cuvée.«

Der Kommissar stellt mehrere Weingläser auf den Tisch und legt zwei Holzbrettchen dazu. Zusätzlich legt er zwei scharfe Messer und eine Tube Senf auf den Tisch.

Leon hebt sein Glas mit dem Spätburgunder in die Höhe. »Ich möchte mich entschuldigen und Ihnen für die Befreiung aus den Klauen der Weinhausarbeiter heute Mittag danken«, beginnt Leon stockend, sich eine Erklärung herauszupressen. »Ich weiß, dass Sie einen ordentlichen Job machen, Herr Kommissar. Aber der Tod von Kewian hat mich heute Morgen zutiefst geschockt, und mit Ihrer stoischen Art haben Sie mich kurzzeitig auf die Palme gebracht. Aber ich vermute, Sie zweifeln nach dem, was ich Ihnen erzählt habe, längst auch an der Theorie eines versehentlichen Unfallhergangs, oder?«

»Der rote Ferrari mit dem Mailänder Kennzeichen ist heute Mittag der Verkehrspolizei bei einer Geschwindigkeitskontrolle aufgefallen. Sie haben ihn auf der Bundesstraße zwischen Kressbronn und Lindau mit überhöhter Geschwindigkeit gemessen«, nimmt Horst Sibold die Entschuldigung, ohne weitere Worte zu verlieren, an.

»Alles, was ich Ihnen jetzt erzähle, verlässt nicht diesen Raum!«, bestimmt er deutlich und plaudert offen aus seinem Nähkästchen. »Es hat sich ein Augenzeuge gemeldet, der das Opfer heute Vormittag auf dem Bahnhofsplatz, vor dem Aufzug, in Begleitung eines Asiaten gesehen hat. Der unbekannte Mann soll ihr den Koffer abgenommen und sie Richtung Treppe geführt haben. Für den Zeugen ein normaler Vorgang. Er hat nicht weiter darauf geachtet und ging in den Kiosk, um sich eine Zeitung zu kaufen. Als er den Laden verließ, fiel ihm nichts weiter auf, er ging schnurstracks in die Stadt und hat erst später von dem Tod der jungen Chinesin erfahren und sich umgehend bei uns gemeldet.«

»Bruce Lee«, unterbricht Leon die Erzählung des Kommissars.

»Wie bitte?«, ist dieser kurz irritiert, »Sie wissen, wie der Mann heißt?«

»Nein, aber ich hatte Ihnen doch heute Mittag schon erzählt, dass mein Kollege Karlemann den Chinesen im *Weinhaus* gesehen hatte. Er sagt, er sieht aus wie Bruce Lee, kennen Sie nicht den asiatischen Kung Fu Kampfkünstler und Schauspieler?, *Die Todesfaust des Cheng Li.*«

»Wie bitte?«

»Ach, vergessen Sie es«, winkt Leon ab, und hebt erneut das gefüllte Weinglas, um mit dem Kommissar anzustoßen. »*Der Mann mit der Todeskralle*, der berühmteste seiner Filme. Aber er starb schon vor Jahren – und ich glaube, sein Tod ist bis heute noch nicht aufgeklärt. Aber unser

Film hier heißt *Der Mord auf der Bahnhofstreppe*, und wir kennen immerhin schon den Täter, nur ist er Ihnen leider durch die Lappen gegangen, oder?«

»Warum denn?«, kann der Kommissar sich nur schwer zurückhalten und fühlt sich schon wieder von Leon provoziert. »Erstens sind Sie doch immer derjenige, der jeden Menschen vor einer Vorverurteilung in Schutz nimmt«, gibt er sofort Kontra, »und zweitens läuft die Fahndung. Interpol ist eingeschaltet, und sollte der Mann schon in Mailand sein, werden die Kollegen ihn aufgrund seines Autokennzeichens beziehungsweise der Autozulassung bestimmt schon von zu Hause abholen. Seinen richtigen Namen werden die Kollegen in Mailand auf jeden Fall sicher schon ermittelt haben.«

Leon geht erst mal auf die für ihn enttäuschende Nachricht nicht weiter ein. Stattdessen nimmt er sein Weinglas, hält es gegen das grelle Licht und lobt: »Für einen Spätburgunder ein sattes Rot! Eugen von Hohenfels ist wirklich einer der besten Kellermeister am Bodensee!«

Er nimmt einen zweiten Schluck und setzt fachmännisch hinzu: »Der Merlot gibt dem Spätburgunder eine besondere Eleganz und Süße sowie einen fruchtigen Kirschgeschmack.« Das waren die Worte von Eugen von Hohenfels. Der Kellermeister hatte Leon noch verraten, dass der Merlot-Anteil den Spätburgunder früher trinkreif macht, denn die Weinkenner von heute wollen nicht mehr zehn Jahre und länger warten, bis sie ihren Rotwein genießen können. Doch weitere Klugscheißereien will er dem Kommissar jetzt erst mal ersparen.

Dieser aber nimmt den Ball sofort an: »Glücklicherweise schmeckt man den Spätburgunder noch deutlich durch«, fällt er Leon ins Wort und schlürft erneut genüsslich aus seinem Glas, »ich liebe nun mal die süßlichen Noten von Erdbeere, Kirsche und Brombeere.«

»Wer's mag«, ist Leons dünner Kommentar. Für ihn ist der Spätburgunder eben eher ein Altherrenwein, dem die Kraft der Sonne des Südens fehlt.

Der Kommissar dagegen belehrt ihn immer wieder aufs Neue, dass ihm in seinen jungen Jahren die Rezeptoren zum Erkennen der Nuancen am Gaumen fehlen würden. »Ich weiß, Ihre Weine müssen dunkelrot und kräftig sein, Sie sind noch ein Jungspund. Da müssen die Frauen große Brüste und wulstige Lippen haben. Aber die wahre Schönheit verbirgt sich in gelebten Gesichtern«, will der Kommissar wieder eine für Leon längst abgenudelte Langspielplatte auflegen.

»Nein, Herr Sibold«, fällt ihm deshalb Leon sofort wieder ins Wort und widerspricht, »Kewian hatte wahrlich keine großen Brüste und auch keine wulstigen Lippen. Ich habe mich auch nicht in sie verliebt, aber ihren Mörder zu finden, das bin ich ihr schuldig.«

»Übernehmen Sie sich nicht«, lässt der Kommissar sich auf den Themenwechsel ein und winkt überlegen ab, »schreiben Sie über Ihre Köche und Restaurants. Mörder zu überführen, ist das Handwerk der Polizei.«

»Wir sollten uns an die Weine halten«, versucht Leon, die Auseinandersetzung schnell wieder in ruhigeres Gewässer zu führen. Dabei greift er zu der Bordeaux-Flasche ohne Etikett, die für ihn der Grund des Mordes an Hanspeter und Kewian ist. »Mit diesem sogenannten Bodensee-Bordeaux kommen wir vielleicht einem möglichen Motiv näher.«

Der Kommissar leert sein Glas Spätburgunder Cuvée in einem Zug. Leon stellt sein Glas noch halb voll zur Seite und nimmt ein neues. Er füllt wieder beide Gläser zur Hälfte, schneidet sich dann aber zuerst ein Knäusle von dem Bauernbrot ab und beißt in den Zipfel einer der geräucherten Bratwürste.

Der Kommissar dagegen riecht erwartungsvoll an seinem Rotweinglas. Dann nimmt er Leons altes Glas, mit der Restpfütze der Spätburgunder Cuvée und vergleicht die Farben, indem er beide Gläser leicht gekippt gegen das Licht hält. »Rubinrot, violette Reflexe«, grummelt er, »bei beiden!«

»Sie haben recht, die Farben sind nicht schlecht«, stimmt ihm Leon mit vollem Mund zu, »im Gegenteil, sehr vielversprechend!«

Der Kommissar führt seine Nase tief in das neue Glas des fraglichen Bordeaux' und riecht an dem Wein. »Viel blumiger!«, urteilt er. »Mehr dunkle Frucht!« Dann setzt er das Weinglas an den Mund, zieht den Rotwein mit Luft hörbar ein, schmatzt und schluckt. Er setzt das Glas ab und lächelt zufrieden: »Der Spätburgunder ist nicht unterzukriegen! Ja, sicher Merlot, wie schon bei der Cuvée, aber eben auch Spätburgunder! Typische Aromen von schwarzen Beeren, süßlicher Vanille und etwas Schokolade.«

»Buchenholz und Knoblauch mit Wacholder«, schmunzelt Leon und schneidet ein paar hauchdünne Scheiben von seinem Schwarzwälder Schinkenspeck ab. »Ich muss erst etwas essen«, gibt er zu, greift dann aber auch zu dem fraglichen Bodensee-Bordeaux. Riecht ebenfalls zuerst, bevor er den Wein aus dem Glas schlürft, schluckt und feststellt: »Ähnliche Noten wie der hochgelobte Cuvée. Ich muss zugeben, ein gepanschter Billigfusel ist das nicht.«

»Aber ein Bordeaux eben auch nicht!«, urteilt der Kommissar streng, steht auf und zwinkert Leon zu: »Damit wir wissen, über was wir überhaupt reden. Ich komme gleich wieder.«

Kaum ist der Kommissar aus der Küche verschwunden, schüttet Leon den Inhalt seiner beiden Weingläser in die Küchenspüle. Er ahnt, dass der Kommissar gleich mit einem echten Bordeaux auftauchen wird, da will er lieber bei dieser unverfälschten Flasche mithalten. Schnell lässt er Wasser aus dem Hahn in eines der Gläser laufen und trinkt es in einem Zug leer, denn Autofahren muss er nachher auch noch. Dann setzt er sich wieder an den Tisch und vespert weiter.

»Längst nicht der teuerste, aber ein anständiger Durchschnitts-Bordeaux«, kommt der Kommissar, wie von Leon erwartet, mit einer Weinflasche und zwei neuen Gläsern in der Hand zurück in die Küche.

»Zum Glück sind Sie nicht die Treppe hinuntergestürzt«, steuert Leon das Gespräch wieder auf den Grund seines Besuchs, »oder sitzen jetzt tot in Ihrem Keller. Ich denke, Herr Rapp hat, wie eben Sie, nach dem Test des fraglichen Bordeaux-Weines des Barons ebenso geurteilt: ein sehr guter Spätburgunder, aber nie und nimmer ein Bordeaux!«

»Jetzt fangen Sie nicht schon wieder damit an. Als hätte irgendwer Ihren Koch töten wollen, nur weil er dessen Wein nicht mochte.« Sibolds Stimme klingt wieder heftiger, ihn nervt das Thema hörbar. Er greift zum Korkenzieher und zieht den Korken viel zu grob aus dem Flaschenhals des echten Bordeaux.

»Ich bitte Sie! Der Deal verspricht den Chinesen mindestens eine Million Euro. Dem Baron von Hohenfels eine halbe Million, auch nicht schlecht, für einen Mord allemal genug. Das hatten wir bereits besprochen. Jetzt aber kommt ein zweiter Mord hinzu: Kewian! Auch sie war im Weg und hat mir von dem Betrug erzählt. Wieso soll sie gerade heute, nach dem Besuch bei mir, die Treppe hinuntergefallen sein?«

Der Kommissar karaffiert seinen Bordeaux, wie es sich für einen edlen Tropfen gehört. Er lässt ihn langsam an der Innenseite einer Karaffe hinunterlaufen, damit er möglichst viel Luft ziehen und nicht oxidieren kann. Er riecht daran, scheint zufrieden und schenkt zwei Fingerbreit in die beiden Gläser ein.

Leon sieht den dunklen, roten beinahe tintenfarbenen Rebensaft, freut sich auf den ersten Schluck und fragt weiter: »Was hat die Obduktion von Kewian denn ergeben?«, will er seine Neugierde nicht länger zurückhalten, schließlich ist er deshalb hier. Er tippt: »Sauberer Genickbruch durch einen Schlag auf den Halswirbel, oder?«

»Tatsächlich weisen Verletzungen unter der Haut des Opfers genau in der Höhe des Genickbruchs auf eine Gewaltanwendung hin«, gibt sich der Kommissar geschlagen, »sonst hätten wir nicht Interpol wegen Ihres Ferrari Fahrers, eingeschaltet. Die Geschwindigkeitsüberschreitung begründet das sicher nicht.«

»War doch zu erwarten«, konstatiert Leon und wittert Morgenluft, »also kein Unfall! Und ebenso bei Hanspeter kein Suizid! Statt Pistole oder Handkantenschlag Mord mit Wein. Ein passendes Mordinstrument mit einem Opioid angereichert, und schon nimmt die Polizei die falsche Fährte auf!«

»Sie sind wie immer viel zu schnell«, bremst der Kommissar nachdenklich.

Doch Leon hört aus der zögerlichen Antwort des Kommissars, dass er zu wanken beginnt, vielleicht sogar seine eigene Suizid-Theorie endlich infrage stellt.

»Die Staatsanwaltschaft begrüßt sicherlich Ihr Ermittlungsergebnis«, provoziert Leon, »so sieht der Bürger wieder einmal, wie die Hitzköpfigen nach Alkoholgenuss und Tabaksucht letztendlich bei Kokainabhängigkeit landen. Doch wir beide, Herr Kommissar, Sie und ich, wir wissen doch, lustvoll und gleichzeitig vernünftig mit all diesen Verführungen umzugehen, und Hanspeter beherrschte das sinnenfreudige, genussreiche Leben, neben seinem gewiss anstrengenden Arbeitsalltag ebenso!«

»Wir mäßigen uns maßlos«, lässt der Kommissar unvermittelt einen seiner tieferen philosophischen Gedanken aufblitzen, die Leon in den Gesprächen mit ihm schätzt.

»Wir sollten nicht den Tod fürchten, sondern das schlechte Leben«, antwortet er mit einem Satz von Bertold Brecht, »Hanspeter hat immer gut gelebt, das nimmt ihm keiner mehr – doch es stellt sich jetzt die Frage, wer ihm das Leben genommen hat.«

»Für die Gerichtsmediziner ist der Fall klar«, wischt der Kommissar seine gerade begonnene Nachdenklichkeit beiseite, »das habe ich Ihnen alles schon erzählt. Feststeht: Opioide im Wein! Das Ergebnis ist der Tod!«

»Vor einigen Jahren habe ich eine Geschichte für das Fernsehen gedreht: *Die weiße Straße des Kokains*. Dabei habe ich die Verteilungswege des Rauschgifts von Mailand an den Bodensee aufgedeckt. Anschließend recherchierte ich in Mailands Drogenszene. Ob Koks, Heroin oder alle anderen Opioide, gleichgültige welcher Art, es wird ihnen ein vielfältiges Angebot, ziemlich öffentlich wie bei uns auf dem Wochenmarkt, offeriert. Ein Chinese, der sich dort bedient und bar bezahlt, ist immer willkommen und schnell wieder verschwunden.«

Der Kommissar lässt Leon reden, schlürft seinen Bordeaux, nickt hin und wieder und brummelt: »Schwarze Johannisbeere, Backpflaume, Schokolade.«

Leon spinnt seine Theorie ungeachtet weiter: »Herr Wang muss nur, als guter Kunde und Freund des Barons von Hohenfels, bei Hanspeter übernachtet haben. Nach seinem Feierabend in der Küche hat sich Hanspeter zu ihm gesetzt und ein Gläschen mit ihm getrunken. Darauf hatte dieser Herr Wang nur gewartet und ihn freundschaftlich auf einen neuen Wein eingeladen, den er mitgebracht hat. So kam dieser fragliche Bordeaux in den *Adler*. Sie köpften die Flasche, tranken und redeten. Hanspeter machte aus seinem Herzen keine Mördergrube und warnte ihn, wenn dieser Wein tatsächlich als Bordeaux des *Weingutes von Hohenfels* in den Handel käme, müsste er bei einer Anfrage öffentlich erklären, dass dies kein echter Bordeaux sei! Vermutlich wusste der Chinese längst von Kewian oder dem Baron, dass Hanspeter den Deal vereiteln will. Jedenfalls war seine sture Haltung sein Todesurteil! Irgendwann im Laufe des Abends ergab sich die Gelegenheit, und Herr Wang oder sonst wer in der Runde schüttete Hanspeter ein Opioid in den Wein. Er trank und starb!«

Der Kommissar schaut Leon fassungslos und zugleich

belustigt an: »Sie sollten Krimis schreiben, vielleicht einen *Tatort*, wenn ich die sehe, wölben sich bei mir auch sämtliche Zehennägel.«

»Für den Täter bot sich an diesem Abend die beste Chance. Hanspeter hatte sicherlich genügend Alkohol intus, dem Täter war klar, dass die Polizei dies schnell erkennt und auch bald erfahren wird, dass Hanspeter Drogenprobleme hatte. Sicherheitshalber hatte er – oder haben sie – noch ein paar Gramm Koks in den Gefrierraum gelegt, den völlig benebelten Hanspeter auf den Stuhl gesetzt, am besten mit einer Flasche Wein, so kapiert auch der dümmste Dorfpolizist, was der Grund seines Todes ist. Tot gekokst und tot gesoffen! Langsam schlief er ein und erfror sicherheitshalber noch zu seiner Vergiftung. Oder wie die Polizei freundlicherweise ermittelt: fand den Tod durch einen sanften Selbstmord!«

»Ich habe keine Lust, mir nach Dienstschluss Ihren Quatsch mit Soße anzuhören«, stoppt Sibold die Theorien Leons. Er greift erneut genervt zu der Bordeaux-Flasche. »Der Wein wird von Ihrem Gefasel zu Essig, hören Sie jetzt auf!« Er hält das Glas hoch, schaut es an und beschreibt wiederholt den Inhalt: »Ein Bordeaux Médoc, 2016, vom Château Laffitte Laujac. Da kostet eine Flasche gerade mal knappe 20 Euro, andere Jahrgänge, wie aus dem Jahr 2009, liegen bei 1.500 Euro. Wir sollten ihn genießen!«

»Verraten Sie mir bitte nur noch eins: Wie viel Kokain haben Sie in Hanspeters Gefrierraum gefunden?«

»Genug, um eine in die roten Zahlen gerutschte Kaschemme kurzfristig über Wasser zu halten«, antwortet der Kommissar mit zusammengebissenen Zähnen. »Und jetzt hören Sie auf, ich kann Ihnen nicht mehr verraten. Unsere Finanzexperten gehen gerade Rapps Bücher durch. Merken Sie denn nicht: Sie helfen Ihrem toten Freund damit nicht, Sie machen alles nur noch schlimmer.«

»Vielleicht sollten wir es für heute tatsächlich ruhen lassen. Sie haben recht«, lenkt Leon ein, »alles Theorien, aber mit Ihrer Selbstmordtheorie kann ich mich am wenigsten anfreunden. Sie sollten übrigens einem Wirt und seinen Büchern nie trauen. Hanspeter hatte in seinen Taschen meist mehr Bargeld als Sie vermutlich auf Ihrem Gehaltskonto.«

»Lassen wir das, haben Sie doch gesagt.« Der Kommissar hebt erneut sein Glas in die Höhe.

Leon macht es ihm nach. Er schaut das Glas etwas verklärt an und prostet traurig ins Nirwana: »Auf dich, Hanspeter.«

»Ja, das ist Bordeaux«, attestiert der Kommissar ungerührt und negiert damit Leons Nachruf.

Leon gibt auf und spielt mit: »Fruchtig, würzig, typische Tannine, fast wie Zartbitterschokolade«, lobt er den Wein des Kommissars.

»Rau, fast beißende Tannine«, urteilt dagegen der Kommissar hart, greift zu dem Roquefort-Käse und schiebt sich ein großes Stück in den Mund, »nach dem guten Spätburgunder, von mir aus zur späten Stunde, da lass ich mir so einen Bordeaux gefallen.«

Leon will diese Diskussion nicht erneut führen und sucht ein versöhnliches Ende des Abends: »Ich wollte heute übrigens Konrad Hengstler besuchen, den Kellner von Hanspeter. Er war nicht zu Hause. Aber ich wollte Ihnen noch eine alte Geschichte erzählen.«

Leon gibt die Razzia in der Friedrichshafener Disco zum Besten und seine Überraschung, wie er bei Hanspeter wieder auf Koni stieß. Dass er jetzt in dem Bauernhaus bei Koni mehrere Methadon-Rechnungen gefunden hat, irritiert ihn. »Ich weiß nicht, wie viel Methadon ein Patient verschrieben bekommt, aber nach den Rechnungen, die ich gesehen habe, ist die Menge nicht unerheblich.«

»Vielleicht ist Ihr alter Freund seinem Geschäft treu geblieben«, rätselt der Kommissar, »und er verkauft heute statt Koks Methadon?«

»Glauben Sie, dass Hanspeter ebenfalls Methadon nahm?«, gesteht Leon seine Befürchtung.

»Fest steht, dass in dem Wein, den wir im Magen von Herrn Rapp analysiert haben, Opioide mit synthetischen Spuren gefunden wurden.«

»Was heißt das?«

»Jetzt, wo Sie es sagen: Methadon!«

Es ist kurz vor Mitternacht, als Leon den Kommissar verlässt. Auf der Türschwelle erinnert er ihn noch kurz an ihr Schachspiel. Die beiden duzen sich als Schachpartner und Weinfreunde. Nur dienstlich siezen sie sich förmlich, worauf Leon den ganzen Abend über peinlich achtete. Denn für Horst Sibold verlangt dies der Respekt vor seinem Amt, und Leon hilft das höfliche Sie, brav Abstand zu wahren. »Du Seckel« wäre ihm sonst sicherlich schon öfters auch heute Abend über die Lippen gehuscht.

Jetzt privat, mit vertrautem Du, erinnert Leon ihn triumphierend an ihre Schachpartie: »Übrigens, Du stehst schon wieder im Schach!«

»Ich war doch gnädig und habe Dir deinen Turm geschenkt«, scheint Horst Sibold irritiert, »ich bin mit dem König aus dem Schach gefahren.«

»Habe ich gesehen und auch schon beantwortet«, grinst Leon hinterhältig, »ich habe meinen Turm deinem König direkt vor die Füße gestellt. Du stehst erneut im Schach, darfst aber jetzt meinen Turm endgültig schlagen, er ist nicht gedeckt.«

Leon vermutet, dass Sibold den Stand der Partie längst analysiert hat und sich vor dem nächsten Zug einfach nur drückt. Vermutlich hat er die Konsequenz längst erkannt und hofft noch auf eine neue Eingebung.

»Du bist am Zug!«, wiederholt Leon. Vor seinen Augen sieht er den aktuellen Spielstand auf dem Brett und freut sich auf das Finale.

Er fährt, ohne sich lange Gedanken zu machen und als gäbe es keine Polizeikontrollen oder gefährliche Ferrari-Fahrer, unbekümmert nach Hause. Dank des wirklich feinen und kräftigen Bordeaux mit 15 Prozent Alkohol ist seine ängstliche Haltung mit jedem Schluck geschwunden. Ohne weitere Vorsichtsmaßnahmen vor Wangs Kettenhund fährt er vor Helmas Haus auf den Parkplatz, geht gedankenverloren in seine Wohnung, setzt sich auf seine Couch und ruft Lena an.

Sie liegt schon im Bett, nimmt müde ab und lässt ihn erst mal seine Liebeserklärung vom Stapel flüstern. Dann fragt sie ungerührt: »Bist du betrunken?«

»Vielleicht«, lacht er, »vor Liebe, seit ich dich kenne.« Und setzt seine Liebesschwüre fort, bis er bemerkt, dass sie aufgelegt hat.

Ebenfalls müde streckt er sich angezogen auf dem

Sofa aus, will einschlafen, doch seine Gedanken finden keine Ruhe.

Er erinnert sich an Angelo, er ist freier Producer und Journalist in Mailand. Mit ihm hat er bei seiner damaligen Fernsehdokumentation in Mailand in der Drogenszene recherchiert.

»Schlaf jetzt endlich!«, befiehlt er sich selbst. Doch immer wieder sieht er Kewian vor sich und dann wieder Angelo.

Genervt steht er auf, fährt seinen Computer hoch und sucht nach der Mail von Kewian, die er in Hanspeters Account gefunden hatte. »Pútáojiŭ jìnkŏu«, steht in einem der Briefköpfe, »Importazione di vino, Via Gatano Araghi 166, 20158 Mailand Italien«.

Leon gibt sich geschlagen, greift zu seinem Handy, stellt den Wecker auf 7 Uhr, zieht sich aus und geht in sein Bett, ohne die Zähne zu putzen! Er will den guten Geschmack des Bordeaux' auf der Zunge und seinem Gaumen nicht mit Zahncreme vertreiben.

Der Entschluss steht fest: Er wird morgen nach Mailand fahren und sich diese Weinhandlung ansehen. Er kann vorerst sowieso keine anderen Arbeiten angehen.

Hanspeter und Kewian lassen ihm keine Ruhe. Er muss diesen Herrn Wang kennenlernen. Angelo wird ihm garantiert helfen. Sollte der Chinesen-Clan auch in Mailand aktiv sein, würde es ihn wundern, wenn Angelo nicht noch den einen oder anderen Hinweis hätte. Er will diesen Bruce Lee auf keinen Fall ungestraft davonkommen lassen. Auch ihn vermutet Leon in Mailand.

Unruhig schläft er ein.

FREITAG

Das wollte er für den Rest seines Lebens vermeiden. Doch der Wecker seines Handys gibt nicht auf. *Morgens um 7 ist die Welt noch in Ordnung* hieß ein erfolgreicher Roman und heiterer Film in seiner Jugend. Doch heiter ist für Leon heute Morgen gar nichts, wenn sein Wecker ihn im Schlaf stört. Da hält er es lieber mit der Weisheit des ehemaligen Regierungssprechers Conrad Ahlers, der wusste: »Wer morgens vor 9 Uhr auf der Straße anzutreffen ist, der ist nichts und wird nichts!«

Doch heute Morgen nutzen alle Romane und Weisheiten nichts, er muss aufstehen, und zwar subito, bevor er wieder einschläft. Nach Mailand hat er fast 400 Kilometer vor sich, dafür braucht er mindestes vier Stunden. Die Fahrt am Nordufer des Bodensees entlang und dann noch über die Alpen kostet Zeit. Er will auf jeden Fall vor 12 Uhr in der lombardischen Metropole sein. Er weiß, wo er Angelo vor 12 Uhr sicher findet. Was für die Engländer ihre Teatime ist, ist für jeden echten Italiener seine l'ora del espresso. Und Leon weiß auch genau, bei welchem Barista er Angelo findet.

Er duscht schnell, setzt sich einen Kaffee auf und belegt sich ein paar Brote für die Fahrt. Auf die geschmacklosen und völlig überteuerten Schnitten, die es in den Autobahnraststätten zu kaufen gibt, kann er verzichten. Er streicht Butter auf zwei Scheiben Bauernbrot, belegt eines mit dünn geschnittenen Scheiben Schwarzwälder Speck und das zweite Brot mit Salami, darüber jeweils ein paar Scheiben Bergkäse, bevor er die Stullen mit der zweiten Brotscheibe bedeckt.

Bevor er verschwindet, stellt er Helma ihre tägliche Ration Apfelschorle vor ihre Wohnungstür. Das hat er Lena versprochen, nur so ist gesichert, dass sie auf jeden Fall mindestens einen Liter Flüssigkeit täglich zu sich nimmt. Helma wird heute Senta in den Garten lassen müssen, und das Tier wird sein Geschäft wieder einmal in irgendeiner Ecke auf dem Grün hinterlassen. Er darf dann wieder mit einer Schaufel das Häufchen auf den Kompost tragen.

Nachdem der Kommissar ihm gestern erzählt hat, dass die Polizei den Ferrari mit Mailänder Kennzeichen bei Lindau entdeckt hat, fühlt Leon sich heute zu Hause wieder wohler. Unbeschwert packt er seine Brote und eine Flasche kaltes Mineralwasser für die Fahrt ein, verlässt unbekümmert die Wohnung und geht zu seinem Auto.

Das meteorologische Hoch hält sich nach der Wetterprognose auch über den Alpen, sodass er das Hardtop abnimmt. Seit dem Wochenende wird jeder Tag frühlingshafter. Man kann sich wieder einmal auf den Frühjahrsföhn verlassen, freut sich Leon.

Er genießt die ersten Sonnenstrahlen des Tages, denen er auf dem Weg Richtung Bregenz entgegenfährt. Im März ist die Bundesstraße entlang des Bodenseeufers noch nicht von Touristen überrollt. Er kommt zügig voran. Selbst die Industriestadt Friedrichshafen zeigt sich um diese frühe Zeit noch ohne Stauhindernis, problemlos fährt er durch die Zeppelinstadt.

Leon muss in Mailand unbedingt diesen Onkel Shao Wang und seinen Handlanger treffen. Angelo wird er deshalb später anrufen, seine Handynummer hat er gespeichert, und die Adresse des chinesischen Weinlagers ist notiert. Er ist gespannt, wie der Chinese reagiert, wenn er ihm gegenübertritt. Leon nimmt nicht an, dass Herr Wang weiß, wie der Journalist aussieht, den seine Nichte in seine Geschäfte mit dem Baron in Überlingen eingeweiht hatte. Er wird sich ihm einfach als ein Weininteressent vorstellen, alles Weitere wird sich vor Ort ergeben, beweist Leon wieder einmal seinen ungetrübten Berufsoptimismus. Nur diesem Bruce Lee-Abbild will er nicht unbedingt begegnen.

Vor Bregenz fährt er in den Pfändertunnel. Über ihm stehen hier dreieinhalb Hektar eines Weinguts, das der Winzer Josef Möth mit gerade mal dreieinhalb Hektar Reben als das größte – weil einzige – Österreichs am Bodensee bezeichnen darf.

Grüner Veltliner ist die österreichische Traditionsrebsorte, die Möth in seinen Vorarlberger Weinberg gepflanzt hat. Der Welschriesling ist seine Parade-Rebsorte, und mit dem *Brigantium* schafft der Bregenzer Winzer eine Hommage an die Römer, die den Wein mit ihren kultivierten Reben aus Italien erst am Bodensee heimisch machten.

Ihrer Besatzungszeit vor 2.000 Jahren haben die Seehasen heute noch mehrere kulinarische Genüsse zu verdanken. Außer den verschiedensten mediterranen Kräutern, Gemüsen und neuen Obstkulturen zeigten die Römer den am Bodensee lebenden Alamannen auch, wie man in der Küche mit Ton- und Bronzetöpfen kochen und schmoren kann.

Leon fährt aus dem Tunnel den Alpenrhein entlang Richtung Vaduz im Fürstentum Lichtenstein und dem Schweizer Städtchen Chur entgegen. Hier, im Schweizer Rheintal, offenbart sich dem deutschen Weintrinker erst die außergewöhnliche Vielfalt der Bodenseeweine. Während auf der badischen Insel Reichenau auf 400 Meter Meereshöhe mitten im Bodensee Spätburgunder angebaut wird, hegt in der Graubündner Gemeinde Reichenau auf 600 Meter Meereshöhe unter steilen Granitfelsen der Winzer Gian-Battista von Tscharner seinen Blauburgunder.

Die rote Rebsorte wird in der Schweiz nur anders genannt als in Deutschland. Als Pinot Noir kam die Rebe ursprünglich aus dem Burgund an den Bodensee. Doch wenn Blauburgunder und Spätburgunder heute auch die absolut identischen Trauben sind, bieten die Bodenseeweine, im Rheintal geerntet, auf den Höhen des Bündnerschiefergesteins ganz andere Aromen. Sie trinken sich meist leichter, aber ebenso mit Substanz und auch Dichte.

Leon hält sich streng an die Schweizer Geschwindigkeitsbeschränkungen, wenn es ihm auch schwerfällt. Statt in flotter Reisegeschwindigkeit fährt man hier mit 120 Stundenkilometern, für Leon ziemlich nervig. Auch die meisten Eidgenossen fahren mit ihren hochmotorisierten deutschen Boliden ungeduldig Stoßstange an Stoßstange.

Normalerweise biegt er hinter Vaduz bei Fläsch ab und kauft bei dem Winzer Daniel Gantenbein drei Flaschen seines ausgezeichneten Chardonnays und des ebenso hochwertigen Pinot Noir. Nicht mehr als jeweils drei Flaschen! Mehr kann er sich beim besten Willen nicht leisten. Daniel Gantenbein fährt zwar bescheiden eine alte Ente, doch seine Weine sind für deutsche Verhältnisse teure Raritäten, und dazuhin ist er meist ausverkauft.

»Mir Schwizer trinke iseren Wi selbst«, hatte Gian-Battista von Tscharner Leon in seinen Block diktiert. »Bei Preisen ab 30 Franken aufwärts«, hatte Leon gekontert, »wird euch auch nichts anderes übrig bleiben.«

Kurz vor der Einfahrt in die Viamala surrt Leons Handy. Er hat es auf den Beifahrersitz gelegt und sieht den Eingang einer Nachricht von Karlemann. Doch jetzt kann er nicht danach greifen. Viamala heißt auf gut deutsch nicht umsonst »schlechter Weg«. Acht Kilometer schlängelt sich hier das früher berüchtigte, heute noch immer schmale Sträßchen durch eine tief eingegrabene Schlucht. Die Viamala galt seit jeher als Hindernis auf dem Weg von Chur zu den Alpenpässen Splügen und San Bernardino.

Leon fährt auf die nächstbeste Einbuchtung, hält kurz an und schnappt sich das Handy. Er liest: »Hanspeter wird morgen Vormittag, 10 Uhr, in Meersburg beerdigt.«

Verdammt, flucht er. Demnach hat er trotz der langen Diskussion gestern Abend den Kommissar nicht überzeugen können. Wenn die Polizei jetzt schon den Leichnam zur Beerdigung freigibt, hat sie die Ermittlungen abgeschlossen. Amtlich steht somit die Todesursache für die Staatsanwaltschaft fest: Suizid!

Für was nur hat er denn gestern Abend Sibold alle seine Erkenntnisse offenbart. Will dieser ignorante Polizist denn nicht kapieren, dass Konrad Hengstlers Methadon-Mengen mit Hanspeters Tod zusammenhängen? Das liegt doch auf der Hand!

Noch ist nicht aller Tage Abend, versucht er sich zu beruhigen. Wobei er zugegeben seit dem Tod Kewians selbst verunsichert ist. Anfangs sah er klar und deutlich den Baron als den Mörder oder zumindest als den Hintermann des Mordes an seinem Freund Hanspeter. Doch seit Kewians Tod vermutet er, hinter den beiden Morden könnte auch dieser Bruce Lee-Verschnitt beziehungsweise Kewians Onkel Shao Wang stecken.

Er legt den ersten Gang wieder ein, sieht einen Lastwagen den Pass hochschnaufen, schnell gibt er Gas. Frech fädelt er sich vor dem Lkw ein, dieser lässt seine Hupe ertönen. Respekt!, winkt Leon ab, ein achtbares, lautes Signal wie von einem Hochseedampfer. Trotzdem setzt er sein verschwindendes Hupen dagegen, winkt zum Abschied dem Lkw-Fahrer zum Dach hinaus zu, gibt weiter Gas und überholt den nächsten Brummi vor sich.

Leon lässt den Reschenpass links liegen und fährt über Lugano Richtung Mailand. Er hat keine Zeit zu verlieren, die Naturschönheiten der Alpenwelt oder gar eine Bummelfahrt entlang des Comer Sees entfällt heute leider.

Er würde am liebsten direkt zu dieser ominösen Weinhandlung in Mailand fahren, weiß aber, ohne Angelo sollte er sich nicht unvorbereitet auf das Gelände trauen. Das wäre sonst vielleicht tatsächlich mit einem Selbstmord vergleichbar!

Die beiden Vesperbrote hat er schon verschlungen. Gleich hinter der italienischen Grenze hält er trotzdem an und genehmigt sich trotz des Zeitdrucks einen Espresso.

Der Barista stellt ihm den Espresso in einem Styroporbecher auf die Theke, dazu eine kleine Zuckertüte mit einem kurzen Plastikstäbchen zum Umrühren. Leon will schon protestieren, lässt es dann aber sein und nimmt einen ersten Schluck. Überrascht und verwundert erhellt sich seine Miene schnell. Er schaut den alten, unrasierten Barista freundlich an und zwinkert ihm zu. Wie schafft es dieser Typ nur, in diesem schäbigen Styroportässchen einen Espresso zu servieren, wie es kein deutscher Sternekoch mit 20.000 Euro teurer Wundermaschine zustande bringt?

Leon lächelt dem Barista nochmals zu: »Semplicemente buono!« Er legt ihm großzügig statt der verlangten zwei, vier Euro auf die Theke und gibt, mit den feinsten Arabica-Aromen am Gaumen, zurück in seinem Porsche zufrieden wieder Gas, weiter Richtung Mailand.

Wie auf jeder Italienfahrt führt für Leon an Paolo Conte kein Weg vorbei. Zu seinem immerwährenden Sehnsuchtsland erklingt in seinem Auto stets der Altmeister des italienischen Chansons mit lebenstrunkener Stimme und jazzigem Salon-Piano. Er singt »Via con me«, und Leon träumt, er würde mit Lena nach Italien fahren.

Ein aggressives Hupen und Fernlichtgewitter im Rückspiegel schrecken ihn hoch. Das kommt davon, wenn man sich in Italien an die in der Schweiz vorgeschriebene Geschwindigkeitsvorschrift hält und dann auch noch von seiner Freundin träumt. Schnell zieht Leon seinen Porsche von der Überholspur auf die rechte Bahn.

Ein Alfa Romeo-Fahrer zischt kopfschüttelnd mit deutlich überhöhter Geschwindigkeit an ihm links vorbei.

Entschuldigend winkt Leon dem Fahrer in dem Alfa hinterher und hängt sich schnell an dessen Fersen. So hofft er, dass er im Falle einer Geschwindigkeitskontrolle den Radarblitz rechtzeitig sieht, wenn sie den Wagen vor ihm messen und er dann selbst beizeiten abbremsen kann.

Während er sich in der Schweiz stur an die vorgeschriebene Geschwindigkeitsbegrenzung gehalten hat, gibt er auf italienischen Autobahnen gerne den landesüblichen Ferrari-Zuschlag: Supplemento di velocità! Und fährt statt der vorgeschriebenen 130 Stundenkilometer immer mindestens knapp 150.

Eine Stunde vor Mailand wird es Zeit, Angelo anzurufen. Mit einem Tastendruck auf dem Handy wählt er sich in das italienische Netz ein und redet über die Freisprechanlage.

»Sì, naturalmente«, lacht Angelo, auf die Frage, ob er Zeit habe, ihn zu treffen, »bist du wieder auf der Fährte von Spacciatori tedeschi?«

»Drogendealer kann man sagen«, stimmt Leon schmunzelnd zu, »aber nicht deutsche, sondern chinesische, und diesmal nicht wegen Kokain in Plastikbeuteln, sondern wegen 40.000 Flaschen auf zwei Lastwagen!«

Angelo Brandner kommt aus einem kleinen Dorf im Pustertal und spricht Italienisch und Deutsch wie seine Muttersprache. »Ich bin der geklonte Europäer«, sagt er gerne, »Perfektionist wie die Deutschen, casual come gli italiani.«

Lässig ist Angelo tatsächlich, wie Leon oft erfahren hat und auch seine Nachfrage wieder beweist: »Flüssige Opiate in Flaschen?«, hört er ihn. »Klingt nach pharmazeutischem Schwarzhandel.«

»Nein, Wein«, gibt Leon das Stichwort, »aber gepanscht! Ich bin in einer Stunde in Mailand, dann erzähle ich dir alles. Wo können wir uns treffen?«

»Ich bin bei *Scarp* in der Redaktion, du rufst mich an, wenn du hier bist, dann komme ich in das *Taglio*.«

»Perfetto, molto bene, a presto«, kramt Leon seine wenigen italienischen Brocken hervor. Er weiß, wo das *Taglio* im Navigli-Viertel ist. *Scarp* ist die Obdachlosenzeitung in Mailand, für die sein Freund hin und wieder arbeitet. Das *Taglio* ist nicht weit entfernt von der Redaktion, es ist Angelos Stamm-Caffè. Hier wohnt auch Angelo. Es ist das Szene-Quartier mit einigen Kanälen, Kunsthandwerkern, kleineren Geschäften und vielen Bars, genau nach Leons Geschmack.

Er parkt in der Hauptstraße des Viertels, gleich um die Ecke des Cafés. Irgendwie hängt er doch an seinem alten Targa. Wobei zu seiner Überraschung der Wert der alten Karre jüngst förmlich in die Höhe schoss. 15.000 Euro zahlt er damals in der Not seinem Freund. Dabei kam er sich vor wie ein Samariter. Heute, 15 Jahre später und viele Kilometer mehr, wurden ihm schon über 50.000 für den Oldtimer geboten. Deshalb verschließt er fürsorglich das Dach ordentlich und überprüft auch die Türschlösser seines Targas, was er sonst nie tut. Dann erst ruft er Angelo an und will sich dabei nochmals als Könner der italienischen Sprache beweisen: »Io sono lì.« Einen ganzen, ordentlichen Satz bekommt er aber nicht hin.

»Sto arrivando«, passt sich sein Angelo freundschaftlich seiner holprigen Kurzkonversation an.

In Mailand ist es gleich ein paar Grad wärmer als nördlich der Alpen. Die Gäste sitzen vor den Restaurants und Bars. Leon genießt den kurzen Bummel durch das Navigli-Viertel und setzt sich in eine Nische auf die Schaufensterbank des *Taglio*.

Leon war mit Angelo schon öfter hier. Ihm gefällt das Café besonders wegen der verlockenden Feinkosttheke. Im Inneren steht ein Röster, in dem der Barista seine Kaffeebohnen tatsächlich noch selbst röstet. Leon bestellt einen Espresso und zwei Panzerotti, eine Mailänder Spezialität, die für Leon den obligatorischen Panettone bei Weitem übertrifft. Einen Panzerotto gefüllt mit Zwiebeln, Tomaten und Sardellen und den anderen ausgebacken mit durch Marmelade gesüßte pürierte Kichererbsen.

Bevor er sie beide verzehren kann, steht Angelo vor ihm. Corona war gestern, sie nehmen sich freundschaftlich in die Arme, das Schulterklopfen alter Kumpels ist wieder angesagt. Angelo bestellt sich ein Glas Lagrein von der Abtei Muri, Riserva, und: »Un piatto di prosciutto, formaggio e olive.«

»Ich hoffe du hast eine gefüllte Spesenkasse in deiner Tasche«, lacht Angelo. »Bei 40.000 Flaschen Wein sollten ein paar Euros drin sein.«

»Ich denke, Barolo liegt näher an Mailand als dein Bozen. Du weißt, man sollte immer den regionalen Wein vor Ort trinken«, frotzelt Leon und bestellt sich einen Barolo, dazu klassifiziert er ebenso lässig, wie Angelo zuvor »Riserva« hinterher. Damit haben die beiden wohl die feinsten Tropfen des Hauses bestellt, denn Riserva bedeutet in Italien immer höchste Qualität dank einer längeren Fassreifung, meist zwischen mindestens zwei und vier Jahren.

»Du hast die Klasse unseres Lagreins noch immer nicht erkannt?«, erinnert sich Angelo an die letzten Weinproben, die er mit Leon ausfocht. Wobei Leon meist die Position des Anwalts der großen Gewächse aus dem Piemont oder Frankreichs bezog, während Angelo sich immer für seinen Lagrein aus Südtirol stark machte.

»Ich bevorzuge immer noch jeden schmackhaften Bordeaux vor deinem leichtgewichtigen Südtiroler«, winkt Leon ab und kommt so zu seinem Thema: »Zurzeit trinke ich aber einen Bordeaux-Wein vom Bodensee!«

Dabei entgleist Angelo sein Gesicht. Ungläubig schaut er Leon an: »Was redest du?«, ist er baff. »Eure Pfütze nördlich der Alpen reicht wohl kaum ins südliche Frankreich bis Bordeaux.«

Leon erzählt ihm der Reihe nach, warum er überhaupt in Mailand ist, vom Weingut des Barons und seinen gefakten Weinen und von Shao Wang, der hier in Mailand seine internationale Weinhandlung betreibt. Angelo hört interessiert zu, putzt nebenbei die Antipasti-Platte leer und trinkt noch ein zweites Glas Lagrein.

Als Leon mit seiner Erzählung fertig ist und einige Zwischenfragen von Angelo beantwortet hat, ruft Angelo die Bedienung und sagt ihr: »Il Signore vuole pagare!«

»Klar bezahle ich«, lacht Leon, »was hast du vor?«

»Su come andare«, antwortet Angelo ernst, »lass uns gehen, wir haben zu tun.«

Leon schaut ihn erstaunt an.

»Ja klar, deshalb bist du doch hier, also fahren wir zu deinem feinen Herrn Wang und lernen ihn kennen.«

»Und wenn dieser Bruce Lee da ist? Der hat mich

doch schon gesehen«, keimt in Leon plötzlich eine ängstliche Unsicherheit auf.

»Zu spät«, lacht Angelo ihn aus, »die Spesen haben wir schon verputzt, cosi via!«

Leon steigt in Angelos alten Fiat Punto. Angelo kennt den Weg in das Industriegebiet. Es ist gut, dass der Italiener keinen Porsche oder Ferrari fährt, denkt Leon, und sucht nach einem Haltegriff auf der Beifahrerseite. Doch offensichtlich sitzt er in einer absoluten Sparversion der billigen Kiste. Trotzdem fährt Angelo, sobald sie aus der Stadt kommen, auf der vierspurigen Ausfallstraße ausschließlich auf der Überholspur.

»Du überlässt zunächst alles mir«, instruiert Angelo ihn nebenbei, »wir sind von der *La Repubblica* und schreiben für eine Serie *Erfolgreiche internationale Firmen in Italien*. Dabei suchen wir eine Firma, mit der wir das zunehmende, florierende Import- Export-Geschäft der EU mit China porträtieren können.«

»Ich will wissen, ob er Hanspeter und Kewian auf dem Gewissen hat, sonst nichts!«, interveniert Leon.

»Solo lentamente«, beschwichtigt Angelo, »wir müssen erst einmal bis zu deinem chinesischen Drachen vordringen. Wenn wir gleich mit der Tür ins Haus fallen, speit der sofort Feuer, und wir fliegen schon im Vorzimmer raus.«

»Okay, aber dann lass uns, im Gespräch mit Herrn Wang, gleich auf den Weinexport kommen, dann kann ich nachhaken und zu erkennen geben, dass mich das Geschäft mit seinem Bodensee-Bordeaux interessiert.«

»Boha hey!«, entfährt es Angelo. »Du willst es aber wissen. Mach mal halblang, lass mich erst mal machen.

Wir wollen da wieder heil rauskommen, ich jedenfalls,« appelliert er an Leon. »Wenn es stimmt, was du vermutest, und die schon zwei Menschenleben auf dem Gewissen haben, dann lass mich machen. Ich habe keinen Bock, klein gehäckselt wie dieser saudische Journalist in seiner Botschaft in der Türkei in Einmachgläsern nach China verschifft zu werden.«

»Okay«, willigt Leon ein, dem längst selbst nicht ganz wohl in seiner Haut ist, »ich rufe den Kommissar in Deutschland an, gebe ihm die Adresse durch, wo wir jetzt hinfahren, und bitte ihn, wenn wir uns in einer Stunde nicht wieder bei ihm melden, solle er die Polizei in Mailand verständigen.«

»Du kannst mich einen Feigling nennen, aber ich werde mich selbst rückversichern«, stimmt ihm Angelo zu. Er fährt auf der verkehrsreichen Straße unvermittelt, ohne den Blinker zu setzen, von der linken Überholspur einfach über drei weitere Spuren, ganz rechts ran. Die hupenden Autos registriert er einfach nicht, bremst auf der Standspur scharf ab, bleibt stehen und greift zu seinem Handy. Mit wenigen Worten instruiert er einen Kollegen und gibt die Adresse der Weinhandlung durch, die sie gleich besuchen werden.

Leon dagegen giftet lautstark in sein Handy: »Stimmt nicht! Sie ermitteln doch gar nicht mehr.« Erregt spricht er weiter: »Ich denke, Weinpanscher fallen nicht in Ihre Abteilung, das haben Sie mir selbst erklärt.«

Angelo schaut seinen Freund irritiert an, lächelt süffisant und fädelt sich ebenso rücksichtlos in den Verkehr der vielbefahrenen Ausfallstraße wieder ein, wie er zuvor ausgeschert ist.

Leon dagegen diskutiert noch ein Weilchen mit seinem Kommissar. Horst Sibold hält ihm eine Standpauke: »Sind Sie denn von allen guten Geistern verlassen, Sie kehren sofort um! Was fällt Ihnen ein? Sie torpedieren internationale Ermittlungen der Polizei!«, herrscht er ihn an.

Nach weiterem unerquicklichem Hin und Her schließt Leon ab: »Ich lege jetzt auf, und wir hören uns in einer Stunde wieder. Wenn nicht, sollten Sie als ordentlicher deutscher Polizeibeamter sich um einen vermissten Journalisten im Ausland kümmern.«

»Sie sind am Zug!«, antwortet Horst Sibold unvermittelt. »Ich habe mit meinem König Ihren Turm geschlagen!«

Jetzt ist Leon baff! Zuerst bekommt er kein Wort heraus. Dann muss er grinsen. Der Mann ist wirklich von einem anderen Stern, denkt er und legt ohne eine Verabschiedung fassungslos auf. Er sieht Angelo in hoher Geschwindigkeit zu Onkel Shao Wang rasen und hat gleichzeitig die Stellung der Schachpartie vor seinem geistigen Auge. Unwillkürlich huscht ein Lächeln über sein Gesicht. Wenn der Kommissar tatsächlich jetzt seinen Turm geschlagen hat, kann er nun mit seinem nächsten Zug endlich seine Springergabel spielen. Gleichzeitig wird ihm klar, dass dies jetzt wirklich nicht sein Problem ist. Erst muss er mal wieder ohne Schaden zurückkommen.

»Glaub mir, mit doppeltem Boden arbeitet es sich in jedem Gefahrenbereich leichter«, nimmt Angelo den Gesprächsfaden wieder auf.

»Er hat mir meinen Turm geschlagen, jetzt kann ich ihm mit meinem Pferd Schach bieten!«, antwortet Leon.

Damit weiß jetzt Angelo nichts anzufangen: »Cosa sono gli scacchi?«, fragt er verunsichert.

»Vergiss es, scacco matto ist das erste Ende!«, winkt Leon ab, »das dauert noch, und jetzt müssen wir sowieso erst mal Herrn Wang Schach bieten.«

Angelo ist in die Via Gaetano Araghi eingebogen. »Hausnummer 166«, zählt Leon die Nummern ab. Vor ihnen liegt eine große Hofeinfahrt, breit genug für große Sattelzüge. Laderampen mit hohen Hallen begrenzen die betonierte Fläche, die so groß wie ein Fußballplatz ist. Die Rolltore hinter den Rampen sind geschlossen. Nur ein Lastwagen steht verlassen auf dem Platz. Ein Schild »Ufficio« weist den Weg über die Rangierfläche zu einem für Pkws eingezeichneten Parkplatz im hintersten Eck. Daneben steht ein kleineres Verwaltungsgebäude.

Angelo fährt rasant über den Hof und bremst abrupt auf den für Besucher ausgewiesenen Plätzen.

Leon wird immer schweigsamer. Gespannt schaut er sich um. Neben der Nobelkarosse des Mercedes stehen zwei kleinere Autos, ein Fiat Panda sowie ein Renault Twingo. Kein Testarossa, fällt ihm ein Stein vom Herzen, trotzdem steigt er nur zögerlich aus.

»Jetzt komm schon«, drängt Angelo, der schon fast vor der Eingangstür steht. Mutig drückt er die Klinke und hält Leon die Tür auf.

Sie stehen unvermittelt auf einem roten Teppich in einem großzügig gestalteten Foyer. An der Wand gegenüber plätschert ein Springbrunnen. Hinter grünen Farnen und hohem Schilf speit auf einer Fototapete ein chinesischer Drache Feuer. Davor steht hinter einer großen Theke eine zierliche Asiatin, die noch immer einen Mundschutz trägt, wie es in Corona-Zeiten vorgeschrieben war.

Leon sieht den gefährlich dargestellten feuerspeiender Drachen, der seine Zuversicht nicht gerade hebt. Plötzlich ist ihm unbehaglich zumute. Ihm spuken Kampfszenen mit Bruce Lee durch den Kopf, dagegen ist die italienische Mafia ein Turnverein.

Die kleine Asiatin hinter der Rezeption strahlt ihn mit ihren dunklen Augen über dem weißen Mundschutz freundlich an. Dabei denkt Leon unwillkürlich an Kewian. Doch gleichzeitig erinnert er sich an die asiatischen Gefechte in Bruce Lees Actionfilmen. Auch dabei wusste der Zuschauer nie wirklich, ob seine lächelnden Mandelaugen tatsächlich freundlich gestimmt waren oder er doch nur zur Täuschung, kurz vor seinem nächsten tödlichen Handkantenschlag, hinterhältig lächelte. Mit diesem zwiespältigen Gefühl lässt er Angelo erst mal den Vortritt.

Die Empfangsdame heißt die beiden in italienischer Sprache im Unternehmen *Importazione di vino* willkommen.

Angelo antwortet ebenfalls auf Italienisch.

Leon folgt dem Gespräch, als würde er jedes Wort verstehen. »Grazie«, lächelt er schließlich der Rezeptionistin zu, als hätte er jedes Wort verstanden und folgt ihren Gesten, zum Aufzug zu gehen.

Sie tippelt vor ihnen her zum Lift.

Leon gibt sich nach außen gelassen. Aber er bleibt auf der Hut, schielt immer nach diesem vermeintlichen Bruce Lee. Er hat Angst. Wenn dieser Kerl plötzlich vor ihm steht, ändern sich die Spielregeln schnell. Der Typ würde ihn sicherlich erkennen. Er hat Leon nicht nur in der Nacht, als er mit seinem Ferrari auf ihn zuschoss, gesehen, sondern vermutlich auch am nächsten Tag, als er Kewian zum Bahnhof brachte. Er schielt sicherheitshalber immer in alle Richtungen!

Im obersten Stockwerk angekommen, führt die Asiatin die beiden Journalisten in ein Besprechungszimmer. Sie bittet sie, kurz zu warten, und versichert, dass Herr Wang sofort kommen würde. Dann lässt sie die beiden allein.

Angelo greift zu einer Flasche Pellegrino, die auf dem Besprechungstisch steht, öffnet sie mit seinem Schlüsselbund und gießt sich das sprudelnde Wasser in ein Glas.

Leon geht zu einem der großen Fenster und schaut über die vielen Speditionshallen hinweg. »Beeindruckend«, quittiert er seinen Blick, »ich habe eine Briefkastenfirma erwartet.«

In diesem Augenblick öffnet sich die Tür, und ein groß gewachsener Mann kommt herein. Er entspricht ebenso wenig wie das gesamte Unternehmen den Klischeevorstellungen, die sich Leon von dem Weinexporteur gemacht hat. Herrn Wangs Gesichtszüge verraten seine asiatische Abstammung, aber er misst stattliche mitteleuropäische zwei Meter und ist von schlanker Statur. Er ist äußerst elegant gekleidet: Wolljackett, Hemd von *Brooks Brothers* und Schuhe der *Rossetti*-Brüder.

Details, die Angelo in seinem Schmuddel-Look mit abgegriffener Lederjacke und verwaschenen Jeans sicherlich nicht auffallen, doch Leon, dank luxusaffiner Gourmets in den Sterne-Restaurants, zu werten weiß.

»Nin hao«, begrüßt er die beiden mit einer angedeuteten Verbeugung und mit ruhiger, weicher Stimme.

»Buona giornata«, entgegnet Angelo cool und stellt sie beide, wie besprochen, als Journalisten der angesehenen Tageszeitung *La Repubblica* vor. Er ist dreist genug, um Herrn Wang zu gratulieren, er habe die Ehre, in der bedeutendsten italienischen Tageszeitung mit einer Auflage von über einer halben Million mit weiteren der Top Ten Unternehmen Italiens vorgestellt zu werden. »Nan kou, gratis!«

Herr Wang hört sich die ausufernde Ansprache Angelos geduldig an. Er verzieht dabei keine Miene, sieht den beiden abwechselnd lächelnd in die Augen und bittet sie schließlich, als Angelo eine Pause einlegt, freundlich, Platz zunehmen.

Der Chinese setzt sich an das obere Ende des Besprechungstischs, zeigt auf die Batterie der Mineralwasserflaschen und Erfrischungsgetränke vor sich und lädt sie ein zuzugreifen. »Sie haben ja schon«, lächelt er Angelo freundlich zu.

Angelo zeigt sich ebenfalls von seiner freundlichsten italienischen Seite und palavert schon wieder mit großen Gesten. Er malt die geplante Serie aus, in der vor allem die Unternehmer als Persönlichkeiten vorgestellt werden. Er verspricht ihm eine Personality-Story, in der Herr Wang als erfolgreicher Unternehmer mit Weitblick dargestellt werde.

Shoa Wang hört sich Angelos Fortsetzungsgerede weiterhin gelassen an, seine Mimik wirkt dabei steinern wie eine Marmorbüste.

Leon ist der Mann unheimlich. Er zeigt keine Bewegung, keinen menschlichen Zug. Schließlich huscht doch ein Lebenzeichen durch sein Gesicht. Die Augen blicken kurz von Angelo zu Leon. Aber ob freundlich oder feindlich, kann Leon nicht abschätzen.

Shoa Wang legt seine rechte Hand auf sein Herz, deutet eine untertänige Verbeugung an und bedankt sich höflich. Er zitiert eine chinesische Weisheit, die sagt: »Der schönste Traum endet mit dem Erwachen.«

Angelo schaut ratlos zu Leon. Dieser sieht seine Chance gekommen, um das Gespräch endlich auf den Weinexport zu verlagern, und bittet Angelo: »Sag Herrn Wang, dass ihr Italiener stolz wäret, dass er eure Weine nach China exportiere, und frage ihn doch bitte, welche Weine, aus welchen Ländern die Chinesen besonders bevorzugen würden?«

Wieder spricht Angelo auf Herrn Wang ein, dieser schaut weiterhin maskenhaft auf die beiden vermeintlichen Journalisten, aber antwortet jetzt immerhin klar und deutlich: »Es ist mir eine Ehre, jedoch wir verzichten auf jede Art von Popularität. Wir sind Chinesen und haben unseren Markt in China. Wir schätzen Italiens Gastfreundschaft. Trotzdem vielen Dank, meine Herren, wir werden auf Ihre Berichterstattung verzichten!«

Diese deutliche Absage hat selbst Leon verstanden, obwohl Shao Wang italienisch sprach. Doch so schnell will Leon nicht klein beigeben. »Frag ihn, ob er auch Weine aus Deutschland nach China exportiert«, drängt er Angelo und sieht, wie beim Wort Deutschland die Gesichtszüge Herrn Wangs sofort wieder zu Marmor erstarren.

Mit seinem steinernen Gesicht hört er Angelos Übersetzung an und antwortet zurückhaltend, distanziert: »Wir Chinesen haben eine lange Weintradition. Aber wir zeigen uns Neuerungen gegenüber immer aufgeschlossen, vor allem, wenn sie in großen Weinnationen wie Frankreich oder Italien gewachsen sind. Wir sind ein exklusives Unternehmen und importieren in erster Linie Gewächse aus den besten Weinregionen, wie aus dem Piemont oder Bordeaux.«

»Leeres Gerede«, wischt Leon den Sermon beiseite. Er hat genug von dem Salm verstanden und grätscht ungeduldig dazwischen: »E il lago di Costanza?«

Shao Wang lächelt und spricht stoisch weiter, als hätte Leon nichts gesagt. »Wir Chinesen sind Gourmets, auch wenn man das im Westen anders sehen mag. Doch wir schätzen vor allem die Bordeaux-Weine. Deren Preise sind bei uns in China in den vergangenen Jahren enorm gestiegen, man kann sagen um 1.000 Prozent!«

»Millepercento«, hat auch Leon verstanden, deshalb unterbricht er ihn erneut: »Bei solchen Gewinnspannen lohnt sich Ihr Importunternehmen sicherlich. Erst recht, wenn man gefakte Bordeaux-Weine, aus Deutschland, vom Bodensee, in China verkauft?«

Angelo übersetzt nur einen Teil, jeden Vorwurf lässt er vorerst unter den Tisch fallen. Er übt sich lieber weiterhin in der Rolle des freundlichen Journalisten und fügt seiner verkürzten Fassung, wie zuvor abgesprochen, hinzu: »Deshalb wollten wir Ihr Exportunternehmen porträtieren. Sie haben sicherlich zum Erfolg des Bordeaux' oder Barolos in China beigetragen.«

Doch Shao Wang hat den Spurwechsel Leons wohl verstanden und längst durchschaut, woher der Wind weht. Ihm ist bereits klar, dass die beiden Herren ganz andere Interessen verfolgen. Irritiert schaut er Leon länger durchdringend an und lässt in eine fast unheimliche Ruhe unvermittelt eine weitere chinesische Weisheit vom Stapel: »Das Leben der Menschen ist wie eine Kerze im Wind.« Dabei huscht ihm ein Lächeln über das Gesicht.

Leon wird es dabei plötzlich wieder blümerant. Er deutet das Lächeln hinterhältig und versteht die »Kerze im Wind« als eine Drohung, ihnen die Lichter auszublasen.

Auch Angelo spürt die plötzlich aufsteigende Kälte.

Als wäre das Gespräch beendet, steht Shao Wang auf und verrät, wie nebenbei, die Interpretation seiner ersten Weisheit: »Unser Traum findet ein erstes Ende, wir werden unsere Geschäfte bald in China weiterführen.«

Angelo lächelt irritiert. Sie beide stehen ebenfalls auf.

Herr Wang bewegt sich Richtung Tür. Sie folgen ihm zum Aufzug.

»Ich zeige Ihnen unsere Zukunft«, zeigt er sich unverbindlich freundlich und fährt mit seinen beiden Besuchern in das Erdgeschoss.

Von dort geht es durch leer stehende Büroräume und einem kleinen Lagerraum. Hier stehen auf Paletten einige hölzerne Weinkisten. Leon sieht die nobel eingebrannten Gravuren mit edlem Wappen.

»Bordeaux Supérieur« liest er und greift in eine Kiste. Schnell erkennt er an dem Etikett den billigen Durchschnitt: 13,5 Prozent Alkohol. Rotwein unter 14 Prozent lässt er stehen.

Leon muss an Karlemann denken. Billiger Wein mit edlen Etiketten in teuren Holzkisten! Lächerlich, aber mit der Bezeichnung »Supérieur« und edlem goldenem Adelswappen, schnell das Doppelte an Wert.

Leon legt die Flasche achtlos zurück, dafür hat er jetzt keine Zeit. Am liebsten würde er abdrehen und verschwinden. Sein Angstpegel steigt an, und er fragt sich, wohin der Chinese sie wohl führen werde.

Shao Wang öffnet eine weitere Tür, und zur Überraschung der beiden stehen sie jetzt in einer der großen Hallen. Das Verblüffende aber ist nicht die Halle, sondern die gefüllten Paletten. Darauf stehen, wie erwartet, keine Weinkisten oder Fässer, sondern wie in einer Großgärtnerei Hunderte Pflanzenkübel. Aus der braunen Erde ragen junge Reben.

»Merlot, Cabernet, Sauvignon«, zählt Shao Wang stolz auf und zeigt auf die verschieden großen Container, aus denen sich die nackten, meist noch blätterlosen braunen Rebenruten in schwarzen Töpfen aus dunkler Erde recken.

»Die Klone haben wir gekauft. Mit 4.000 bis 5.000 Stück bepflanzen wir zu Hause je einen Hektar«, weist Herr Wang stolz auf die jungen Rebpflanzen, »in vier bis fünf Jahren tragen sie die feinsten Trauben nach europäischem Geschmack! Wir haben dafür ideale Lagen und lehmig-kalkhaltige Böden. In fünf Jahren stehen unsere Kellereien und Vertriebsstrukturen.«

»Sie meinen, Sie könnten Bordeaux-Weine in China produzieren?«, lacht Leon gequält.

»Warum sollen wir nicht feinste Weine wie die Europäer produzieren? Wir haben französische Kellermeister nach China verpflichtet, die verstehen ihr Handwerk unter der chinesischen Sonne so gut wie hier. Wer bei uns produzierte Spielzeuge, Computer und heute auch schon Autos kauft, kauft auch schon bald chinesische Weine!«

»Bordeaux-Weine können auch Bordeaux-Winzer nicht in China anbauen!«, beharrt Leon, der sich nun nicht mehr zurückhalten kann. »Frag ihn, ob er den Bordeaux-Fake-Trick vom Baron von Hohenfels vom Bodensee nach China exportieren will?«, bittet er Angelo.

Wie Leon den Namen »Baron von Hohenfels« ausspricht, huscht ein kurzer dunkler Schatten über Wangs Gesicht. Dabei muss Leon nicht mehr rätseln, ob dies eine freundliche oder gefährliche Mimik ist.

Durchdringlich schaut Wang jetzt Angelo in die Augen. »Wollen Sie in China ein richtiges Weingut aufbauen?«, fragt dieser ungerührt.

»Das müssen wir nicht erst aufbauen, Weinbauern gibt es bei uns in China schon immer!«, echauffiert sich der Chinese und lässt sich so von Leons Provokation zum ersten Mal ablenken. »Die Menschen in Europa unterschätzen unser Land nach wie vor. Aber Sie sollten wissen: Wir ernten in China schon längst mehr Trauben als sonst irgendein anderes Land auf der Welt!«

»Reben pflanzen und Trauben ernten ist das eine. Aber Weinmachen ist eine ganz andere Kunst«, provoziert jetzt auch Angelo und ist froh, damit Shao Wang vorerst von Leons gefährlichem Thema, Bodensee-Bordeaux, abzulenken.

»Die Europäer haben ihre Lektion immer noch nicht gelernt«, scheint Angelo bei Herrn Wang einen schmerzhaften Punkt getroffen zu haben, »wir dagegen lernen schnell. Unsere Weingüter in Ningxia bearbeiten eine Fläche, die dreimal so groß ist wie Sardinien. Auf unseren Châteaus arbeiten Winzer, die ihr Handwerk in Europa gelernt haben. Wir werden bald, statt europäische Weine zu importieren, chinesische Weine nach Europa exportieren. China wird in vier oder fünf Jahren der weltgrößte Weinproduzent sein!«

»Der schönste Traum endet mit dem Erwachen«, wiederholt jetzt Angelo mit einem frechen Lächeln die chinesische Weisheit, die Herr Wang ihnen beiden gerade erst vorgetragen hat.

»Die Frage ist, wie die Welt nach dem Erwachen aussieht«, zeigt sich der Chinese ungerührt und lächelt den beiden von oben herab siegesgewiss ins Gesicht.

»Kewian wird nicht mehr erwachen!«, platzt es jetzt aus Leon. Er hat das versteckte Rollenspiel satt. »Frag ihn, warum Kewian sterben musste!«

Mit dem Namen Kewians verfliegt endgültig jede aufgesetzte Freundlichkeit aus dem Gesicht des schlanken Chinesen. Erneut setzt er wieder seinen verhärteten Gesichtsausdruck auf und scheint für Leon nun endgültig nur noch finster und gefährlich.

»Den Tod meiner Nichte bedauere ich sehr. Das Unglück schmerzt mich und meinen Bruder«, schaut er ausschließlich zu Angelo und fragt diesen: »Ihr Kollege kommt aus Deutschland? Sie sind mit einer Lüge in unsere Firma eingedrungen!«

»Wir arbeiten grenzüberschreitend für unsere EU-Wirtschaftsredaktion international zusammen,« versucht Angelo, die Wogen noch immer zu glätten.

»Ja, ich komme aus Deutschland und habe Kewian gekannt«, will Leon dagegen nichts mehr von ihrer Tarnung wissen, geht auf Herrn Wang zu und schleudert ihm in englischer Sprache laut ins Gesicht. »Es war kein Unglück, Ihre Nichte wurde ermordet!«

Shao Wang reagiert reflexartig auf Leons Angriff und Nähe. Er tritt einen Schritt zurück. Nicht nur sein Gesicht ist von der einen auf die andere Sekunde versteinert. Sein ganzer Körper ist plötzlich gestrafft. Seine Augen sind starr und funkeln gefährlich.

Leon würde es nicht wundern, wenn er mit einigen Handkantenschlägen auf ihn losginge.

Auch Angelo hält gespannt die Luft an und geht sicherheitshalber einen Schritt zurück.

Leon setzt aber trotzdem unerbittlich nach: »Sie haben Hanspeter und Kewian auf dem Gewissen!«

Die wie steinern stehende Statue Shao Wang bewegt sich plötzlich. Wangs rechte Hand greift langsam, wie in Zeitlupe, in seine rechte Jackentasche.

Angelo will weglaufen, er fürchtet, der Mann ist bewaffnet und zieht eine Pistole. »Lass uns gehen!«, zischt er zu Leon und hält Herrn Wang im Blick.

»Zwei Tote mehr, das hilft Ihnen jetzt auch nicht mehr aus der Patsche«, schreit Leon den Chinesen an, »die Polizei wird gleich da sein, sie wissen, dass wir hier sind!«

Wang fingert zur Erleichterung der beiden keine Pistole, sondern ein Handy aus seiner Jackentasche, hält es vor seinen Mund und schreit im Befehlston einige chinesische Worte hinein.

Leon gibt Angelo ein Zeichen zum Rückzug, doch statt zu flüchten, rennt dieser zunächst gegen den großen Chinesen und wirft ihn einfach um.

Shao Wang fällt rückwärts zu Boden.

Erst jetzt folgt Leon Angelo. Gemeinsam spurten sie durch die Halle zur Tür, aus der sie kamen.

In dem Vorraum ruft Leon: »Halt!« Er hatte schon zuvor gesehen, dass die Weinkisten des »Bordeaux Supérieur« auf einem Hubwagen stehen. 13 Komma fünf Prozent hin und her, schnell greift er die Deichsel, pumpt den Wagen hoch und schiebt ihn vor die Tür. Dann laufen sie weiter durch die leeren Büroräume.

Nichts wie raus und weg!

Leon sieht durch die Bürofenster einen roten Ferrari auf den Hof fahren. »Jetzt wird es verdammt eng!«, ruft er Angelo zu. »Schau du, dass du zu deiner Karre kommst und losfährst. Ich lenke den Typen ab.«

Gemeinsam rennen sie durch das Foyer an der immer noch hinter ihrem Mundschutz lächelnden Empfangsdame vorbei zur Eingangstür. Angelo vorneweg, Leon hinterher. Er sieht den Ferrari rechts vor dem Eingang parken und den jungen, chinesischen Fahrer aussteigen. Kurz muss er grinsen, er sieht ihn jetzt zum ersten Mal, und er hat tatsächlich Ähnlichkeit mit Bruce Lee. Um ihn von Angelo abzulenken, ruft er ihm so auch zu: »Hey Bruce Lee! Hierher, hier bin ich!«

Während Angelo zu seinem Auto sprintet, rennt Leon, so schnell er kann, auf den geparkten Mercedes des Chefs zu, der auf der linken Seite der Eingangstür steht.

Der Bruce Lee-Verschnitt überlegt nicht lange, entscheidet sich schnell und läuft ebenfalls von seiner Karre zum Wagen seines Chefs.

»Kennst du mich noch«, ruft ihm Leon, der es schon hinter den Mercedes geschafft hat, zu.

Aber auch der junge Chinese scheint ein schneller Läufer zu sein und rennt ebenso blitzschnell Leon hinterher.

Leon läuft, wie es scheint, völlig unmotiviert in die Mitte des großen Hofes.

Doch da quietscht glücklicherweise auch schon die Rettung heran. Angelo hält in seinem Punto direkt auf ihn zu, als würde er ihn überfahren wollen, bremst aber abrupt vor Leon ab. Dieser hechtet mit dem Kopf voraus auf die kurze Motorhaube des Fiats, landet flach mit dem Bauch darauf und hält sich an den beiden Scheibenwischern fest.

Angelo gibt wieder Vollgas, hupt noch, als wollte er sich von ihrem Verfolger verabschieden, und schießt aus dem Hof hinaus auf die große Zufahrtsstraße.

»Wir fahren jetzt nach Chinatown«, bestimmt Angelo, »erinnerst du dich an Cheng?«

»Die Bilder werde ich nie vergessen«, lächelt Leon sehnsüchtig und sieht vor seinen Augen schummrige Bars, tanzende, leichtbekleidete chinesische Mädchen, bekiffte Typen und verrauchte Kneipen. Doch tugendhaft und leutselig hakt er nach: »Näht Cheng immer noch jede seiner Jeans von Hand?«

Cheng hatte Leon und Angelo während ihrer Recherche zu Mailands Drogenhändlern einige Tipps gegeben, die sie zu den wichtigsten Dealern der norditalienischen Metropole führten.

Angelo steuert seinen Wagen flott durch die engen Gassen der Innenstadt. Leon hatte zuvor dem Kommissar in Überlingen Entwarnung gemeldet und sofort wieder aufgelegt, als dieser mit seinen abermaligen Belehrungen beginnen wollte. Er war zwar froh, das Abenteuer in dem Wein-Exportunternehmen wohlbehalten überstanden zu haben, weiß aber noch nicht, wie er mit der neugewonnenen Information umgehen soll.

Überrascht hat ihn, dass Wang offenbar seine Handelsfirma schließen will. Doch er glaubt ihm nicht, warum auch? Wenn seine krummen Geschäfte so rentabel sind, wie es scheint – bei Wertsteigerungen der Bordeaux-Flaschen in China um 1.000 Prozent – kein Kaufmann steigt aus solch einem lukrativen Business aus?

Die zusätzliche Info, dass Shao Wang eigene Wein-Châteaus in China plant, haben auf jeden Fall nichts mit dem Tod von Hanspeter und Kewian zu tun, denkt Leon. Er hatte schon von den Weinprovinzen im Osten von China gelesen. Shanghai liegt etwa auf dem gleichen Breitengrad wie Bordeaux. Südlich von Shanghai gibt es wenige Niederschläge, viele Sonnenstunden und mineralreiche Böden.

»Ich hätte gleich mit dir zu Cheng fahren sollen«, unterbricht Angelo Leons Gedanken, »er kennt hier jeden Asiaten und ihre Geschäfte.«

Cheng war schon Mitte der 1950er-Jahre nach Mailand gekommen. Er hatte zu den letzten Versprengten der Chiang Kai-shek-Truppen gehört. Nach Maos Machtergreifung flüchtete er nach Italien. In Mailand hatte sich schon damals eine kleine chinesische Kolonie gebildet. Heute gilt die Siebenmillionenstadt als europäische Hauptstadt der 4.000 gemeldeten chinesischen Kleinunternehmen. Sie sind, wie Cheng, die geschäftstüchtigsten Flüchtlinge in Italien.

Angelo biegt frech in die Via Paolo Sarpi ein, obwohl sie verkehrsberuhigt ist. Plötzlich sind sie umgeben von chinesischen Schriftzeichen. Leon riecht den Duft fernöstlicher Gewürze, von Frühlingsrollen und asiatischem Street Food. Vor ihnen schiebt ein Chinese einen Sackkarren durch die Straße, um sie herum fahren Fahrräder mit Ladeflächen, auf denen ausschließlich Asiaten ihre Waren transportieren. Alle Restaurants und Bars gehören hier nur Chinesen.

»Warum denn in den Fernen Osten fliegen, wenn Shanghai um die Ecke liegt«, lacht Angelo.

Eigentlich ist in dieser Straße kein Durchkommen, aber schon steht Angelo in einem Hinterhof und stellt den Motor ab. »Spucken ist unhygienisch, gehört sich nicht, ist strafbar«, liest Leon.

»Cheng ist wahrlich integriert«, schmunzelt Angelo, »zumindest kennt er unsere europäischen Sitten, ob er sich selbst immer an unsere italienischen Gesetze hält, weiß ich nicht.« Dann zwinkert er Leon zu und fügt an: »Aber wenn ja, wäre er nicht integriert!«

Das Leben in der Via Paolo Sarpi gleicht dem in jeder Straße einer chinesischen Stadt. Junge Chinesen spielen auf ihren Handys, asiatische Männer zeigen cool ihr pechschwarzes Haar mit Gel zu Borsten aufgerichtet. Es ist Frühling, und die ersten Mädchen bewegen sich lasziv mit bauchfreien Tops durch die Gassen. Ein chinesisches Restaurant reiht sich an das nächste, chinesische Lederwarengeschäfte und Boutiquen, Heilkräuterläden und für Leon interessante Spezialitätengeschäfte sind in jedem Haus untergebracht.

Doch Angelo schubst ihn eine Treppe hinunter, die vom Gehweg in ein Souterraingeschäft führt. Leon hört eine alte Nähmaschine rattern und freut sich auf das Wiedersehen mit dem alten Chinesen.

Zunächst müssen sich die beiden an das schummrige Licht gewöhnen. Kein Tageslicht dringt in den Kellerladen. Der kleine Raum hängt voller blauer Jeans. Auch die schmalen oberen Lichtschächte sind vollgestopft. In der Mitte des Raumes steht ein kleiner Tisch, auf dem zwei Nähmaschinen im Einsatz sind. Cheng und seine Frau lassen die Maschinen um die Wette schnurren.

Seit Cheng in Mailand ist, arbeitet er als Schneider. Früher hatte er vor allem Krawatten aus Seide genäht, doch diese Zeiten sind längst vorbei. Dann nähte er Jeans für eine große Firma. Doch seit chinesische Jungunternehmer billige Tagelöhner zum größten Teil illegal aus China eingeschleust haben und in ihre eigens gegründeten Großnähereien in Italien eingesperrt haben, sind Chengs Stückkosten den Unternehmen zu teuer geworden.

Aber nachdem Angelo einen Bericht über Cheng und seine sorgfältige Handwerksarbeit in der angesehenen Tageszeitung *Corriere della Sera* abgesetzt hatte, finden einige versnobte Gigolos den Weg zu dem alten Schneider und lassen sich ihre Jeans von ihm maßschneidern.

Cheng springt sofort auf, als er Angelo sieht. Mit Abstand, wie zu Corona-Zeiten, und jeweils die rechte Hand auf der linken Brust, verbeugen sich die beiden höflich voreinander. Neben dem alten gebückten Cheng wirkt der sonst eher unterdurchschnittlich große Angelo plötzlich wie ein Riese.

Leon erinnert sich an die Zeremonie, verbeugt sich ebenfalls mit der rechten Hand auf der linken Brust. Seit den Corona-Zeiten hatte man sich, auch außerhalb asiatischer Kulturen, an kontaktlose Begrüßungsrituale gewöhnt.

Auch Chengs Frau schnellt vom kleinen Hocker vor ihrer Nähmaschine hoch. Sie misst keine ein Meter 50, faltet ihre Hände vor der Brust und verbeugt sich gleich dreimal. Dann legt sie grüne Teeblätter in eine alte abgegriffene Eisenkanne und gießt aus einem Topf heißes Wasser darüber. Zusätzlich stellt sie drei kleine Schälchen auf ein Tablett. Angelo und Cheng tauschen unterdessen belanglose Freundlichkeiten aus, während Leon sich eher hilflos umschaut. Er will endlich wissen, was Cheng über diesen Herrn Wang erzählen kann.

Erst nach einiger Zeit gießt Chengs Frau den Tee in die kleinen Schälchen. Cheng und Angelo greifen zu und schlürfen in aller Ruhe das grünliche heiße Wasser wie Wein. Auch Leon verzichtet auf Zucker, nimmt einen Schluck und verbrennt sich die Zunge.

Angelo lächelt ihn triumphierend an: »Ihr Deutschen seid immer zu ungeduldig«, belehrt er ihn.

»Frag endlich, was Herr Cheng uns über Herrn Wang erzählen kann«, drängt Leon.

Als hätte der alte Chinese Leon verstanden, lächelt er, schaut zu Angelo und beginnt zu erzählen. Freunde sind er und Herr Wang offensichtlich nicht, das wird auch Leon bald klar. Manchmal schaut Cheng böse, doch ununterbrochen redet er schnell und erregt auf Angelo ein. Dabei geht es nicht nur um Wang. Die chinesische Gemeinde ist heute größer denn je, aber gespalten. Die alten Flüchtlingschinesen sind längst in der Minderheit, die neue Business-Generation hat das Ruder der Kolonie übernommen.

Später erzählt Angelo in der *Cantine Isola*, dass dieser Herr Wang wohl beste Beziehungen zu den Triaden habe. Die Triaden haben als Gegengewicht zur italienischen Mafia ein chinesisches Syndikat gebildet. Schutzgelder zahlen die asiatischen Betriebe längst an die chinesische Mafia, nicht mehr an die italienische. Auch Cheng sollte bezahlen. Er wehrte sich, bis eines Morgens sein Keller unter Wasser stand und er alle Stoffbahnen und Jeans entsorgen musste.

»Trocknen hätte doch wohl auch gereicht«, zeigt sich Leon wenig interessiert an dieser Geschichte.

»Sei nicht so engstirnig«, fährt ihn Angelo an, »mit den Triaden ist nicht zu spaßen: Das Wasser war orange gefärbt und stank nach einer wüsten Chemikalie.«

Um Leon die Dramatik aus seiner Sicht zu verdeutlichen, erzählt er zusätzlich von einer kürzlichen Hinrichtung, mitten in Mailand am helllichten Tag. Die Polizei hat den Täter bisher nicht gefasst. »Omertà cinese«, quittiert Angelo.

Der Täter hatte sich in die Via Paolo Sarpi chauffieren lassen, in der sie gerade waren. Er entstieg einem feuerroten Ferrari, der Fahrer blieb in der Karre sitzen, der Täter zielte auf zwei Männer, zwei Schüsse knallten, und der Ferrari brauste davon. Die beiden lagen tot auf der Straße, zwei perfekte Kopfschüsse! Deshalb auch die Annahme einer Hinrichtung. Nach Langem fand die Polizei einen Zeugen, der die Autonummer verriet, doch der Wagen war auf einen kleinen unbedeutenden Taxifahrer zugelassen, der angab, sein geliebter Ferrari wurde gestohlen, aber nach ein paar Tagen vor seinem Haus wieder abgestellt.

»Folglich wird unser Kommissar in Deutschland mit Hilfe der Mailänder Polizei auch nicht viel weitergekommen sein«, kommentiert Leon die Geschichte. »Auch wenn der Ferrari auf das Unternehmen von Herrn Wang zugelassen ist, wird diese Erkenntnis der deutschen Polizei ebenfalls nicht weiterhelfen.«

Angelo berichtet noch, was Cheng ihm über Wangs Geschäfte erzählte. Demnach wurde er durch illegale Im- und Exporte reich. Er hat das illegitime Geld clever gewaschen und einige Weingüter in Italien gekauft. Gleichzeitig hat er auch dank bester Connections zu einigen einflussreichen Parteikadern im östlichen China Land erworben, auf dem er nun Weingüter errichtet.

Anscheinend soll er auch in China wegen des Imports gefälschter Barolo-Weine angeklagt worden sein. Statt Barolo soll er die Weine in einem seiner gekauften Weingüter in der Toskana mit minderwertigen Nebbiolo- und Barbaresco-Trauben gepanscht haben. Doch die Anklage wurde auf Betreiben der Partei niedergeschlagen. Zu viele Freunde im Kader sind an seinem neu geschaffenen Weinimperium beteiligt, hat Cheng ihm verraten.

Angelo und Leon stehen an der Theke der *Cantine Isola*, die Weinbar hat sich als eine Institution Mailands inmitten des chinesischen Viertels gehalten. Dominierend füllt die lange Theke den Raum. »Ich sollte etwas Richtiges essen«, mosert Leon mit Blick auf die angebotenen Snacks, »immer nur Oliven, da wird kein Teutone satt.«

Angelo muss noch kurz in die Redaktion. Leon nutzt die Zeit und flaniert durch die Innenstadt Richtung Dom. Er sieht hoch oben die Madonnina in der mittäglichen Sonne strahlen und nutzt die Chance. Nachher wird er wieder vier Stunden in seiner Karre sitzen, also sprintet er die 257 Stufen des Doms nach oben. Auf der Plattform angekommen, schnauft er wie ein altes Schlachtross.

Zu seinen Füßen liegt die Stadt Leonardo da Vincis, die er einst, wie Venedig, mit vielen Wasserkanälen geplant hatte. Was der vielgeehrte Leonardo da Vinci heute wohl den klugen Verkehrsplanern der Stadt erzählen würde, die alle seine schönen Kanäle unter grauen Asphalt verlegten? Die Touristen auf der Terrasse wissen wenig über diese Geschichte. Sie genießen die strahlende Sonne, den spektakulären Ausblick über unzählige Kirchtürme der geschichtsträchtigen Stadt und die herrliche Galleria unter ihnen.

Leon macht mit seinem Handy ein Foto, das er später an Lena senden möchte, wenn er wieder im Auto sitzt und nach Hause fährt. Jetzt hat er keine Lust, lange zu erklären, was er in Mailand treibt, und auch keine Zeit. Denn während er fotografiert, surrt sein Handy. Angelo hat einen Tisch im feinen Traditionsrestaurant *Peck*, auf der Gallaratese, wo es die beste Mailänder Küche der Stadt gibt, reserviert. »Wir haben deine Spesen noch nicht aufgebraucht«, lacht er. Doch zu einem guten Essen muss man Leon nie lange überreden, auch dass er bezahlt, ist für ihn, nach Angelos selbstlosem Beistand, selbstverständlich.

Sie sitzen im Obergeschoss des *Ristorante Al Peck*. Leon hat einen Traminer der *Kellerei Tramin* vom Kalterer See bestellt. Er ist ein Klassiker unter den Gewürztraminern und schmeckt intensiv aromatisch-temperamentvoll. »Verschone mich mit deinen Antipasti«, weist er Angelos Vorschlag zurück und bestellt als Vorspeise das

Hauptgericht Risotto alla Milanese, aber zusätzlich mit gebratenen Gamberetti, und als Secondo eine weitere Hauptspeise: Ossobuco alla Milanese mit einer Extraportion Gremolata. »Wenn ich in Mailand bin, esse ich Milanese«, bestimmt er. Zu der geschmorten Kalbshaxe lässt er sich zu einem kleinen Glas Bardolino überreden. »Dann bin ich, bis ich zu Hause bin, wieder auf null Promille«, stößt er kulinarisch glücklich mit Angelo an, der stur bei seinem Lagrein bleibt.

»Ich glaube, jetzt trifft uns die Rache der chinesischen Kaiserdynastien«, fängt Angelo unvermittelt an, seine Erlebnisse des Tages zu verarbeiten. »Nach Marco Polos Reise haben wir China kolonisiert, jetzt kolonisieren die Chinesen uns.«

Für Leon klingt die wilde Theorie seines Kumpels wie an den Haaren herbeigezogen und winkt ab. »Jetzt überschätze den Herrn Wang mal nicht. Das ist ein mieser, kleiner Drecksack, unter internationalen, globalen Kaufleuten wohl keine Seltenheit. Nur weil er seine Nichte ermordet hat, wird er nicht gleich euren ganzen Stiefel kolonisieren.«

»Du hast in deinem idyllischen Süddeutschland nicht den Blick. Aber wir hier sehen jeden Tag, wie sich immer mehr chinesische Unternehmen in Europa breitmachen. Wenn sie jetzt auch noch unsere Weingüter aufkaufen, dann geht's an unsere authentischen kulturellen Wurzeln.«

Leon lacht laut auf: »Geht's noch dramatischer?«

»Nimm Volvo als Beispiel«, wird Angelo immer ernster, »erst kaufen die Chinesen das Know-how in Europa, dann kopieren sie hemmungslos und exportieren ihre auf jeden Fall immer günstiger produzierten Waren zu uns. Spätestens, wenn die Autoindustrie in Deutschland gegen die chinesischen Konkurrenten am Boden liegt, wirst du an mich denken.« Dann lacht er bitter: »Du verstehst mich erst, wenn ein Chinese an deinem schönen Bodensee das erste Weingut aufkauft.«

»Mal den Teufel nicht an die Wand!«, fährt Leon bei dieser schmissigen Voraussage hoch. »Jetzt ist der Spaß zu Ende!« Er schaut zu seinem iPhone und zieht kleinlaut weitere Parallelen, die Angelos Befürchtungen unterstreichen: »iPhone made in China, Bordeaux made in China, und meinst du, mein Porsche aus dem Schwabenland auch bald?«

Jetzt wird es aber selbst Angelo zu viel an Schwarzmalerei. Er hebt sein Weinglas hoch und lacht: »Vergiss die großen Gewächse. Winzer, bleib bei deinen Reben! Drum bleibe ich bei Lagrein, und du trinkst heute Abend am Bodensee am besten wieder einen einfachen, traditionellen Spätburgunder.«

Auf der Heimfahrt zieht Leon nochmals Bilanz. Nach dem, was er von Cheng über diesen Shao Wang und die Triaden erfahren hat, traut er Wang den Mord an Hanspeter und Kewian auf jeden Fall zu. Wirkliche Hilfe zur Aufklärung der Morde kann er von der italienischen Polizei bestimmt nicht erwarten, wenn sie eine Hinrichtung am helllichten Tag inmitten ihrer eigenen Stadt nicht aufklären können. Allerdings hat sich sein deutscher Kommissar bisher auch nicht mit Ruhm bekleckert.

Er muss unbedingt noch mal mit dem Baron sprechen. Es kann doch nicht sein, dass er nicht weiß, mit welch fragwürdigen Figuren er Geschäfte betreibt. Und Eugen? Was wird er sagen, wenn er ihm prophezeit, die nächste Lieferung Bordeaux-Weine kommt nicht vom Bodensee, sondern aus China?

Leon muss sich aber jetzt wieder einmal bei Lena melden, sie macht sich sonst noch Sorgen. Doch zunächst zwingt er sich, von seinen trüben Gedanken loszukommen. Neben Paolo Conte hat er sich Lucio Dalla heruntergeladen. Sein Song *Caruso* gilt heute als Hymne Süditaliens. Und wieder träumt er davon, mit ihr nach Italien zu fahren, in Sorrent, am Golf von Neapel, hat Lucio Dalla den Song geschrieben.

Es ist eine stockdunkle Nacht, kurz vor 23 Uhr, als Leon am Bodensee ankommt. Die richtige Zeit, um Koni Hengstler im *Café Brezel* zu besuchen. Das Café ist an eine Bäckerei angeschlossen. Hier treffen sich die Nachtschwärmer, wenn die Bäcker schon beginnen, ihre ersten Brötchen und Brezeln für den Morgen in den Backofen zu schieben. Wer zuvor auf der Suche nach Stoff ist, wird hier garantiert auch früher fündig. Kleindealer lungern immer in der Nähe herum. Das Kaffeehaus ist ein bekannter Umschlagsplätz für Drogen am Bodensee.

Leon stellt seinen Targa um die Ecke ab und geht ein Stück zu Fuß. Er will sich die Füße vertreten, genießt die frische Seeluft und schlendert an der Promenade entlang. Von der anderen Seeseite schicken die Sturmwarnleuchten ihre grellen Blitze über das dunkle Wasser. Starke Südwinde aus den Alpen sind angesagt. Manchmal bringt der Föhn Saharasand bis an den Bodensee.

Leon deutet die Sturmvorwarnung heute anders. Morgen wird Hanspeter beerdigt, gleichzeitig wird der gepanschte Rotwein im *Weinhaus* abgefüllt und danach

nach Italien transportiert. Sollte Shao Wang sich nochmals am See blicken lassen, dann morgen! Am besten mit seinem Bruce Lee, hofft Leon, dann muss der Kommissar diesen chinesischen Bodyguard wegen des Verdachts der Ermordung von Kewian festnehmen! Aber dafür sollte er ihm noch einen oder besser mehrere Beweise liefern.

Was für eine verrückte Woche, zieht Leon in Gedanken Bilanz. Statt ohne Lena und somit ohne private Termine in Ruhe die Zeit zu genießen, rennt er die ganze Woche diesem unbekannten, beziehungsweise noch immer nicht überführten Mörder und Weinpanscher hinterher. Denn dass sich hinter Hanspeters Mord und diesem kriminellen Weinhandel die gleichen Täter verbergen, davon ist er überzeugter als zuvor.

Morgen, nach Hanspeters Beerdigung, wird diese traurige Geschichte hoffentlich ihr Ende finden. Dann muss sich klären, ob der Baron und Herr Wang hinter dem Mord stehen. Leon wird sich deshalb nach der Beerdigung auf jeden Fall noch einmal in dem *Weinhaus* umsehen. Er will wissen, ob die 40.000 Flaschen der fraglichen Cuvée tatsächlich abgefüllt werden und mit Karlemanns Etikett als Bodensee-Bordeaux ihre Reise nach China antreten.

Jetzt gleich wird er von Koni erfahren, ob er die Menge Methadon, deren Rechnungen er in seinem Haus gefunden hat, tatsächlich allein konsumiert oder ob er sie nicht vielmehr verkauft oder gar auch für Hanspeter besorgt hat. Aber diese Version will er am liebsten nach wie vor nicht glauben, doch die Fakten werden jetzt schnell helfen, den ganzen Fall zu klären.

Leon steht vor dem Café. Die Lichter sind gedimmt, in der Backstube nebenan ist es noch dunkel. Er schaut durch die Scheiben. Nur wenige Besucher sind im Lokal. Sie sitzen in kleinen Gruppen an einzelnen Tischen. In die Nischen kann er nicht hineinsehen. Er schaut nach Koni. Er muss mit ihm reden, fürchtet aber, dass Koni ihm entwischt, wenn er ihn entdeckt.

Leon ist der Schuppen vertraut. Er zählte früher, zu seinen wilden Zeiten, zu den nächtlichen Stammgästen. Deshalb kennt er noch einen anderen Eingang, den er auch schon als Fluchtweg nutzte. Er geht um das Gebäude, steigt über eine hohe Grenzmauer und steht auf dem Parkplatz der Bäckerei. Ein Hund kläfft, doch Leon weiß, wo er hin will. Er sieht das Toilettenfenster über den Garagen geöffnet, steigt auf das Flachdach der Garage, stemmt sich an dem Fenstersims der Toiletten hoch und steht schon in dem Toilettenraum vor den übelriechenden Pissrinnen.

Unauffällig schleicht er sich von hinten in das Café. An der Garderobe zu den Toiletten hängen einige Jacken, hinter denen er sich verstecken kann. Er schielt in Ruhe in den Gastraum und sieht Koni allein in einer der Nischen sitzen. Lässig löst er sich aus den Mänteln und geht zielstrebig zu Konis Tisch. Er klopft, wie an Stammtischen üblich, mit seinen Knöcheln auf die Tischplatte. Setzt sich ihm gegenüber.

Koni öffnet langsam seine auf Halbmast bekifften Augen. Grinst müde.

»Nichts zu tun?«, fragt Leon. »Der *Adler* ist geschlossen und du bist schon wieder im alten Geschäftszweig tätig?«

Koni behält sein schiefes Lächeln und schließt, demonstrativ desinteressiert an einem Gespräch, wieder seine Augen.

Leon reagiert eiskalt, knallt ihm mit der rechten Hand eine auf die linke Wange. Er hat jetzt keine Lust auf unnütze Spielereien. Die Backpfeife soll Koni wachhalten und ihm klarmachen, jetzt wird es ernst: »Spiel mir nichts vor! Wir kennen uns. Du dealst wieder, bist aber nicht so blöd und konsumierst das Zeugs selbst. Also rede jetzt!«

Koni öffnet seine Augen erneut, schaut schon klarer in die Welt, schweigt aber weiter, sodass Leon nachsetzt: »Ich war in deiner Bude, ich habe deine Methadon-Rechnungen gesehen. Für wen hast du das Zeug besorgt? Doch nicht für dich und schon gar nicht für Hanspeter, erzähl, wem du das Zeug vertickst.«

»Der Hanspeter«, lächelt Koni verklärt, »der hat's überstanden, aber frag' mich nicht, wie.«

»Was heißt, wie? Was meinst du damit?«, setzt Leon sofort nach.

»Glaubsch du denn, der hat sich selbst umgebracht?«, spricht Koni mit schwerer Zunge, »nie und nimmer!«

»In seinem Magen fand die Polizei Rückstände synthetischer Opioide, das heißt Methadon! Und du verschacherst Methadon in Mengen. Du hast in der *Fürstbischöflichen Hof-Apotheke* in Meersburg wohl einen Großlieferanten gefunden.«

»Du hasch doch keine Ahnung«, winkt Koni ab, »aber du kennsch mich und auch Hanspeter, dem reichte sein Wein.«

»Und dein Kokain«, setzt Leon nach.

Koni winkt erneut gelangweilt ab. »Minimale Mengen, das war nicht sein Ding, manchmal, aber nicht oft.«

»Verdammt, dann hilf mir«, rüttelt Leon an Konis Schultern, um ihn wach zu halten, »irgendjemand muss ihm das Methadon in den Wein geschüttet haben, den er getrunken hat.«

»Ich weiß es nicht, ich war nicht dabei«, winkt Koni ab, »ich hab ihn nur g'funde, das hat mir gereicht.«

»Und am Abend zuvor?«

»Da war noch der Eugen von Hohenfels da, als ich ging«, lallt Koni mühsam und fügt stolz hinzu: »Auch ein Kunde von mir.«

»Was?«, fährt Leon hoch. »Eugen, der Kellermeister, der Bruder des Barons?« Er will es nicht fassen.

Koni grient in sich hinein. »Wenn du wüschteschst.«

»Wenn ich was wüsste«, insistiert Leon weiter, »was soll ich wissen?«

»Dein Eugen bezieht seit Jahren von mir Methadon, er sagt, es sei für seinen Sohn.« Koni lächelt überlegen. »Ich weiß aber nichts von einem Sohn, niemand weiß etwas von einem Sohn. Ich denke, er braucht es, um seinen Weinkonsum zu regulieren. Jeder weiß doch, dass er jeden Tag betrunken ist. Sein Bruder macht ihm mächtig Stress, wenn die Kunden zu ihm kommen und er nur noch lallt.«

Leon erinnert sich an das Ergebnis der Gerichtsmediziner. Synthetische Opioide haben sie in Hanspeters Magen gefunden. Synthetische Opioide, das ist Methadon. Verdammt, Eugen war der letzte Besucher. Ob Koni, der alte Kiffer, das richtig auf die Reihe bringt? Dann wäre Eugen der Letzte gewesen, mit dem Hanspeter vor seinem Tod gezecht hat? Dann wäre aber auch Eugen vermutlich der, der Hanspeter das Methadon in den Wein geschüttet hat?

Die Bedienung kommt an den Tisch der beiden. Leon bestellt zwei Tannenzäpfle. Er braucht jetzt ein kaltes Bier. Koni stellt seine ganze Theorie auf den Kopf. »Einen Chinesen hast du an diesem Abend nicht gesehen?«, fragt er sicherheitshalber noch nach.

»Du meinst Herrn Wang?«, beweist Koni, dass er trotz Halbmast auf dem Damm ist und checkt, wen Leon meint. »Der hatte für diese Woche drei Zimmer reserviert, aber da hatte er Pech.« Dann lacht Koni süffisant und schafft auch in seinem Zustand, jetzt nach Hanspeters Tod, den für Leon unangebrachten, geschmacklosesten Witz anzufügen: »Da hat der Asiate die Rechnung ohne den Wirt gemacht.« Dazu lacht er übertrieben laut.

Leon trinkt die Bierflasche in einem Zug aus und will noch kurz klären, woher das Kokain kam, das die Polizei in Hanspeters Kühlraum sichergestellt hat.

»Was, Kokain?«, fragt Koni sichtbar überrascht und winkt ehrlich entrüstet ab: »Quatsch!«

»Die Polizei fand aber wohl eine ganze Platte, professionell feucht in Stanniol eingewickelt und dann tiefgefroren.«

»Kaufen kannsch alles«, lacht Koni kindisch, »aber nit de Hanspeter, des wüsst ich!« Dann stockt er kurz und gibt sein fachmännisches Wissen noch zum Besten: »Feucht eingewickelt? Des Zeugs musch trocken lagern! Des hätt i aber dann dem Hanspeter scho g'steckt!«

»Die Polizei will in seinem Körper aber auf jeden Fall Hinweise gefunden haben, dass er Koks konsumierte«, beharrt Leon.

»Lass die reden, was sie wollen, glaub mir, de Hanspeter hat g'soffe, vielleicht mal eine Nase g'schnieft, aber mehr it!«

Leon schaut Koni noch immer fragend an, schlägt ihm wieder auf die Wange, doch diesmal eher liebevoll.

Koni beginnt zu kichern: »Ich hätt doch den nit in mei G'schäft einsteigen lassen.«

»Das klingt überzeugend«, quittiert Leon, »da hast du wohl ausnahmsweise recht!«

Er legt einen Zehneuroschein auf den Tisch und verschwindet.

Leon fährt verwirrt nach Hause und lässt seine Vorsicht Vorsicht sein. Müde und total erschöpft parkt er den Porsche vor seiner Wohnung. Die Villa steht im Dunkeln. Er geht hinein. Es ist ruhig im Flur. Morgen ist der entscheidende Tag, denkt er. Morgen muss er den Kommissar überzeugen. Morgen muss das Wirtschaftsdezernat der Polizei diese gefälschten Bordeaux-Flaschen aus dem Verkehr ziehen und die Mordkommission Hanspeters und Kewians Mörder verhaften. Bruce Lee, wenn er hier ist, auf jeden Fall, er hat Kewian auf dem Gewissen, aber Eugen?

Das will er nicht so schnell glauben.

Und dieser träge Kommissar nervt ihn immer mehr.

Er fährt seinen Computer hoch, checkt kurz die Mails und kann nicht anders, er muss unbedingt noch kurz die Schach-App öffnen. Er sieht, dass Horst Sibold tatsächlich seinen Turm geschlagen hat. Wenigstens ein Erfolgserlebnis zum Abend, freut er sich. Sibold konnte gar nicht anders. Jetzt kommt sein schönster Zug, der das Kräfteverhältnis der Partie auf den Kopf stellt. Leon zieht mit seinem Pferd endlich auf F7, genau in die Mitte zwischen Sibolds König und Dame, die auf D8 und H8 stehen. Somit steht Sibolds König erneut im Schach, und Leon bedroht gleichzeitig seine Dame. Sibold kann das Pferd nicht schlagen, und vor ein Pferdeschach kann man keine Figur ziehen. Er muss jetzt mit seinem König aus dem Schach fahren, und Leon wird als Nächstes seine Dame schlagen!

Ein gutes Omen für den nächsten Tag. Morgen fällt die endgültige Entscheidung. Im Schach wie auch im Fall des Todes von Hanspeter und dem von ihm aufgedeckten Bodensee-Bordeaux-Deal.

Morgen wird er den Mörder überführen!

SAMSTAG

»Wochenend und Sonnenschein!« Der Sonnenschein fällt ihm direkt ins Auge, doch von wegen Wochenende, wie es einst vielversprechend von der Berliner Boygroup der 1920er-Jahre, von den *Comedian Harmonists*, besungen wurde. Er muss trotz Samstag heute in aller Frühe raus aus den Federn und schält sich schnell aus seinem Bett, bevor er sich womöglich wieder umdreht. Er muss heute früh schnell nach Helma schauen, bevor er zur Beerdigung fährt. In jüngster Zeit erzählt sie ihm zu viele unglaubwürdige Geschichten von Mittagessen, die er aber nie bei ihr sieht. Er befürchtet, sie fantasiert sich ihre Gerichte, wenn er danach fragt, einfach zusammen. So hat sie immer eine Antwort und ihre Ruhe. Doch auch er sieht, wie Helma abbaut, immer klappriger wird. Warum sie an manchen Tagen die gelieferten Teller von *Essen auf Rädern* nicht einmal anschaut, versteht er nicht. Schon ein halber Tag ohne Essen ist für ihn reine Folter.

Leon zieht seine Sportklamotten an, brüht einen Kaffee für sich und Helma auf. Rührt ihr zwei Eier mit Zwiebeln und Kräutern zu einem Omelette und schüttet etwas Milch in ihre Kaffeekanne, während er seinen Kaffee schwarz schlürft. Dann stellt er Helma alles zusammen auf ein Tablett und stürmt zu ihr die Treppe hoch.

Die Wohnungstür steht weit offen. Senta springt ihm entgegen, doch der Schreck ist nur kurz, schon steht

Helma im Morgenmantel vor ihm. »Was machst du schon wieder hier?«, fragt sie entgeistert. Dass er sich in dieser Woche kaum bei ihr sehen lässt, scheint sie nicht zu berühren, und dass er gestern den ganzen Tag weg war, hat sie wohl vergessen.

Grad recht, denkt er. »Ich scheine mich in dich verliebt zu haben«, scherzt er und stellt das Tablett auf ihren Küchentisch. Allerdings muss er zuerst Platz schaffen. Helma lässt entweder alles liegen, was auch immer sie in den Händen hat, oder verstaut alles in irgendeinem Schrank, nur dass die Küche oberflächlich blitzblank aufgeräumt scheint. Die Putzfrau kramt dann meist alles wieder hervor und spült erst mal. Glücklicherweise kommt sie dreimal in der Woche, neben den freundlichen Frauen der Sozialhilfestation, die täglich nach ihr schauen.

»Was hast du gestern gegessen?«, fragt Leon.

»Blut- und Leberwurst mit Sauerkraut und Kartoffelbrei«, sagt sie wie aus der Pistole geschossen freiweg, als müsste sie gar nicht überlegen.

»Quatsch mit Soße«, antwortet Leon. Ihm ist klar, dass *Essen auf Rädern* den alten Menschen im Frühjahr alles serviert, nur keine fetten Schlachtplatten. Trotzdem lässt er sich widerspruchslos auf ihre Behauptung ein und schaut zu Senta: »Tja, meine Liebe, da wirst du wohl auch einen Zipfel von den Würsten abbekommen haben. Dann ist es jetzt das Beste für dich, wir beide drehen schnell mal unsere kleine Runde.«

Senta schaut sehnsüchtig auf das kleine Frühstück, das Leon Helma auf den Küchentisch gestellt hat. Doch Leon packt das verfressene Tier im Fell seines Genicks und zieht die Hündin mit in das Treppenhaus. Er weiß, dass Helma sie immer von ihrem Teller füttert. Doch auf dieses Schauspiel hat er keine Lust und gerade auch keine Zeit. Er will jetzt loslaufen.

Unbeschwert allerdings verlässt er das Haus heute Morgen nicht. Sicherheitshalber schaut Leon, bevor er auf die Straße tritt, sich zuerst nach allen Seiten um. Er sucht nach einem roten Ferrari oder schwarzen Mercedes. Aber die Luft scheint rein zu sein. Erleichtert läuft er los in das Spetzgart Tobel.

Schnell bringt er die ersten Kilometer hinter sich, immer darauf achtend, dass Senta mithält, bis zu dem Waldrand vor der Gletschermühle. Hier macht er halt, legt ein paar Kniebeugen und Liegestütze ein, währenddessen die Hündin ihr Geschäft verrichtet. Bevor sie jemand beobachten kann, läuft er schnell wieder weiter und pfeift Senta, ihm zu folgen. »Mehr Zeit habe ich heute nicht«, entschuldigt er sich bei ihr und ärgert sich gleichzeitig. Jetzt fängt er schon wieder an, sich mit dem Tier zu unterhalten, als würde es verstehen, was er redet. Was soll Helmas Schoßhund schon von Freundschaft, Tod und Beerdigung wissen?

Zu Hause angekommen, will ihm das Frühstück heute nicht richtig schmecken. Leon sitzt frisch geduscht und nur spärlich bekleidet an seinem Küchentisch. Zur Beerdigung wirft er sich nachher gleich in Schale. Erst wenn er geht, will er sein frisch gewaschenes und gebügeltes weißes Hemd anziehen. Sicher ist sicher, mit Kaffee ist man schnell bekleckert. Dazu fischt er sein gutes schwarzes Sakko aus dem Schrank und frisch gewaschene schwarze Jeans.

Bevor er losgeht, wirft er sicherheitshalber noch einen Blick in den Spiegel. Jetzt müsste Lena ihn sehen. Ihr gefällt es, wenn er sich geschniegelt und gestriegelt herausputzt. Vielleicht schafft er bis zum nächsten Tag, sein Outfit ohne Flecken durch den Tag zu bringen. Dann könnte er sie morgen, ebenso schick hergerichtet, am Bahnhof überraschen. Dazu zieht er sich jetzt noch die frisch gewienerten Budapester Schuhe an und geht los.

Kaum ist er aus der Haustür, rennt Senta, die im Garten lauert, auf ihn zu. »Nein, hau ab!«, ruft er ihr entgegen, bevor sie mit ihrem feuchten Schlabbermaul an ihm hochspringen kann. Leon wehrt sie mit ausgestreckten Armen ab, geht schnell durch die Gartentür und schließt sie von außen. Dabei fällt ihm sein Herz fast in die Hose. Aus den Augenwinkeln sieht er den gefürchteten feuerroten Ferrari an der Ecke stehen.

Verdammt, was jetzt?

Ohne lange zu überlegen, dreht er ab und geht schnell zu seinem Wagen. Er steigt zügig ein und startet den Motor. Er fährt erst langsam los. Dann sieht er den Ferrari ihm folgen. Jetzt gibt er Gas und biegt auf den Zubringer nach Meersburg ab. Der Ferrari hinter ihm her. Ein Wettrennen auf der Bundesstraße muss er erst gar nicht versuchen, das ist ihm auch klar. Der Ferrari klebt ihm fast an der Stoßstange. Leon erkennt die Bruce Lee-Visage im Rückspiegel.

In zehn Minuten beginnt die Beerdigung. Ratlos ruft er den Kommissar an. »Schon so früh auf?«, fragt dieser als Erstes, ohne Leon lange zu begrüßen, »warum verfolgen Sie mich?«

Leon ist kurz irritiert. *Er* wird doch verfolgt. Er verfolgt nicht. Doch dann erkennt er den zivilen Polizeiwagen des Kommissars vor sich. »Fahren Sie auch zur Beerdigung von Hanspeter?«

»Das sind wir doch Ihrem Lieblingskoch schuldig«, antwortet dieser.

»Das denkt unser Hauptverdächtiger wohl auch«, gibt Leon zurück.

»Wer ist denn heute Ihr Hauptverdächtiger?«, will der Kommissar, offensichtlich gut gelaunt, Leon provozieren.

Doch Leon hat für diese Art des Foppens gerade gar keinen Nerv. Ihm sitzt dieser vermeintliche Mörder, im wahrsten Sinne des Wortes, im Nacken. Deshalb schießt er sofort scharf zurück: »Ich denke, wir waren uns einig, dass Kewian mit einem Handkantenschlag getötet wurde! Und dieser chinesische Kampfsportler fährt gerade hinter mir her«, schnaubt er verächtlich.

»Sind Sie sicher?«

»Ja, ganz sicher. Ich kann seine Fratze sogar deutlich erkennen, und Sie sehen ihn auch gleich.« Leon zieht seinen Porsche etwas rechts an den Fahrbahnrand, sodass der Kommissar freien Blick auf den zweiten Wagen hinter sich bekommt.

Er sieht das Rot des Testarossa hinter Leons metallicblauem Targa und schwenkt sofort besorgt ein. »Ich sehe ihn, wir kümmern uns um ihn«, verspricht er, setzt den Blinker rechts, drosselt seine Geschwindigkeit und fährt fast auf den Grünstreifen der rechten Fahrbahnseite.

Leon blinkt links und zieht an dem Kommissar vorbei.

Der Kommissar wartet, bis auch der Ferrari an ihm vorbei ist und heftet sich dann selbst an das Heck des roten Sportwagens. Nebenbei ruft er zwei Einsatzwagen auf den Plan. Sie sollen den roten Ferrari vor ihm stoppen, den Fahrer festnehmen und auf das Revier bringen. Wie in einem Konvoi fahren die drei hintereinander her Richtung Meersburg zum Friedhof.

Der Parkplatz steht voller schwarzer SUVs und dunkler Edelkarossen. Leon schaut schon von der Straße aus nach einem Platz und biegt ab. Er lässt aber den Ferrari hinter sich zunächst nicht aus den Augen und beobachtet, wie der rote Rennwagen geradeaus fährt. Er sieht auch noch den Wagen des Kommissars ihm folgen, dann sind die beiden aus seinem Blickfeld verschwunden.

Leon entdeckt eine Parklücke, stellt seine Karre ab und holt tief Luft. Den ganzen Tag über will er nicht mit dieser Bedrohung leben. Hoffentlich fasst die Polizei den Mann, sonst ist es ihm nicht mehr besonders wohl in seiner Haut. Kurze Zeit später ertönen mehrere Martinshörner. Na hoffentlich, denkt Leon und ist vorerst erleichtert.

Vor der Friedhofskirche steht eine überaus große Trauergesellschaft, mehr, als die Einsegnungshalle aufnehmen kann. Das Gros der Kollegen des Linzgau Kochs sind erschienen, ebenso fast alle Bodenseewinzer und viele seiner Stammgäste. Die Familienangehörigen sind dagegen in eine Minderzahl geraten.

Leon nimmt die Gesellschaft genau ins Visier. Schwarz gekleidete Männer stehen eng zusammen und unterhalten sich hemmungslos lautstark und fröhlich. Man trifft sich ja sonst nie!

Er sieht unter ihnen die große Statur des Barons von Hohenfels, neben ihm der Markgraf von Baden. Adel verpflichtet, schmunzelt Leon. Der Markgraf ist mit seinem *Weingut Salem* der Platzhirsch am See, er besitzt zusätzlich Weinberge in der Ortenau. Hanspeter hatte auch alle seine Weine im Angebot.

Eugen von Hohenfels steht etwas abseits von seinem Bruder auf der Seite der bürgerlichen Seewinzer. Sie haben ihren eigenen Kreis gebildet, aber als Winzer tragen auch sie alle ihre Auszeichnungen und sind mit internationalen Awards geehrt.

Neben der regionalen Genuss-Society von Köchen und Winzern begleitet auch die Geschäftswelt wie der Volksbankdirektor, der Bürgermeister und ein großer Teil der Gemeinderäte den letzten Gang Hanspeter Rapps zu seinem Grab. Ebenso steht eine Abordnung der Feuerwehr in Uniform bereit, wie auch der Trachtenverein.

Leon steht ein bisschen abseits und ertappt sich, wie er gedanklich mit Hanspeter spricht und ihm haarklein erzählt, wer alles auf seine Beerdigung gekommen ist. »In der Trauer um dich steht deine Familie wieder zusammen«, brummelt Leon leise vor sich hin, als würde Hanspeter neben ihm stehen. Er sieht Hanspeters Ex, Isabel, mit verweinten Augen. Neben ihr die Geschwister von Hanspeter und seine Kinder. Zur Familie zählen in einem Gasthof auch die treuesten Mitarbeiter, schließlich arbeiten sie fast den ganzen Tag zusammen. Neben Isabel steht Koni, fein herausgeputzt im schwarzen Anzug. Daneben Hanspeters Brigade in weißer Kochmontur und das Servicepersonal im klassischen Trachtenoutfit des *Adler*.

Leon lässt die beiden Brüder von Hohenfels nicht aus den Augen. Wer von ihnen ist der größere Heuchler, fragt er sich, und wer vielleicht sogar der Mörder des Mannes, den sie gerade scheinheilig betrauern. Oder täuscht er sich, überlegt er, und hofft, dass der Kommissar diesen Bruce Lee weichklopft. Steckt vielleicht doch dieser Chinese Wang hinter Hanspeters Tod?

»Wir gehen danach in die *Haltnau*«, flüstert ihm einer der Linzgau Köche zu, »kommsch mit?«

»Logo«, lächelt Leon. Er weiß, es ist ganz im Sinne seines toten Freundes, dass man seine Beerdigung auch ordentlich begießt, die gemeinsam erlebten Schoten zum Besten gibt, sie Revue passieren lässt, dabei lacht und das Weiterleben fröhlich, zechend, als säße er mit am Tisch, genießt.

Nach der kurzen Einsegnung hält sich der katholische Pfarrer mit seiner Grabrede ebenso kurz, als würde Hanspeter Regie führen. Der Bürgermeister legt einen Kranz nieder, wie auch der Trachtenverein. Dann stellt sich der Baron von Hohenfels neben das Grab und hebt an. Herzzerreißend erzählt er von dem Verlust seines besten Geschäftspartners und Freundes.

Leon wird es übel. Nein, so viel Scheinheiligkeit will er sich nicht antun. Langsam zieht er sich rückwärtsgehend zurück, dreht in sicherer Entfernung, als er denkt, unbeobachtet zu sein, um und verschwindet zum Parkplatz.

Er fährt durch das Obere Stadttor in die autofreie Meersburger Oberstadt. In der Unterstadt flanieren die Touristen an der Promenade, doch das Herz der alten Weinstadt ist schon immer die Oberstadt. Hier regierten die Fürstbischöfe, hier sind ihre Weinkeller unter dem heutigen Schlossplatz in das Molassegestein getrieben worden, hier reifen heute noch die Weine des *Staatsweinguts* und hier steht die *Fürst-Erzbischöfliche Hofapotheke*, die Koni so fleißig mit Methadon beliefert. Leon will wissen, warum? Er wird dem alten Hofapotheker gründlich auf den Zahn fühlen müssen.

Die *Fürst-Erzbischöfliche Hofapotheke* steht seit Generationen im Schlossvorhof neben dem neuen *Vineum*, einem Museum, das die Geschichte des Weinbaus am Bodensee dokumentiert. Durch die Burg und das Schloss sowie die lange Promenade zählt Meersburg für jeden Bodenseebesucher zum Pflichtprogramm. Meersburg ist aber vor allem für Weinfreunde dank seiner bekannten Einzel-Weinlagen an den extremen Steilhängen direkt unter dem Schloss ein süffiger Magnet. Die Großlage *Sonnenufer* verspricht hier werbewirksam »Badischer Wein von der Sonne verwöhnt«.

Das *Staatsweingut Meersburg* bezeichnet Leon gerne in alter DDR-Manier als VEB, wobei es tatsächlich ein volkseigener Betrieb ist. Nach der Säkularisierung wandelte das Großherzogtum Baden die bischöflichen Weingüter in Meersburg in eine Großherzoglich-Badische Domänenkellerei um, sodass nach dem Ende der Monarchie 1919 das Weingut an die Republik Baden fiel. Als feine Mitgift gehört es seit der Vermählung der Länder Baden und Württemberg dem gemeinsamen Land Baden-Württemberg.

In der danebenstehenden *Fürst-Erzbischöflichen Hofapotheke* wurden im späten Mittelalter die Pillen und Cremes für die Fürstäbte hergestellt. Leon öffnet die

Tür, hört eine helltönende Ladenklingel und fühlt sich gleich wie in einem Museum: Unter seinen Füßen knarzen Holzdielen, vor ihm steht eine dunkle hölzerne Verkaufstheke, dahinter befinden sich in einem gezimmerten Wandschrank unzählige kleine Schubfächer in bis zur Decke reichenden Holzschüben. Auf einer Kirschholzkommode stehen emailbemalte Gefäße, vermutlich tatsächlich noch aus der Zeit der Fürst-Erzbischöfe, sowie wertvolle Majoliken und Fayencen mit einem mächtigen Keramik-Mörser.

Eine junge Frau kommt hinter den Regalen hervor. Sie schafft mit modischem Outfit einen deutlichen Gegensatz zu den musealen Räumen. Ihre blond gefärbten Haare mit grellroten Strähnen hat sie sich hochgesteckt, damit man ihre silbernen Ohrringe, mit blau schimmerndem Mondstein besetzt, von den Ohren bis zu den Schultern hinunter baumeln sieht. Ein silberner Ring ziert in ihrem blassen, jungen Gesicht ihren linken Nasenflügel. Als sie Leon begrüßt, sieht er zusätzlich einen glänzenden Edelstein zwischen ihren Zähnen funkeln.

»Ich hätte gerne den Herrn Apotheker gesprochen«, verzichtet Leon auf lange Erklärungen.

»Sie sollten mit mir vorliebnehmen«, antwortet die junge Frau ebenso kurz angebunden. Auf ihrem Namensschild, das sie an ihrem weißen Kittel über ihrer schmalbrüstigen Figur trägt, liest Leon: »Sandra Böhringer, PTA«.

»Ich glaube nicht, dass Sie mir weiterhelfen können«, hört sich Leon ein bisschen zu arrogant antworten, reißt sich jedoch schnell zusammen und gibt sich lieber handzahm und freundlich: »Entschuldigen Sie, aber ich habe ein paar Fragen zu verschiedenen Rechnungen, die mir vermutlich nur der Herr Apotheker beantworten kann.«

»Unterschätzen Sie mich nicht«, antwortet die junge pharmazeutisch-technische Assistentin schnippisch, »aber Sie können gerne am Montag wieder kommen, wenn die Herren unter sich palavern wollen.«

Leon ist klar, er hat das Gespräch von Anfang an völlig falsch begonnen. Er will wissen, warum sich Koni Hengstler gerade von dieser Apotheke beliefern lässt, und das nicht erst am Montag, sondern jetzt. Schnell rudert er zurück und beginnt devot von Neuem: »Es ist etwas heikel«, wagt er sich vorsichtig in das Gespräch, »ich bin nicht von der Polizei, aber ich bin über Rechnungen gestolpert, die von Ihrer Apotheke verschickt wurden und Opioide wie Methadon betreffen.«

Als Leon das Wort »Methadon« ausspricht, sieht er bei der jungen Frau eine sanfte Röte in ihr blasses Gesicht aufsteigen. Schnell setzt er nach: »Ich denke, Sie kennen Koni und wissen Bescheid?«

Gerade noch war die junge Frau schlagfertig, jetzt zögert sie. Leon registriert die Pause als erstes Eingeständnis; er hat einen Treffer gelandet! Diese Frau kennt Koni und seine Geschäfte, vermutlich steckt sie mit ihm unter einer Decke. Wieder zuversichtlich und selbstsicher unterstellt er frech seine Vermutung mit seiner nächsten Frage: »Warum, um Gottes willen, schreiben Sie Rechnungen? Ist das jetzt unter Drogendealern üblich?«

Sie schluckt trocken.

Leon sieht Tränen in ihre Augen schießen, nutzt aber unerbittlich ihre jetzt offenkundige Schwäche aus: »Das kann alles unter uns bleiben, ich muss nur wissen, wie Koni an die Menge Methadon kommt. Und was wissen Sie über Eugen von Hohenfels, ist das auch ein Kunde von euch beiden?«

»Methadon ist zu Unrecht verschrien«, antwortet die junge Frau mit leiser Stimme, läuft zur Tür und hängt ein Schild an einen dafür vorgesehenen Haken: »Bin gleich zurück!«, steht darauf. »Kommen Sie mit«, befiehlt sie und verschwindet hinter der Rückwand des Ladenlokals in der Ecke, aus der sie gerade aufgetaucht war.

»Methadon ist ein Medikament, das heute auch als Schmerzmittel verschrieben wird und somit als Betäubungsmittel eine Sonderstellung hat«, beginnt sie mit ihrer Rechtfertigung, bricht dann aber ab und fängt nochmals neu mit ihrer Erklärung an: »Ich kenne Koni aus einer anderen Zeit, bevor ich hier in der Apotheke meine Lehre als PTA gemacht habe. Ich war damals in einem Methadon-Programm, mir hat Methadon geholfen, heute so zu funktionieren, dass ich meine Tochter allein großziehen kann. Ich habe danach auch Koni mit Methadon versorgt, und er bat mich, seit er nicht mehr selbst dealt, auch einigen ehemaligen Kunden zu helfen, die ebenfalls ihre Abhängigkeit mit Methadon beenden wollen, aber ohne an einem offiziellen Programm teilzunehmen.«

Leon will sich keine Lebensbeichte von dieser Sandra Böhringer anhören und schon gar nicht die Geschichte der heiligen Samariterin. Er will wissen, ob Koni von ihr ausreichend Methadon bekommen hat, um eine solche Menge an Eugen von Hohenfels weiterzugeben, mit der man Hanspeter vergiften konnte. Ungläubig fragt er: »Können Sie denn hier, in Ihrer Apotheke, so viel Methadon herstellen, wie Sie wollen?«

»Das ist kein Hexenwerk«, lächelt die pharmazeutische Assistentin zum ersten Mal selbstbewusster, »dafür gibt es klare standardisierte Rezepturvorschriften.«

»Offensichtlich haben Sie standardisiertes Methadon schwarz hergestellt, ohne Rezeptur eines Arztes, aber warum schreiben Sie dann auch noch eine Rechnung?«

»Schon mal was von einer Wareneingangs- und -ausgangsbilanz gehört? Nur die muss stimmen, darauf achtet mein Chef«, hört sich die zarte Stimme der PTA weiter selbstsicher an, »ein Rezept zu bekommen, fällt Koni wirklich nicht schwer«, schmunzelt sie nun auch schon wieder keck. »Oder glauben Sie, gekokst wird nur in den Toiletten der Hinterhöfe?«

»Und Eugen von Hohenfels?«, lässt sich Leon nicht von seinem Thema abbringen. Ihm kann es gleichgültig sein, welchen Arzt Koni mit Koks oder Methadon beliefert, er will nur wissen, warum Eugen von Hohenfels, der Herr über Tausende Liter bester Weine, auf Konis Liste steht, wie dieser ihm ja selbst gestanden hatte.

»Fragen Sie Koni«, bleibt Sandra Böhringer schnippisch, »ich verdiene ein paar Euro nebenbei, indem ich etwas mehr Methadon herstelle, als es unsere offiziellen Rezepturen verlangen. Wem Koni hilft, über die Runden zu kommen, müssen Sie ihn fragen. Diesen Hohenfels kenne ich nur, weil Koni mir immer mal wieder eine Kiste von seinem Wein nach Hause bringt.«

»Dumm nur, dass dieser Eugen von Hohenfels vielleicht mit Ihrem illegal vertriebenen Methadon einen Menschen umgebracht hat.«

»Ich denke, Sie sind nicht von der Polizei?«, zeigt sich die junge Frau plötzlich doch wieder verunsichert.

»Bin ich auch nicht«, kann Leon sie beruhigen, »doch bei Mord wird die Polizei Eugen von Hohenfels zwangsläufig vernehmen, und dann wollen die Beamten sicherlich von ihm auch wissen, woher das Methadon stammt.«

Schon sieht Leon erneut Tränen in den Augen der jungen Frau. Aber er weiß, was er erfahren wollte, mehr wird sie ihm nicht verraten können, also lächelt er ihr aufmunternd zu, dreht sich rasch ab und geht zurück in den Verkaufsraum zur Eingangstür. Die PTA hatte den Schlüssel stecken lassen, Leon dreht ihn um und geht über den historischen Schlossplatz zu seinem Auto.

Das Gespräch in der Apotheke hat nicht länger als zehn Minuten gedauert, doch für Leon wird immer klarer, dass Eugen von Hohenfels nicht nur der besessene Kellermeister, sondern tatsächlich, wie von Koni angedeutet, leider auch eine zwielichtige Figur ist. Dies hat ihm nun auch diese junge Apothekenmitarbeiterin bestätigt. Um sich Klarheit zu verschaffen, kann ihm jetzt nur Eugen selbst oder Koni weiterhelfen. Er hofft auf jeden Fall, einen der beiden jetzt gleich in der *Haltnau*, bei dem Nachtrunk auf Hanspeters Beerdigung anzutreffen. Er fährt seine Karre aus dem Parkverbot der Fußgängerzone und parkt in der Nähe der Therme von Meersburg. Von hier aus sind es nur ein paar Meter am See entlang zum Gasthaus.

Kurz vor der *Haltnau* liegt der Jachthafen, hier setzt sich Leon auf eine Bank, genießt die Frühlingssonne, blickt auf seinen geliebten Bodensee und fasst zusammen: Seit Montag fragt er sich, wer seinen Freund Hanspeter umgebracht hat. Von Anfang an hatte er den Baron von Hohenfels im Visier wegen der Mails, die er in Hanspeters Account gefunden hatte. Erhärtet wurde seine Vermutung durch seinen Besuch im *Weinhaus*, bei dem er erfahren hat, dass der Baron gefälschten Bordeaux abfüllt. Aber nach dem Tod von Kewian hatte er ihren chinesischen Onkel Shao Wang, einschließlich seinem Bodyguard, im Verdacht, die Mörder zu sein. Sein Besuch in Mailand erhärtete diese Vermutung. Nun kommen all seine bisherigen Annahmen ins Wanken, seit er von Koni und der Apothekenmitarbeiterin Böhringer erfahren hat, dass Eugen von Hohenfels anscheinend Methadon einnimmt, beziehungsweise auf jeden Fall Methadon von Koni bezieht. Muss er jetzt den Kellermeister in den Kreis der Verdächtigen mitaufnehmen?

Leon schnappt sein Handy und ruft im Kommissariat an. Das Sekretariat wimmelt ihn ab. Also versucht er, den Kommissar direkt auf dessen Handy zu erreichen, doch auch dieser Versuch scheitert. Leon will es als ein gutes Zeichen werten, vielleicht plaudert der Ferrari-Fahrer doch einiges aus, hofft er. Wobei das Hauptproblem für Leon nach wie vor der Kommissar selbst ist, der sich in Hanspeters Fall Stein und Bein auf die Selbstmordtheorie eingeschworen hat.

Vielleicht wird er selbst jetzt gleich klüger sein, wenn er Koni oder Eugen von Hohenfels bei dem Nachtrunk der Beerdigungsgesellschaft trifft. Entschlossen verlässt er seinen schönen Sonnenplatz und schaut noch einmal sehnsüchtig auf den See. Eigentlich wollte er an diesem Wochenende mit seinem Freund Markus ihren gemeinsamen Kielzugvogel ins Wasser setzen. Jedes Jahr nehmen sie sich vor, spätestens zum Frühjahrsbeginn, am 21. März, die Segel das erste Mal im Jahr zu hissen. Aber diese Woche war zu schnell verflogen. Er kann nicht anders, auch heute am Samstag. Markus hätte sicher Zeit, aber er nicht! Er muss dem Kommissar Fakten liefern, morgen ist es zu spät, fürchtet er, und macht sich auf den Weg in den Rebhof *Haltnau*.

Seit dem Mittelalter gehört der Rebhof am Meersburger Ufer den Konstanzern, speziell der *Spitalkellerei Konstanz*. Eine Legende erzählt von der Freifrau Wendelgard. Sie soll in ihrem Gesicht statt der Nase ein Schweinsrüsselein gehabt haben und auf dem Rücken einen wüsten Buckel. Ihr gehörte der stattliche Rebhof am See mitsamt dem angrenzenden Weinberg. Sie aber wurde von den Meersburgern gemieden. Deshalb soll Wendelgard ihr Hab und Gut demjenigen versprochen haben, der täglich mit ihr speiste.

Die Meersburger zierten sich, die Erzählung aber weiß: »Den Konstanzern grauste vor nichts. Trotz Wendelgard und Rüssel – ess ich aus dieser Schüssel. – Die Mahlzeit soll gesegnet sein – ich lab mich am Haltnauwein!«

Leon schreibt diese Mär immer gerne in seine Bodenseeführer und endet mit der Lehre: Den Meersburgern bleibt das *Staatliche Weingut*. Immer wieder flackert die Diskussion einer Privatisierung auf. Doch wer das Weingut besitzt, besitzt auch die Rebhänge unterhalb des Schlosses mit exklusiver Seesicht. Aber wo Reben wachsen, wird kein Meersburger mehr Land abgeben, denn Weintrinker sind Umweltschützer!

Leon sieht einen Teil der Linzgau Köche vor dem historischen Rebhof in der Sonne sitzen. Für Freunde der Landgasthöfe ein beschaulicher Anblick: Rund 20 weiß gekleidete Köchinnen und Köche lümmeln in voller Kochmontur auf der Seeterrasse. Vor ihnen, auf den Tischen, glitzert und schimmert es rot und weiß in ihren Weingläsern. Die meisten trinken um diese Zeit einen leichten Müller-Thurgau oder den bekannten Haltnauer Weißherbst, ein Spätburgunder Rosé, der *Spitalkellerei Konstanz*.

Sie ist die älteste noch existierende Spitalkellerei Deutschlands. Die mittelalterlichen Kellergewölbe liegen in der Niederburg am Rand der Konstanzer Altstadt. Außerhalb der Konzilsstadt, am Bismarckturm und im Sierenmoos, stehen die meisten ihrer Reben.

Die Stimmung unter den Köchen verrät keine Spur großer Trauer, sie gleicht eher einem ausgelassenen Betriebsausflug. Es wird laut geredet und gelacht, aber trotzdem immer wieder an Hanspeter gedacht.

Leon gesellt sich kurz zu ihnen, grüßt mal links, mal rechts und verspricht dem einen oder anderen, jetzt, nach Hanspeters Tod, wieder öfter bei ihm einzukehren. Aber seine Augen suchen ständig nach Eugen von Hohenfels oder Koni. Schließlich sieht er die beiden in einem vertrauten Gespräch an der Theke neben dem Zapfhahn disputieren. Gerne würde er hören, was die zwei so innig zu besprechen haben. Er versucht, unauffällig in ihre Nähe zu gelangen, doch da hat ihn Koni schon entdeckt. »Ah, da kommt unser Schreiberling«, macht er den Kellermeister schnell auf ihn aufmerksam, der sofort seine gerade begonnene Rede auch schon auffallend schnell beendet.

Die Fronten sind klar, wird Leon bewusst. »Machen wir es kurz«, fällt er deshalb gleich mit der Tür ins Haus, »Hanspeter wurde mit Methadon ermordet. Ich war gerade in der *Hofapotheke*, von dort habt ihr offensichtlich euren Stoff bezogen. Jetzt ist nur noch die Frage, wer von euch beiden das Methadon Hanspeter in den Wein geschüttet hat?«

Die Frage sitzt wie eine schallende Ohrfeige. Es ist plötzlich absolut still um die drei an der Theke.

»Koni, du sagst, Eugen war der letzte Gast bei Hanspeter, als du Feierabend hattest«, beginnt Leon, wie es in seinen Augen die Aufgabe des Kommissars wäre, mit seinem Verhör, »und du, Eugen, hattest Angst, dass Hanspeter euren Bordeaux-Schwindel aufdeckt und öffentlich macht?«

»Übernimm dich nicht, du Griffelspitzer«, fällt ihm Koni aggressiv ins Wort, »ich habe nicht gesagt, dass Eugen der letzte Gast war, ich habe nur gesagt, dass, als ich ging, der Eugen noch da war. Aber ob die beiden allein waren und ob noch jemand dazu kam, das weiß ich nicht.«

»Deshalb hältst du die Klappe«, schießt Leon an Koni gerichtet ebenso scharf zurück, »dich habe ich auch nicht gefragt.« Er wendet sich an den Kellermeister: »Eugen, ich habe dich gefragt!«

Leon schaut Eugen durchdringlich an: »Zuerst erzählst du mir, du kennst Hanspeter kaum. Bei meinem nächsten Besuch aber gibst du zu, dass ihr beide doch schon manches Fläschchen zusammen geköpft habt. Und jetzt wissen wir auch noch, dass du an seinem letzten Abend mit ihm zusammengesessen bist. Da habt ihr von eurem fraglichen Bordeaux getrunken, das steht fest! Vielleicht auch nur Hanspeter, auf jeden Fall trank er davon, aber in seinem Glas befand sich das für ihn tödliche Methadon.«

Leon lacht spöttisch: »Du hast ja wohl nur Wasser getrunken, oder was?« Dann piekst er fest und schmerzhaft mit seinem rechten Zeigefinder auf Eugens Brust. »Du erzählst mit jetzt, was an diesem Abend im *Adler* tatsächlich passiert ist.« Und er droht: »Bevor ich der Polizei von eurer Methadon-Hehlerei erzähle.«

»Einen feuchten Kehricht erzähl ich dir«, funkelt der sonst auffallend gelassene Eugen von Hohenfels Leon aus seinen eingefallenen Augen böse an, »willst du mir den Mord an deiner kleinen Chinesin am Bahnhof nicht auch noch anhängen?«

»Ach, da sprichst du plötzlich von Mord?«, zeigt sich Leon übertölpelt. Da hat er nun mal recht, das passt wirklich nicht zusammen. Aber der Reihe nach! Jetzt ist er hier, um über Hanspeters ungeklärten Tod zu reden, der Mord von Kewian steht auf einem anderen Blatt, den muss er jetzt erst mal ausklammern. »Weich nicht aus«, pflaumt er deshalb Eugen böse an und zieht ihn am Revers seines schwarzen Jacketts zu sich ran, »wir haben gerade Hanspeter beerdigt, also bleib beim Thema!«

»Pah«, schlägt Eugen Leons Hand weg und reißt sich los. Er dreht sich gleichzeitig um und lässt Leon und Koni einfach an dem Tresen stehen und verschwindet, ohne ein weiteres Wort zu verlieren.

»Warum versorgst du ihn mit Methadon?«, bohrt Leon jetzt bei Koni unbeirrt weiter. »Die Story mit seinem Sohn glaubst du ihm doch selbst nicht.«

»Quatsch«, winkt Koni ab, »er nimmt jeden Morgen nur ein paar Gramm, so wie du vielleicht eine Vitamintablette lutschst, damit er nicht gleich in der Früh anfängt zu saufen.« Dann lacht er schrill auf: »Der Eugen einen umbringen? Da bist du echt auf der falschen Fährte. Ich weiß nicht, wer an dem Abend noch in den *Adler* kam. Aber du weißt, die Hintertür stand bei Hanspeter immer offen, da konnte spät in der Nacht noch kommen, wer wollte, und eine Flasche Wein hatte er mit jedem jederzeit gefetzt.«

Leon verdrückt sich durch den Hinterausgang, damit er mit den Köchen nicht noch einen heben muss. Er kann nicht unbeschwert Wein genießen, schon gar nicht auf Hanspeter anstoßen, solang er nicht seinen Mörder dem Kommissar serviert hat.

Seit einer Woche dreht er sich im Kreis, seit er weiß, dass Hanspeter tot ist und die Polizei von einem Selbstmord ausgeht. In vino veritas – im Wein liegt die Wahrheit, sagt ein altes Sprichwort. Der Schlüssel zur Wahrheit liegt im *Weinhaus*, kommt es Leon in den Sinn. Nur der Baron und Shao Wang sind die größten Nutznießer von Hanspeters Tod. Es geht wie immer nur um Geld, da ist er sich sicher. Die beiden verdienen sich an ihrem Bordeaux-Deal eine goldene Nase, und das Ende der Aufführung wird gerade im *Weinhaus* gespielt, auch hierin ist er sich sicher.

Da will er dabei sein – dorthin fährt er jetzt!

Leon entscheidet sich für seinen bewährten und sicheren Einstieg in das *Weinhaus*. Er stellt seinen Porsche wieder auf dem Feldweg in einiger Entfernung ab. Er wechselt seine schwarzen Budapester Herrenschuhe, die er für die Beerdigung angezogen hatte, gegen seine Laufschuhe, zieht sein weißes Hemd aus und eine Trainingsjacke über und spielt wieder den unbedarften Freizeit-Jogger.

Bevor er aber los trabt, versucht er nochmals, den Kommissar zu erreichen. Tatsächlich, diesmal nimmt er sofort ab, stellt aber ebenso schnell klar: »Ich bin keine Pressestelle, und wir informieren auch keine Möchtegern-Detektive über unsere Verhöre.«

»Herr Sibold, nur durch mich haben Sie Kewians Mörder überhaupt gefasst«, wehrt sich Leon gegen die Bezeichnung Möchtegern-Detektiv, »und ich könnte Ihnen auch noch etwas zum Methadon-Vertrieb des Herrn Konrad Hengstler verraten sowie zu dem Mord an Hanspeter Rapp.«

»Es gibt keinen Mord!«, stöhnt der Kommissar. »Jetzt fangen Sie schon wieder damit an«, lenkt aber trotzdem ein und fordert ihn auf zu reden: »Ich höre.«

Der sture Esel!, stockt Leon kurz. Er könnte sich schon wieder grün und blau ärgern. Aber mit diesem Dickkopf jetzt zu streiten oder zu schmollen, bringt ihn auch nicht weiter. Zunächst antwortet er frustriert: »Ich höre aber leider nichts von Ihnen.«

Daraufhin aber schweigt Sibold.

Schließlich lenkt Leon ein: »Sie verraten mir, was der Mörder von Kewian zu sagen hatte, und ich präsentiere Ihnen den Mörder von Hanspeter Rapp.«

Jetzt hört er den Kommissar gequält lachen. »Jetzt haben Sie schon zwei Mörder? Zuerst den von Ihrer Kewian und jetzt noch zusätzlich den Mörder von Herrn Rapp? Interessante Theorie, der wievielte Tatverdächtige ist das, den Sie mir in dieser Woche präsentieren?«

»Und das wievielte Mal in dieser Woche ist es nun, dass Sie sturköpfig jede neue Erkenntnis ignorieren wollen?« Leon hört sich viel zu laut und aggressiv in das Telefon schreien. Er gerät dieser Tage um einiges zu schnell in Rage, als ihm lieb ist. Schon wieder könnte er vor Wut einfach das Gespräch beenden. Doch er muss sich abkühlen und beruhigen, aber so einfach fällt ihm dies in dieser Situation leider nicht. Und schon hört er sich mit zusammengebissenen Zähnen selbst sagen: »Ich habe mich diese Woche einmal bei Ihnen entschuldigt. Ich denke, das war ein Fehler von mir: Sie sind wirklich eine Fehlbesetzung!« – Uff, das ist gerade das, was er jetzt gar nicht sagen wollte …

»Warum tu ich mir das nur an?«, schnaubt der Kommissar, »jetzt hören Sie mir mal gut zu. Erstens: Ihr Freund Hanspeter ist an seinem unmäßigen Drogenkonsum gestorben, Punkt. Das wissen Sie genau so gut wie ich. Und zweitens: Ihr chinesischer Mörder ist in unseren Augen vielleicht ein Tatverdächtiger, aber vielleicht nicht einmal mehr das, denn er hat ein Alibi.«

»Wo, sicher in Mailand?«, lacht Leon giftig. »Er war aber hier! Karlemann hat seinen Wagen am Morgen des Mordes vor dem *Weinhaus* gesehen.«

»Eben, das ist das Problem, auch Ihr Mörder sagt, dass er hier war und im Lager des *Weinhauses* gearbeitet hatte. Dafür hat er uns sogar Zeugen genannt.«

»Alle Achtung«, entfährt es Leon, »gleich mehrere Zeugen?«

»Leider ja, genauer gesagt, zwei«, verrät der Kommissar nun doch noch trotz der herben Vorwürfe, die er sich von Leon gerade eben hat anhören müssen. »Und zu Ihrer Beruhigung: Wir haben das Alibi auch schon überprüft. Zwei Zeugen sagen aus, sie hätten mit ihm zusammen an diesem Morgen Weinpaletten umsortiert.«

»Schon klar«, fällt ihm Leon ins Wort, »der eine heißt Flori und der andere ist sein Capo im *Weinhaus*, wir haben beide bereits kennengelernt«, erinnert er den Kommissar an ihr Zusammentreffen im Lager des *Weinhauses*.

»Ich weiß schon«, stöhnt Horst Sibold, »darum erzähle ich es Ihnen. Vielleicht sollten Sie nicht immer nur Wein trinken, sondern mal wieder ein Bier – vielleicht heute Abend bei dieser Trude, von der Sie mir erzählt haben?«

»Sie machen mir Spaß«, checkt Leon schnell, auf welche Spur der Kommissar ihn setzen will. »Ich soll Ihnen die Drecksarbeit abnehmen und Undercover spielen. Aber die beiden Jungs kennen mich leider, Sie haben Ihnen zu allem hin auch noch versichert, ich wäre ein Bulle. Aber vielleicht folge ich trotzdem als braver Assistent Ihrem Befehl, Herr Kommissar«, hört sich Leon schon wieder versöhnlicher an und verrät dem Polizisten: »Ich bin übrigens gerade auf dem Weg in das *Weinhaus*.«

»Sind Sie jetzt total verrückt?«, regt sich dagegen nun der Kommissar erneut auf. »Ich kann Sie nicht immer aus jeder Scheiße herausholen.«

»Müssen Sie auch nicht, ich steige ein, ohne dass mich jemand bemerkt, ich habe einen Extra-Personaleingang. Aber ich will wissen, ob der Bordeaux heute abgefüllt wird, und dann denke ich, wird es Zeit, dass Sie Ihre Kollegen von der Wirtschaftskriminalität für eine Hausdurchsuchung in Marsch setzen.«

»Lassen Sie den Quatsch!«, schreit der Kommissar jetzt zu laut und erbost ins Telefon.

»Wir müssen heute einen Knoten knüpfen«, ist auch Leon wieder auf 180, versucht aber, seine Lautstärke zu regeln. Die Nerven der beiden liegen langsam hörbar blank. »Ab morgen sind die beiden Chinesen über alle Berge, der Baron zählt sein Geld, und Sie haben noch immer keinen Täter, weder für den Mord an Hanspeter noch für den Mord an Kewian!«

»Nehmen Sie doch bitte einfach mal die Fakten zur Kenntnis: Ihr Chinese war zur Tatzeit mit den beiden Arbeitern des *Weinhauses* in deren Lager. Warum bitte sollte mir da ein Staatsanwalt einen Haftbefehl schreiben, gleichgültig, was ein gewisser Herr Leon Dold dazu zu wissen glaubt.«

»Ich bitte Sie: Kümmern Sie sich um Eugen von Hohenfels. Ich habe gerade mit ihm gesprochen. Er hat Hanspeter Rapp das Methadon in den Wein gegeben«, behauptet Leon einfach, als ob der Kellermeister ihm gegenüber dies tatsächlich gestanden hätte, »und verhören Sie dazu bitte auch Konrad Hengstler, der hat ihn mit dem Methadon beliefert und sitzt bestimmt längst betrunken auf der Terrasse der *Haltnau*.«

Weder der Kommissar noch Leon hören das Klacken in ihrer Telefonleitung, da beide gleichzeitig, ohne sich mit einem Wort voneinander zu verabschieden, aufgelegt haben.

Leon trabt locker wie ein Freizeit-Jogger auf das Anwesen des *Weinhauses* zu. Das große Einfahrtstor ist heute geschlossen. Es ist auch kein Lastwagen in Sicht, für den das Tor geöffnet würde. Ihm bleibt kein anderer Weg, als wieder auf den alten Kastanienbaum über das Dach in die Scheune einzusteigen. Glücklicherweise hat er sein weißes Hemd ausgezogen, es wäre sonst jetzt schon wieder dahin. Er muss sich wieder über die alten, bemoosten Biberschwanzziegel ziehen, um über die Dachluke einzusteigen und sich entlang der Dachsparren in das Innere des Schuppens zu hangeln.

Auf dem Boden der Scheune angekommen, schnauft Leon erstmal durch und späht vorsichtig durch die Ritzen, die die Bretter des alten Scheunentors bieten. Er sieht in dem Innenhof keine Menschenseele, schielt hinüber zu dem Schacht, über den er in die zweite große Halle eingestiegen ist. Die Luft scheint rein zu sein. Es ist geradezu verdächtig ruhig, wundert er sich und schiebt, wie bei seinem ersten Besuch, den Holzriegel zur Seite, um das Tor zu öffnen.

Wer nicht wagt, der nicht gewinnt, spornt Leon sich an, läuft schnell über den Hof hinüber zu der großen Halle, aus der bei seinem ersten Besuch Pat und Patachon gekommen waren. Vorsichtig drückt er die Klinke, aber die Hintertür ist verschlossen. Er spickt um die Ecke zu dem Verwaltungsgebäude und sieht zu seiner Überraschung nicht einmal ein Auto.

Er ist kurz verunsichert, geht aber etwas beruhigter um die nächste Ecke zu der zweiten Halle und zu dem Schacht, über den er das letzte Mal eingestiegen ist. Das Gitter hatte er, nach seinem letzten Besuch, in weiser Voraussicht nur locker auf ein paar Steinchen in die Fassung gelegt, sodass er es dieses Mal leicht zur Seite schieben kann. Vorsichtig abseilen kann er sich heute nicht, er muss den Sprung in die Tiefe wagen, um von der Bildfläche zu verschwinden, bevor jemand auftaucht. Er setzt sich an den Rand des Schachts, stößt sich ab und springt.

Auf dem Schachtboden steht er völlig im Dunkeln. Glücklicherweise hatte er bei seinem letzten Besuch sämtliche Spinnweben weggewischt. Hier unten im Keller herrscht absolute Stille. Er fühlt sich zunächst sicher und macht die Taschenlampe seines Handys an. Leon kennt den Weg und huscht durch die langen Gänge Richtung Leiter, über die er das letzte Mal in die Halle hochgestiegen ist.

Die Leiter steht noch an ihrem Platz, aber das Brett darüber sitzt fest, es scheint versperrt. Verdammt, flucht er und versucht, die Luke mit seinem Rücken einen Spalt in die Höhe zu drücken und so zu öffnen, dass er in die Halle sehen kann. Viel sieht er aber nicht, es ist relativ düster, nur durch ein paar Oberfenster fällt etwas Licht in den großen Raum.

Immerhin schafft Leon es, das Brett auf die Seite zu schieben, und zwängt sich in den Raum. Doch das Bild, das sich ihm bietet, verunsichert ihn endgültig. Verdammt, er dachte, heute wäre der große Tag und er träfe Flori und seinen Kollegen beim Abfüllen des fraglichen Bodensee-Bordeaux' an. Er hatte gehofft, eine Flasche, am besten mit Karlemanns neuem Etikett, in die Hände zu bekommen. Dann hätte der Kommissar auf jeden Fall sofort zuschlagen müssen!

Doch hier tut sich gerade gar nichts!

Leon steht erneut vor den großen silbernen Stahltanks. Noch immer steht an den Tanks nur das Wort »Rotwein«. Hier hatte er vor vier Tagen den ganzen Schwindel erst entdeckt und dann aus einem kleinen Hahn eine Flasche abgefüllt. Diese Flasche hatte er vor drei Tagen mit Kewian bei sich zu Hause getrunken. Einen Tag später hatte er eine der fraglichen Bordeaux-Flaschen aus Hanspeters Büro mit dem Kommissar getestet.

Er klopft an den ersten Tank vor seiner Nase und hört an dem dumpfen Klang, dass dieser noch immer voll ist. Verunsichert fragt er sich, wie Flori und sein Capo bis morgen 40.000 Flaschen abfüllen wollen, oder stimmt seine Annahme etwa doch nicht? Irrt er sich? Unsicher schaut er sich zwischen den großen Stahltanks um.

Er sieht im hinteren Teil der Halle die leeren Bordeaux-Flaschen, die der Fahrer vorgestern gebracht hatte. Sie stehen noch immer auf den abgestellten Paletten. Die Abfüll- und Etikettiermaschinen stehen offensichtlich gerichtet zum Abfüllen und Bekleben bereit. Aber verdammt, fragt er sich, warum geht hier nichts voran?

Plötzlich hört er, dass das große Schiebetor bewegt wird. Zunächst öffnet sich nur ein Spalt, dann aber wird es etwas mehr zur Seite geschoben.

Nichts wie weg jetzt. Wo aber kann er sich auf die Schnelle verstecken?

Die Neonröhren flackern grell auf, es wird hell in der Halle.

Leon steht noch vor dem Stahltank mit dem Hahn, aus dem er den Wein abgefüllt hatte. Schnell huscht er hinter diesen Tank.

Er hört Stimmen. Sie kommen näher.

Verdammt, er muss weg hier.

Er erkennt die Stimme des Barons von Hohenfels

deutlich, eilt flink tiefer ins Halleninnere und steht plötzlich vor dem Gabelstapler.

Die Stimmen werden lauter, und es werden mehr, der Baron ist nicht allein.

Leon öffnet die Tür des Gabelstaplers und kriecht schnell entschlossen in das Führerhaus. Er drückt sich auf dem Boden eng an die Pedale, sodass man ihn oben durch die Scheibe nicht sehen kann. Aber eigentlich will er etwas sehen, dafür muss er sich umständlich drehen und biegen, bis er den Kopf vorsichtig zu dem Fensterrahmen hoch anheben kann.

»Sie sind für die pünktliche Lieferung verantwortlich, die Übergabe ist im Hafen von Genua. Mit der Ankunft der Ware bekommen Sie Ihr Geld!«, ordnet eine ihm fremde Stimme den genauen Ablauf des Deals an.

»Sie können es auch gerne überweisen«, hört er den Baron antworten.

»Ware gegen Cash!«, bestimmt die fremde Stimme streng, »so sind die Modalitäten in unserem Business.«

»Okay, dann wie besprochen!«, hört Leon den Baron schnell unterwürfig, »sobald Sie uns grünes Licht geben, beginnen meine Männer mit dem Abfüllen. Sie werden die ganze Nacht und morgen durcharbeiten. Sonntagabend, punkt 22 Uhr, rollen zwei Lastzüge mit jeweils 20.000 Flaschen Richtung Genua.«

»Dann bitte ich Sie jetzt um ein Glas und etwas Ruhe, in 15 Minuten bin ich weg«, antwortet wieder die für Leon unbekannte Befehlsstimme.

Leon zieht sich mit seinen Fingern an der Front des Fensterrahmens vorsichtig noch etwas weiter in die Höhe. Er muss die Männer unbedingt sehen. Säße er bequemer und hätten seine langen Beine sich nicht in den Pedalen verkeilt, könnte er jetzt von einem Logenplatz reden.

Deutlich sieht er den Baron, stattlich, wie immer korrekt und etwas steif in seinem adligen grünen Trachtenjanker gekleidet. Shao Wang dagegen in einem blauen Nadelstreifenanzug wirkt wie schon bei Leons Besuch in Mailand undurchschaubar, er hat wieder seine steinerne Marmormimik aufgesetzt. Dagegen wirkt der dritte Mann in der Runde in seinem Element. Er scheint der zu sein, der gleich den Wein testen soll, vermutet Leon. Er ist zwar der Kleinste dieses Treffens, gibt aber offensichtlich den Ton an und spricht mit Shao Wang italienisch, während der Baron drei Gläser Wein an genau dem Hahn abfüllt, von dem auch Leon seinen Wein gezapft hatte.

»Herr Wang möchte nicht«, unterbricht der offensichtliche Weinkenner den Baron, als er das dritte Glas befüllen will, »das ist mein Job!«, lächelt er arrogant und ölglatt.

Leon überlegt, wo er den Mann schon einmal gesehen hat. Dann erkennt er ihn als einen internationalen Weinkritiker. Mit seinem grauen Haarkranz und hinten zusammengebunden Zopf, seinem hochroten, dicken Kopf und der viel zu zierlichen John-Lennon-Brille auf der knolligen Säufernase ziert er das Cover seiner jährlich erscheinenden Weinführer. Seine extravaganten karierten Sakkos sind zu seinem Markenzeichen geworden.

Er sagt auf Italienisch ein paar Worte zu Wang. Dieser bleibt stoisch und zeigt keine Reaktion. Leon kennt seine starre Mimik noch von seinem Besuch in Mailand. Leider kann er nicht verstehen, was die beiden reden.

Aber auch der Baron scheint an deren Gespräch nicht interessiert, schließt den Zapfhahn und reicht das halb gefüllte Rotweinglas dem karierten Sakko. »Sie können Ihren Lesern in Ihrer nächsten Kolumne von einem Bordeaux vorschwärmen, den es aber leider nur in China zu kaufen gibt«, stimmt der Baron den Sommelier auf die Cuvée ein.

Der Mann nimmt das Glas und beginnt mit dem obligatorischen Schauspiel: Erst der Blick für die Kontrolle der Farbe gegen das Licht. Schwenken des Glases. Auf den Verlauf der Schlieren achten. Schnuppern des Bouquets. Erstes Schlürfen. Im Mund spülen. Erster Schluck.

Leon kann sogar sehen, wie der Weinkritiker seine Augen schließt, als könnte er sich so intensiver nur auf den Geschmack konzentrieren.

Der Baron und Shao Wang schweigen und schauen dem Sommelier gespannt zu.

Dieser wiederholt andächtig den Vorgang. Spült den Wein über seine Zunge und lässt ihn mit eingezogener Luft im Rachenraum entfalten. Diesmal aber öffnet er die Augen, ohne zuvor zu schlucken und sucht offensichtlich nach einem Gefäß, in das er seinen Mundvoll Wein ausspucken kann, wie es sich für einen Weinkritiker gehört. Offenbar aber sieht er keine andere Möglichkeit, als den Wein einfach auf den Boden zu spucken.

Der Baron lächelt gequält.

Wang hält seine eiserne Mine ohne Regung.

Der Weinkritiker sagt kein Wort, offenbar spürt er dem Geschmack auf seiner Zunge nach.

»Überzeugt?«, bricht der Baron nach einiger Zeit das Schweigen der beiden Männer.

Der Sommelier weiß die Spannung zu steigern. Er stiert einfach ein paar Löcher in die Luft.

Schließlich findet er wohl doch wieder zu seiner Sprache und redet auf Italienisch wenige Worte zu Shao Wang.

Dieser bleibt stumm, aber nickt schließlich.

Unruhig tritt der Baron von einem Fuß auf den anderen. »Was ist jetzt?«, fragt er ungeduldig.

»Ein Bordeaux ist das nicht!«, urteilt der Kritiker mit einem diabolischen Grinsen im Gesicht, »aber als Fälschung gerade so akzeptabel.«

»Was heißt da ›gerade so‹?«, echauffiert sich der Baron. »Der Wein ist besser als manches Original, das ich in Bordeaux selbst getrunken habe!«

»Bleiben Sie ganz ruhig«, lächelt der Weinexperte und drückt dem Baron sein Weinglas mit dem Rest des Weines in die Hand. »Herr Wang hat grünes Licht gegeben, das reicht doch für Sie. Sie können mit der Abfüllung beginnen!«

»Dann sehen wir uns am Montag in Genua. Sagen Sie das bitte Herrn Wang. Ich freue mich auf das Wiedersehen.«

Der Weinkritiker übersetzt kurz, hört sich eine ebenso knappe Antwort des Chinesen an und dolmetscht: »Herr Wang wird am Montag nicht anwesend sein. Aber er möchte wissen, ob Sie sich sein Angebot überlegt haben. Einem weiteren Deal steht nichts im Wege, sofern er sich an Ihrem *Weinhaus* beteiligen kann. Nach wie vor gilt aber auch sein Angebot, das gesamte Weingut zu übernehmen.«

»Wir können uns nicht noch einen weiteren Toten leisten. Sie kennen meinen Bruder nicht. Er würde immer gegen einen Verkauf stimmen«, antwortet der Baron zaudernd.

Leon ist baff!

Was heißt, wir können uns nicht noch einen weiteren Toten leisten? Steckt also doch der Baron hinter dem Mord an Hanspeter? Und ist jetzt Eugen plötzlich in Gefahr?

Nach kurzer Rede zwischen dem Weinkritiker und Shao Wang sagt dieser zu dem Baron: »Herr Wang bedauert, dass er sich von seiner kleinen Nichte Kewian trennen musste. Aber gute Geschäfte fordern ihre Opfer. Sie liefern, er bezahlt, cash! Auch für Ihr Weingut!«

Ohne eine Miene zu verziehen, dreht Shao Wang sich um und geht Richtung Ausgang. Der Weinkritiker folgt ihm stracks hinterher.

Der Baron weiß nicht, wohin mit seinem Glas, stellt es einfach schnell zu den anderen Gläsern vor dem Weintank auf den Boden und eilt den Besuchern nach.

Abrupt aber bleibt Shao Wang plötzlich stehen, dreht sich zu seinem Weinexperten und spricht in kurzen, schnellen Sätzen auf ihn ein. Auch der Baron lauscht den italienischen Stakkato-Sätzen des Chinesen, bis der Sommelier sich zu ihm dreht und auf Deutsch sagt: »Herr Wang meint, Ihre Aufgabenteilung war bisher erfolgreich. Sie kümmern sich jetzt um Ihren Bruder, er will sich dafür um diesen neugierigen Journalisten, Leon Dold, kümmern. Die 25 Millionen können Sie jederzeit bar ausbezahlt bekommen, wo immer Sie wollen.«

Umhauen kann Leon in seiner eingezwängten Lage nichts. Dafür liegt er zu eingeklemmt in diesem engen

Führerhaus. Stattdessen dreht sich aber jetzt in seinem Kopf plötzlich ein Karussell. Nun wird es scheißeng für ihn, nicht nur in dieser kleinen Kabine des Gabelstaplers. Er denkt an Angelos Worte: »Die Chinesen kolonisieren Europa auf ihre Art.« Chinesischer Spätburgunder vom Bodensee schien ihm bei dem Gespräch in Mailand noch eine unglaubwürdige Science-Fiction.

Gleichzeitig spürt er, dass seine Beine eingeschlafen sind. Glücklicherweise erlöschen die Neonröhren, er hört, wie die Schiebetür geschlossen wird, und ist wieder allein in der Halle. Was für ein finsteres Schauspiel wurde ihm da gerade geboten!

Mühsam schält er sich aus der Kabine des Staplers. Nach diesen letzten Sätzen des Chinesen ist er mehr als nur durch den Wind. Alle Fragen türmen sich gleichzeitig in seinem Kopf: Wer hat Hanspeter auf dem Gewissen? Was heißt das: Die Aufgabenteilung war bisher erfolgreich? Und warum und vor allem wie will sich Shao Wang um ihn kümmern? Soll er enden wie Kewian? Mit einem Handkantenschlag seines Bodyguards? Und Eugen mit Methadon in seinem Weinglas, eingegossen von seinem eigenen Bruder, dem Baron? Wegen 25 Millionen in bar, Übergabe vielleicht auf den Bermudas?

Wäre der Überlinger Kommissar Horst Sibold ein Kommissar wie einst Schimanski in seinen legendären *Tatorten*, würde er sofort zu ihm fahren. Leon ist aber ziemlich sicher, dass Sibold seinem Tipp, Eugen von Hohenfels zu verhören, nicht gefolgt ist. Vermutlich genießt er seinen freien Samstagnachmittag in seinem gepflegten Gärtchen mit einem Glas Wein in der bürgerlichen Fischerhäuser Vorstadt.

Dabei scheint Eugen in Lebensgefahr – und auch er selbst!

Er muss jetzt schnellstes zu Eugen. Plötzlich sitzen sie beide in einem Boot. Vielleicht aber überzeugt Eugen ihre nun gemeinsam beschissene Situation, ihm endlich zu erzählen, wie der letzte Abend bei Hanspeter tatsächlich verlief: Jetzt ist Eugen die Zielscheibe seines Bruders und er selbst im Visier der chinesischen Triaden. Möglicherweise verrät er Leon jetzt als Leidensgenosse und Komplize die ganze Wahrheit und sagt endlich aus.

Vorsichtig linst Leon aus seinem Schacht, hievt sich heraus, lässt die Abdeckung achtlos liegen und läuft, in den Sichtschutz der ersten Halle. Dort drückt er sich an deren Mauer entlang und schielt um die Ecke. Dabei sieht er, wie sich gerade das große Tor schließt. Demnach sind die drei Unsympathen jetzt weg, hofft er, und sieht auch kein Auto mehr auf dem Hof stehen.

Er nimmt wieder den Weg zurück direkt über die Mauer des Gehöfts. Neben dem alten Schuppen steht noch immer der alte Heuladewagen, über dessen Aufbau er sich leicht auf den Kastanienbaum hangelt, und schon steht er auf dem Feldweg, über den er jetzt schnell zu seinem Porsche zurückläuft.

Ganz wohl fühlt er sich in seiner Haut nicht mehr. Die Angst vor der Ankündigung, Herr Wang wolle sich um ihn kümmern, sitzt ihm jetzt in den Knochen. Wenn der sich um ihn kümmern will, dann heißt das, dass er ihm seinen Bruce Lee-Ersatz auf den Hals hetzt und sein Leben ein jähes Ende nehmen soll.

Leon fährt vom Feldweg auf die Straße nach Überlingen. Er ist schon fast den ganzen Tag unterwegs, ungeachtet der aufsteigenden Angst spürt er trotzdem langsam einen Mordshunger. Zugegeben, wirklichen Hunger hatte er wohl noch nie in seinem Leben gehabt, aber dem gilt es dennoch immer und jederzeit rechtzeitig vorzubeugen. Drei Mahlzeiten am Tag und zwischendurch ein Vesper oder kleine Imbisse, das heißt für ihn alles zusammen eine vernünftige Tagesverpflegung.

Langsam wird es Abend. Die Dämmerung kommt ihm gerade recht. Von einem roten Ferrari hat er bisher nichts gesehen. Wenn es dunkel ist, wird ihn Bruce Lee in seinem blauen Porsche auch nur schwer ausfindig machen können. Wo der Chinese wohl nach ihm sucht? Vielleicht zu Hause? Er fährt aber jetzt erst mal zu Eugen, da wird ihm dieser chinesische Karateka sicherlich nicht auflauern.

Sicherheitshalber begibt er sich über kleine Nebenstraßen zu dem *Weingut von Hohenfels*, biegt zusätzlich in einen Feldweg ab und rumpelt über ein paar weitere unbefestigte Wege mit seinem tiefliegenden Porsche zum Rande des herrschaftlichen Anwesens. Circa 100 Meter vom Herrenhaus entfernt wohnt Eugen von Hohenfels in einem früheren Gesindehaus. Sein Bruder, der Baron, hat es großzügig und zeitgemäß für ihn umgebaut.

Am Haus steht ein alter grüner Lada. Vor dem Fall der Mauer ein sowjetischer Vorläufer der heutigen SUV-Modelle für echte Förster und Landwirte, die auch tatsächlich noch über unbefestigte Wald- und Feldwege holpern.

Typisch Eugen, denkt Leon, und seine anfänglichen Sympathien für den schrulligen Kellermeister flackern erneut auf. Er schätzt den eckigen Sowjet-Klassiker auf das Baujahr 1990 wie sein alter Targa. Sie sind halt doch

Brüder im Geiste. Er ist auf das Gespräch mit Eugen von Hohenfels gespannt.

Leon stellt seinen in die Jahre gekommenen Porsche neben den alten Lada, steigt aus und geht zur Haustür. Es ist eine Tür im Jugendstil, im Fensterkreuz ist ein Türklopfer aus Messing mit patiniertem Löwenkopf angebracht. Leon nimmt den Löwenkopf in die Hand und lässt ihn an die Tür krachen. Ungeduldig wiederholt er den Vorgang gleich noch zweimal, da geht schon das Licht im Flur an, und Eugen öffnet die nur scheinbar antike Tür mit Schwung.

»Vielleicht muss ich mich bei dir entschuldigen«, beginnt Leon unterwürfig, »vielleicht hast du Hanspeter gar nicht umgebracht, sondern dein Herr Bruder.«

Leon sieht, wie Eugen mit der linken Hand zum Türrahmen greift. Kurz überlegt er, ob der Mann sich abstützen oder die Tür gleich wieder zuschlagen will. Er scheint nicht ganz auf der Höhe zu sein. Hat er schon etwas getrunken?, fragt sich Leon und stellt schnell seinen Fuß vor den Türabsatz. Ebenso schnell fügt er seinen nächsten rhetorischen Tiefschlag hinzu: »Nun hat es dein Bruder auf dich abgesehen! Weil du dich gegen den Verkauf des Weinguts wehrst, will er jetzt dich umbringen!«

Eugen von Hohenfels lässt seinen linken Arm kraftlos sinken. Fährt mit der rechten Hand hilflos durch seinen ungepflegten Bart und brummelt, als hätte er nicht begriffen, vor was Leon ihn warnen will: »So ein Quatsch!«

»Das ist kein Quatsch«, lässt Leon nicht locker, »die Chinesen meinen es ernst, 25 Millionen Euro! Die sind für deinen Bruder alles, nur kein Quatsch!«

Leon sieht, wie Eugens Miene langsam an Kontur gewinnt. Er scheint sich zu besinnen, wo er ist und womit Leon ihn gerade konfrontiert. Langsam kommt Leben in sein Gesicht.

Noch ein schlagkräftiges Argument mehr, und der Kellermeister dürfte die Dringlichkeit seines Besuches endgültig kapieren, hofft Leon, und setzt nach, indem er ihm verrät, was er gerade alles erfahren hat: »Ein Toter mehr für 25 Millionen, daran wird der Verkauf nicht scheitern! Da waren sich dein Bruder und Herr Wang einig. Ich habe es selbst gehört, Eugen! Hanspeter war im Weg, Kewian war im Weg, und jetzt bleibst nur noch du!«

Mit diesen Worten setzt Leon seinen zweiten Fuß in den Flur, schiebt Eugen einfach beiseite und geht in den Hausgang hinein. »Alla trinke mer oiner?«, scherzt er und sucht sich selbst den Weg geradeaus durch den Flur in die Küche.

Eugen von Hohenfels gibt sich geschlagen, schließt die Haustür hinter sich und schlurft Leon in seinen alten Hausschlappen hinterher.

Auf dem Küchentisch stehen mehrere Flaschen Wein und ein Glas. Leon lächelt, er sieht als Erstes eine Flasche Gutedel von dem *Winzerverein Reichenau.* »Wer trinkt heute noch Gutedel?«, lacht er Eugen ins Gesicht. Außer in der Westschweiz und im Markgräflerland wird die alte Rebe kaum noch angebaut.

Auf der Reichenau hat Abt Hatto I. im Jahre 818 die ersten Rebstöcke auf der heutigen Gemüseinsel gepflanzt. Gegenwärtig liefern die Reichenauer Winzer ihre Trauben beim Winzerverein ab. Seit Jahren baut der Kellermeister Thomas Sättele im Klosterkeller wie einst die Mönche den Wein an. Er verkauft ihn in erster Linie an Touristen. Am meisten natürlich den Klassiker Müller-Thurgau und Spätburgunder.

Gutedel-Freunde dagegen finden sich am See weniger. In der Schweiz heißt die Rebe Chasselas, im Wallis Fendant. Sie zählt zu den ältesten Traubensorten, deren Weinproduktion leider rückläufig ist. Doch Leon mag den unverfälschten trockenen Wein mit seinen Ecken und Kanten ohne geschöntem Chichi.

»Schade um den Gutedel«, wiegt Leon die fast leer getrunkene Flasche in seiner Hand, »nichts bleibt, wie es war. Ob die Chinesen Gutedel mögen?«

Eugen von Hohenfels schaut ihn mit leeren Augen an.

»Vielleicht solltest du mal eine Tasse Kaffee trinken«, versucht Leon, Eugen aufzurichten, »zwei Tote in einer Woche in unserem beschaulichen Überlingen, und jetzt stehen zwei weitere auf dem Programm: du und ich! Du solltest auf der Hut sein! Für den Tourismus am See sind zu viele Tote nicht förderlich.«

Der Kellermeister schaut sich teilnahmslos in seiner eigenen Küche um. Es ist ein großer Raum im Landhausküchenstil eingerichtet. Nostalgisch, aber für Leons Geschmack zu verspielt. Irgendwie passt es nicht zu Eugen, er wirkt darin wie ein Fremdkörper. »Hat dir dein Bruder das Haus eingerichtet?«, fragt Leon.

»Der Herr Baron!«, antwortet Eugen verächtlich, »meine alte Küche war für ihn nach der Restaurierung nicht mehr gut genug.«

»Und wie geht es dir?«, frag Leon direkt. »Bist du dem neuen Besitzer als Kellermeister auch nicht mehr gut genug? Oder was machst du, wenn dein Bruder tatsächlich an die Chinesen verkauft?«

»Pah«, winkt Eugen plötzlich mit überraschendem Tatendrang aufgeblasen und aufrecht stehend ab, »das wird nicht passieren! Dafür sorge ich dann schon!«

»Wenn wir bis dahin noch leben«, wirft Leon argwöhnisch ein und holt sich aus dem Küchenschrank ein Weinglas, schüttet etwas von dem Gutedel hinein und sucht in einem Schubfach unter der Brotmaschine nach einem Kanten Brot. »Hungrig will ich nicht sterben«, grinst er frech und fischt aus dem Kühlschrank noch eine Schwarzwurst.

Eugen tut, als würde er dies alles gar nicht registrieren. »Ich habe ihm geholfen, Hanspeter zum Schweigen zu bringen, er hätte unser ganzes Weingut diskreditiert«, setzt er unvermittelt an, »Hanspeter hat uns gedroht, vor allem meinem Bruder. Für ihn wäre der Verkauf von Hohenfels an die Chinesen der Anfang des Ausverkaufs seiner Heimat gewesen.«

Leon ist baff.

Was erzählt ihm jetzt plötzlich der Kellermeister unaufgefordert für eine Geschichte? Wird er jetzt wie aus heiterem Himmel unvermittelt erfahren, wer Hanspeter zum Schweigen – das heißt – wer ihn umgebracht hat?

Doch Eugen von Hohenfels scheint sich zu besinnen und schweigt plötzlich.

Leon hält sich zurück. Er will den Kellermeister nicht unterbrechen, aber ihm auch keine zu lange Bedenkzeit einräumen. Er räuspert sich kurz und fragt erst mal wie nebensächlich: »Wusste Hanspeter, dass ihr an die Chinesen verkaufen wollt?«

»Was heißt da ihr?«, reagiert Eugen reaktionsschnell wie aus der Pistole geschossen. »Der Herr Baron! Nicht ich!«

»Und dann«, will Leon jetzt endgültig wissen, wer seinen Freund umgebracht hat. Er vergisst seine Schwarzwurst und den Gutedel und setzt deutlich nach: »Und dann habt ihr ihn gemeinsam umgebracht?«

»Wir haben uns bei ihm im *Adler* getroffen, es war schon spät am Abend. Nur mein Bruder und ich. Gäste waren keine mehr da, auch Koni war im Gehen«, beginnt Eugen erneut, stockend zu erzählen. »Mein Bruder hatte mir gesagt, ich müsse mitkommen, um Hanspeter umzustimmen, auf mich würde er hören.«

»Und Methadon hast du immer dabei, oder was?«, kann Leon seine Ungeduld kaum zügeln.

»Mein Bruder weiß, wo ich das Methadon aufbewahre. Er achtet immer darauf, dass ich es täglich einnehme, um den Tag über zu funktionieren. Als wir bei Hanspeter waren und dieser kurz auf die Toilette ging, hatte mein Bruder plötzlich eines von meinen Fläschchen in seiner Hand.«

Eugen macht einen zwar fahrigen, aber trotzdem sehr konzentrierten Eindruck auf Leon. Er ist wie gebannt und lässt dem Kellermeister die Zeit, die er wohl braucht, um die Worte in seinem bebenden Mund zu formen, bevor er sie herausbringt.

»Mein Bruder wollte Hanspeter überzeugen, er redete vom Lauf der Zeit und den globalen Welten«, böse lachend fügt er hinzu, »all den Mist, den er schon immer an mich hinredet.« Dann verhärtet sich sein Gesichtsausdruck plötzlich, und er berichtet ernst weiter: »Trotzdem wollte mein Bruder von Hanspeter unbedingt wissen, was er zu seiner neuen Cuvée sagt, die er im *Weinhaus* zusammengepanscht hat. Aber Hanspeter blieb stur. Er schrie meinen Bruder an und nannte ihn einen Giftmischer und Heimatverräter. Wegen seines gefälschten Bordeaux' würde er am nächsten Tag die Aufsicht des Verbands *Anivin de France* benachrichtigen und die Presse.« Eugen beugt sich zu Leon und schaut ihm mit flackernden Augen und panischer Angst ins Gesicht. »Das wäre unser Ende gewesen!«

»Und dann habt ihr Hanspeter einfach mit deinem Methadon vergiftet.«

Die Augen von Eugen vergrößern sich, seine Pupillen weiten sich: »Mein Bruder hat«, stottert er, »als Hanspeter auf der Toilette war, das Methadon in die Cuvée-Flasche geschüttet. Als er zurück an den Tisch kam, hat er ihm ein Glas davon eingeschenkt. ›Vertragen wir uns wieder‹, hat er zu ihm gesagt und mit ihm angestoßen. Hanspeter hat einen kräftigen Schluck genommen und gesagt: ›Wir vertragen uns wieder, wenn du dich wieder wie ein ordentlicher Bodenseewinzer benimmst, sonst nicht!‹ Dann nahm er einen zweiten Schluck, wollte aufstehen, begann aber sofort zu wanken.« Eugens Redefluss stockt plötzlich, schon während seiner Erzählung schluckte er immer wieder trocken.

Leon ist wie gebannt, er will endlich alles erfahren. Er greift zum Gutedel und schenkt Eugen ein. »Nimm einen Schluck«, fordert er ihn auf, »und erzähl weiter.«

Eugen stürzt das ganze Glas hinunter, als wäre er ausgetrocknet, und erzählt tatsächlich weiter, jetzt flüssiger: »Dann ging alles sehr schnell. Mein Bruder hakte Hanspeter unter und führte ihn widerstandlos in den Kühlraum. Ich ging hinterher und sah, wie Hanspeter sich kaum mehr auf den Beinen halten konnte. Mein Bruder schob ihm mit einem Fuß den im Kühlraum stehenden Stuhl unter den Hintern, ließ Hanspeter los, der setzte sich darauf, aber ich glaube, da war er schon so gut wie nicht mehr bei uns.«

Leon kann es nicht fassen. Er wusste immer, dass Hanspeter sich nicht selbst umgebracht hat, aber dass der Mord so einfach über die Bühne gegangen sein soll, erschüttert ihn. Er greift eher hilflos zu seinem Gutedel und trinkt gedankenverloren sein Glas leer. »Und das Kokain?«, hört er sich wie von weither fragen.

Eugen wirkt plötzlich total klar und redet wieder flüssig: »Mein Bruder hatte alles genau geplant. Er zog aus seiner Tasche Handschuhe und das in Aluminiumfolie eingewickelte Kokain. Das Päckchen legte er in ein Regal hinter irgendwelche Lebensmittel, dann holte er die Weinflasche und Hanspeters Glas, wischte seine eigenen Fingerabdrücke ab, drückte Hanspeters Finger auf das Glas und die Weinflasche, und wir verschwanden.«

Leon ist perplex, jetzt wo er hört, was er schon immer vermutet hatte, will er es nicht glauben. »Dein Bruder wird die Geschichte sicherlich etwas anders schildern, das Methadon stammt von dir! Er wird dir allein den Mord in die Schuhe schieben.«

»Ich weiß, es tut mir alles sehr leid«, schießen dem Kellermeister plötzlich Tränen in die Augen, »ich kann meinen Bruder nicht mehr ertragen.«

»Du wirst ihn bald nicht mehr ertragen müssen«, tröstet ihn Leon mit der harten Realität, »ihr werdet euch vor

Gericht verantworten müssen, einer von euch beiden sitzt danach wegen Mord im Knast, und zwar lebenslänglich!«

»Mein Leben ist eh schon lange verpfuscht«, lässt Eugen von Hohenfels seinen Lockenkopf hängen.

»Dann sollten wir jetzt die Aufsicht des französischen Verbands *Anivin* benachrichtigen, bevor der gefälschte Bordeaux über Genua nach China schwimmt«, schlägt Leon vor. »Wir können deinen Bruder noch aufhalten, vor allem bevor er das schöne Weingut verkauft und Xi Jinping entscheidet, wie du deinen Wein im Keller zu schönen hast.«

Bei dieser Vorstellung blitzen gefährliche Blicke in Eugens Augen auf: »Das wird er nicht!«, sagt er felsenfest von sich überzeugt, doch ebenso schnell lässt er wieder seine Glieder schlaff hängen.

»Achte auf dich«, rät ihm Leon, er will jetzt nichts wie weg hier, »ob tot oder wegen Mord im Knast, für deinen Bruder bist du kein ernst zu nehmendes Hindernis mehr.«

Leon beißt in das Brot, das vor ihm liegt, schneidet sich ein Stück von der Schwarzwurst ab, schiebt sich beides in den Mund und steht auf. »Ich werde jetzt den Kommissar anrufen und von unserem Gespräch berichten«, sagt er mit vollem Mund. »Tut mir leid, das war nur eine kurze Freundschaft.«

Als Leon in seinem Porsche sitzt, erinnert er sich nicht mehr daran, wie er aus Eugens Haus kam. Er hat ihn einfach in seiner Küche stehen lassen und ist gegangen. Jetzt gibt er Vollgas und jagt über die Bundesstraße. Er weiß nicht, wohin mit sich und Eugens Geständnis.

Auch wenn tagsüber die Sonne lacht und die Temperaturen dank Südwinden schnell auf über 20 Grad klettern, ist es nachts noch immer empfindlich kalt. Trotzdem hat Leon beide Seitenfenster geöffnet und schießt auf der vierspurigen Bundesstraße mit über 200 Kilometer die Stunde durch die Nacht. Irgendwann wird ihm die Hilflosigkeit dieser Flucht bewusst, und er kehrt bei der nächsten Möglichkeit vor dem Singener Autobahnkreuz um.

Wenn er noch rauchen würde, würde er jetzt eine ganze Schachtel paffen. Er fährt gleichwohl wieder etwas beruhigter zurück und will nur noch nach Hause. Was würde es bringen, den Kommissar jetzt noch anzurufen?, fragt er sich. Würde er die beiden Herren von Hohenfels noch heute Nacht verhaften?

Bei dem Gedanken huscht ein kurzes Lächeln über sein Gesicht. Verhaftung mit über null Komma acht Promille ist sicherlich nicht erlaubt, grinst er und ist sich sicher, dass Horst Sibolds Promillewert um diese Zeit weit darüber liegt.

Dennoch ist er viel zu aufgeregt und will seine Neuigkeit mit jemandem teilen, deshalb ruft er ihn schließlich doch auf seinem Handy an. Aber der Kommissar nimmt nicht ab. Der Herr Kommissar hat seine Dienststunden für heute abgesessen, schmollt Leon, und fährt mit 1.000 Gedanken in seinem Kopf nach Hause. Wenn Hanspeter noch leben würde, denkt er wehmütig, würde ich jetzt zu ihm fahren. Jetzt, wo er weiß, wie unsinnig sein Mord war, wächst sein Groll auf den Baron.

Dagegen sieht er immer noch Eugen vor sich, wie sich seine Mimik während seines Geständnisses unentwegt änderte, wie er mit sich selbst kämpfte. Leon sieht die Veränderungen in Eugens Gesicht wie in einem Film hintereinander geschnitten, voller Widersprüche: trotzig, kämpferisch, geschlagen, traurig. In Gedanken versunken steigt er aus seinem Wagen und geht Richtung Haustür. Plötzlich aber: Achtung!

Er riecht Zigarettenrauch, sieht aber keine Menschenseele.

Es ist stockdunkel um ihn. Die Lichter in Helmas Wohnung sind längst erloschen. Spielt seine Zigarettensucht ihm einen Streich?

Verdammt, nein! Seit er selbst nicht mehr raucht, riecht er Zigarettenrauch 100 Meter gegen den Wind.

Plötzlich ist er hellwach.

Bleibt stehen, späht erneut um sich.

Seine rechte Hand liegt schon auf der Gartentür – soll er sie öffnen oder schnell zurücklaufen, in das Auto steigen und verschwinden?

Er dreht sich um und schaut nochmals den Fußweg entlang. Zu spät! Aus einem Gebüsch, kurz vor ihm, löst sich ein Schatten.

Ohne die Person zu erkennen, ist Leon klar, wen er vor sich hat. Er hat noch den Satz im Ohr: »Herr Wang meint, Ihre Aufgabenteilung war bisher erfolgreich. Sie kümmern sich um Ihren Bruder, er will sich dafür um diesen neugierigen Journalisten, Leon Dold, kümmern.«

Nach hinten ist ihm der Weg versperrt, bis zum Auto schafft er es nicht mehr, also rennt er einfach los, nach vorn, Richtung Haus. Der Schatten kommt schnell hinterher. Verdammt, er läuft in eine Sackgasse, er ist im eigenen Garten gefangen. Vor der Haustür biegt er ab und rennt, so schnell er kann, um das Haus herum zur Rückfront.

Wangs Kettenhund sprintet ihm hinterher.

Trotz der Gefahr huscht ein kurzes Lächeln über Leons Gesicht. Wie oft hatte Helma ihn gebeten, die dornigen Brombeeren hinter dem Haus zu schneiden. Dabei hatte er immer nur an ein paar Ästen, die in den Gartenweg hineinragen, unten die Dornen weggeschnitten, sodass Senta ungestört rund ums Haus laufen kann. Wie ein Tunnel hat er ihr den Weg bis in eine Höhe von einem Meter freigeschnitten. Das ist jetzt seine Rettung!

Der Chinese hinter ihm ist verdammt schnell. Er spürt seinen Atem im Genick, wenn der ihm jetzt seinen Fuß in die Hacken schlägt, hat er verloren.

Doch er kommt zu spät, hofft Leon. Im Dunkeln sieht man das Gestrüpp über den Weg kaum.

Leon aber weiß, dass er sich zuvor tief ducken muss, um nicht mit seinem Oberkörper und vor allem seinem Gesicht in die spitzen Dornen der Brombeerhecken zu laufen. Er muss sich jetzt gleich rechtzeitig bücken.

Doch verdammt!

Der Typ hinter ihm haut ihm tatsächlich von hinten in die Fersen. Dabei fällt sein Oberkörper nach vorne. Um nicht zu stürzen, zieht er, so schnell er kann, seine Beine nach. Dies ist seine Rettung! Tief gebückt, den Kopf und Oberkörper vorneweg rennt er durch den niedergeschnittenen Tunnel. Er läuft seinem eigenen Oberkörper nach und schafft es so ungehindert unter dem Dornengestrüpp hindurch.

Hinter sich hört er laut Äste knacken, brechen und gleichzeitig ein unterdrücktes schmerzliches Stöhnen.

Dann ist es plötzlich still!

Leon hat es geschafft und richtet sich nach dem dornigen Brombeertunnel wieder auf und rennt, so schnell er kann, ohne sich umzudrehen einfach weiter. Er springt über den Gartenzaun des Nachbarn und über den nächsten und läuft, bis er sich, völlig außer Puste, gefühlte Kilometer weiter in Sicherheit glaubt.

Aber wohin jetzt? Zurück zum Auto oder nach Hause, nein, da fürchtet er sich. Er ist völlig außer Atem, aber er muss jetzt schnell irgendwo Unterschlupf finden. Es ist stockfinstere Nacht.

Überlingen ist ohne Touristen um diese Jahreszeit und dann noch nach 24 Uhr wie ausgestorben. Die Kurstadt ist nach Baden-Baden die Stadt mit dem zweithöchsten Altersdurchschnitt in Deutschland. Die Vierteleschlotzer aus der *Weinstube Renker* liegen um diese Zeit in ihren Betten, und selbst die Salem-Schüler aus dem legendären Jugendtreff *Galgenhölzle* ließen sich längst im Taxi in ihr Internat chauffieren.

Leon spürt, er muss sich bewegen, es wird ihm langsam kalt. Er schaut an sich hinunter, er hat noch immer seinen Pseudo-Sportlerdress an, den er sich überzog, als er am Nachmittag um das *Weinhaus* des Barons joggte. Glücklicherweise hat er auch noch seine Laufschuhe an.

Bei Kommissar Sibold will er um diese Zeit nicht anklopfen. Der kann mich mal, denkt er mit ein bisschen Brass gegen ihn. Zu lange hatte er versucht, ihm einen Selbstmord von Hanspeter einzureden, zu stur war dieser Dickschädel.

Da fällt ihm Isolde ein. Knappe zehn Kilometer entfernt, in Altheim im Hinterland des Bodensees, wohnt seine Freundin, natürlich auch eine Linzgau Köchin. In einer Stunde ist er dort. Er läuft immer abseits der Straße auf Wander- und Radwegen. Isolde vermietet ihr Hexenhäuschen im Sommer an Feriengäste. Leon hat sie gerade erst besucht und weiß, dass das Häuschen zurzeit leer steht.

Wenn er eine Straße überqueren muss, wartet er sicherheitshalber, bis keine Autolichter in Sicht sind. Er weiß, dass er soeben, wenn nicht dem Tod, so doch einer wüsten Abreibung von der Schippe gesprungen ist. Die Angst im Nacken treibt ihn zu einem extremen, schnellen Lauf an.

Die in der Corona-Zeit angegessenen Pfunde hat er längst abtrainiert. Damals hatte er sich schon morgens im Bett überlegt, was er am Abend mit Lena kochen wollte und welche Weinflasche er dazu öffnen wird. Die Restaurants waren monatelang geschlossen, als Restauranttester war er arbeitslos. Am Ende wog er trotzdem statt 80 90 Kilo.

Altheims Kirchturmuhr schlägt gerade 1 Uhr, als er vor dem Gasthaus *Löwen* ankommt. Auch hier sind die Lichter längst aus. Seit die Polizei ihre Alkoholkontrollen verstärkt hat, verschwinden die Gäste nach dem Dessert aus den Restaurants. Früher saß er mit Isolde noch oft bis in die Morgenstunden an ihrem Stammtisch. Seit ihr Sohn Roman Pfaff das Restaurant übernommen hat, wissen sich die Gourmets feiner zu benehmen und halten die Polizeistunde ein.

Leon geht leise an dem Gasthaus vorbei in den Garten. Isolde zählt nicht zu den modernen *Airbnb*-Vermietern, die den Gästen einen digitalen Code übermitteln, mit denen sie ihre Wohnungstüren öffnen können.

Er weiß, der Schlüssel für das Hexenhäuschen liegt neben der Eingangstür unter einem Stein. Er schiebt den Stein zur Seite, freut sich über Isoldes Zuverlässigkeit und geht in das Häuschen. Erst als er die Tür hinter sich geschlossen hat, schnauft er erleichtert auf, zieht seine verschwitzten Klamotten aus, hängt sie auf, duscht, als wäre er ein richtiger Feriengast, und legt sich in eines der frisch gerichteten Betten.

Er ist erschöpft, will einschlafen, kann aber nicht. Seine Gedanken sind bei Eugen von Hohenfels und seinem Bruder. Hat der Baron seinen Bruder Eugen schon besucht? Daran will er lieber nicht denken, schon gar nicht, dass er ihn gar umgebracht haben könnte.

Leon findet keine Ruhe, greift zu seinem Handy und ruft seine Nachrichten ab. Aber auch diese können ihn nicht von seinen Tageserlebnissen und Ängsten befreien. Da sieht er die Nachricht, dass der Kommissar in ihrer gemeinsamen Schach-App war.

Desinteressiert ruft er die App auf, schaut sich den letzten Zug des Kommissars an. Er sieht, dass er seinen König zwangsläufig aus dem Schach gezogen hat. Jetzt hat Leon endgültig sein Ziel erreicht. Er schlägt die Dame, die die ganze Zeit auf D8 verharren musste. Endlich!, strahlt er wie ein kleines Kind. So schnell kann sich das Kräfteverhältnis im Schachspiel wenden. Jetzt, mit einer Figur mehr auf dem Brett, wird er das Spiel leicht gewinnen.

Leon liebt das Pferdespiel und die Springergabeln. Diese Kunst schafft im Schachspiel einen oft übersehenen verborgenen Reiz. Unwillkürlich muss er an die beiden Brüder von Hohenfels denken. Nach welchen

Regeln der Baron sein Spiel treibt, wurde ihm erst heute klar. Dabei versuchte Leon die ganze Zeit, dem adligen Weinhändler auf die Schliche zu kommen. Jetzt, wo er im Schachspiel aus dem Hinterhalt zuerst dem König Schach geboten hat und damit frei und ungehindert die Dame schlug, erkennt Leon die Parallele. Dabei entpuppt sich Eugen als die Dame, die plötzlich bedroht ist, und der Baron als König souverän auf dem Platz steht.

Dieser Gedanke lässt ihm keine Ruhe. Er nimmt zwar jedes Spiel todernst, doch jetzt geht es in der Realität tatsächlich um Leben oder Tod. Er hat Eugen in seinem Haus einfach alleine zurückgelassen. Damit hat er ihn seinem Bruder ausgeliefert. Dabei weiß er, in welcher Gefahr er schwebt. Er versucht erneut, den Kommissar anzurufen. Aber nach wie vor nimmt er nicht ab. Es ist jetzt schon 2 Uhr. Die wenigen Stunden muss Eugen jetzt noch durchhalten, hofft Leon. Da gefällt ihm die Realität auf dem Schachbrett schon besser. Hier kann er die Figuren ziehen, wann und wie er will.

Mit dem Gefühl der Ohnmacht fällt er erschöpft in den Schlaf.

SONNTAG

»Jo wa machsch au du do?« Leon springt auf und ist sofort hellwach. Vor ihm steht die gewichtige Linzgau Köchin Isolde Pfaff, breitbeinig, beide Arme auf die Hüften gestützt und fragt: »Wie bisch den do reikomme?«

Kurz erschrocken lässt er sich wieder erschöpft in sein Kissen plumpsen. »Ich bin auf der Flucht«, antwortet er ihr und wirft schnell einen Blick auf sein Handy, das neben ihm liegt. Er sieht, dass der Kommissar in der Nacht wohl öfter versucht hat, ihn zurückzurufen. Er hat es aber tatsächlich nicht gehört, so tief und erschöpft muss er geschlafen haben. Aber was wird der alte Zausel von ihm schon gewollt haben? Er wird ihn wohl kaum wegen seines Dameverlusts oder des drohenden Matts angerufen haben.

Doch jetzt muss er zuerst Isolde eine Erklärung abgeben, wie er in ihr Bett, beziehungsweise in ihr Hexenhaus kam. Sie reißt, während er ihr von Eugen von Hohenfels erzählt, ihre Augen immer weiter auf und fällt ihm schließlich ins Wort: »Seit den frühen Morgenstunden höre ich nur noch Martinshörner. Da drüben, wo der Baron sein neues *Weinhaus* hat, da muss irgendwas passiert sein.«

»Da füllen sie heute den ganzen Tag ihren Bordeaux ab«, glaubt Leon zu wissen.

»Die Polizei?«, fragt Isolde ungläubig.

Leon springt nonchalant vor Isolde nackt aus dem Bett, sammelt eilig seine Klamotten zusammen, schlüpft in seine Laufschuhe und bittet Isolde, ihm ein Auto zu leihen.

»Kasch mis ha«, sagt sie großzügig und reicht ihm einen Mercedes-Schlüssel.

Leon stutzt kurz. »Was soll das, wo ist dein alter Caddy?«, fragt er.

»Den braucht der Roman fürs Restaurant zum Einkaufen.«

»Und du?«, staunt er, »du fährst jetzt Mercedes?«

»Jo, en alte Karre, wie du au«, winkt sie ab, »des isch en Jugendtraum von mir gwä.«

Leon macht sich keine weiteren Gedanken, schnappt sich den Autoschlüssel, wirft ihr einen Kuss zu und geht schnell auf den Hof. Hinter einem Schuppen sieht er die Schnauze eines knallroten Mercedes SL hervorschauen. »So eine Angeberkarre fährst du jetzt?«, ist er erstaunt. »Hast in deiner Jugend zu viel Dallas geguckt?«

»Kasch jo z' Fuß laufe«, gibt Isolde lässig zurück, während Leon schon hinterm Steuer sitzt, den Motor startet und die acht Zylinder röhren lässt.

»Hört sich satter an als meiner«, gibt er zu. »Wie geht denn das Dach zurück?«, freut er sich über die überraschende Alternative zu ihrem langweiligen Golf-Caddy mit der altbackenen Aufschrift »Löwen Altheim«.

»Älles automatisch«, erklärt Isolde stolz. Er sieht den »Roof«-Schalter, drückt darauf, zwinkert ihr zu und fährt vom Hof.

Bis zum *Weinhaus* ist es nicht weit. Leon hat jetzt keine Lust, den Kommissar anzurufen, er muss zuerst wissen, was in dem *Weinhaus* vor sich geht. Schon bevor er in die Zufahrt einbiegt, sieht er von Weitem die Feuerwehr im Einsatz. Ein Polizeiwagen und ein Leichenwagen sind ebenfalls vor Ort.

100 Meter vor dem Anwesen stoppt ihn ein Polizist: »Hier ist gesperrt. Wo wollen Sie hin?«, fragt er.

Leon zückt seinen Presseausweis.

Der Polizist lächelt ihn von oben herab an: »Und wenn Sie der Papst wären, hier ist gesperrt!«

Leon hat keine Lust auf ein Streitgespräch, er hat es eilig und legt den Rückwärtsgang ein, fährt den Wagen rechts auf den Grünstreifen, steigt aus und rennt einfach los, an dem Polizisten vorbei, Richtung *Weinhaus*.

Der Polizist ruft ihm hinterher, doch Leon nimmt ihn nicht weiter zur Kenntnis. Er muss wissen, was da los ist. Hat der Kommissar tatsächlich das Abfüllen des gepanschten Bordeaux' gestoppt? Aber was soll die Feuerwehr? Und erst recht der Leichenwagen?

Der ehemalige Klosterhof liegt in einer leichten Senke, die Leon bisher nicht aufgefallen ist. Doch jetzt sieht er in der Senke ein Meer einer roten Flüssigkeit. Er rennt mit seinen blau-weißen Laufschuhen in die rote Brühe. In der Luft wabert der Geruch eines satten Rotweins. Leon will es nicht glauben, bleibt stehen, steckt einen Finger in die Brühe und leckt ihn ab.

Das ist tatsächlich Wein!

Verdammt, was wird hier gespielt?

Er läuft noch schneller weiter. Der Wein spritzt vor seinen Füßen hoch. Das sonst geschlossene Tor ist weit geöffnet. Ein Tankfahrzeug der Freiwilligen Feierwehr steht mitten in der Anlage im Wein. Aus dem Löschwagen reicht ein Schlauch zur wohl tiefsten Stelle des Hofs. Die Wehr hat kein Löschwasser mitgebracht, sondern sie pumpt den Wein in ihren Löschtank.

Leon steht der Rotwein in seinen Schuhen. Er sieht Flori und seinen Capo mit zwei Polizisten im Abseits stehen, offenbar nehmen sie ein Protokoll auf. Leon watet zu ihnen, er will hören, was sie sagen.

»Verschwinden Sie«, ruft ihm ein Polizist zu. »Was machen Sie hier? Gehen Sie aus dem Wein raus!«

Leon hört nicht auf ihn. Er muss jetzt wissen, was los ist. Er ändert seine Laufrichtung und geht in die Halle. Erst da sieht er noch mehr Polizisten von der Spurensicherung und, verdammt …

Vor ihm schwimmt in dem Rotweinmeer eine Leiche.

Er sieht zuerst nur die grüne Trachtenjoppe, dann den Kopf mit den grau melierten Haaren. Das ist nicht Eugen, wird ihm klar, das ist der Baron!

Jetzt versteht er die Welt nicht mehr.

Er schaut nach dem Leichenwagen, sieht die Polizisten der Kripo etwas ratlos mitten in der riesigen Weinlache stehen. Sie scheinen mit der Situation deutlich überfordert. Ein Beamter in weißem Anzug und gelben Gummistiefeln stakst zu der schwimmenden Leiche. Mit einem langen Haken zieht er sie zu sich her.

Leons Mitleid hält sich in Grenzen. Insgeheim hofft er, dass die Polizisten auch die beiden Chinesen tot am Haken durch die Weinbrühe zögen, dann wäre es ihm wohler in seiner Haut.

Vor seinen Augen sieht er Eugen, als er gestern mit seinem zusammengekniffenen Gesicht und gefährlichem Blick drohte, dass, sollte sein Bruder das Weingut verkaufen, er dies zu verhindern wisse: »Das wird er nicht!«, garantierte er selbstsicher.

Leon verlässt langsamen Schrittes, um nicht zu viel Wellen zu schlagen, die Halle und läuft jetzt doch zu den zwei Beamten, die Flori und seinen Capo verhören. Ohne auf die Polizisten zu achten, stellt er sich vor Flori und tippt ihm auf die Brust: »Hast du mir nicht erzählt, dass Eugen den Baron angebrüllt und gedroht hat, er würde alle Stahltanks in die Luft jagen?«

»Wer sind Sie?«, herrscht ihn einer der Beamten an, doch Leon sieht Flori stumm und betroffen nicken. Eigentlich war es ihm gleich klar: Das ist die Tat von Eugen!

Wortlos dreht er sich um und watet wieder durch den Weinsee zurück zum Ausgang des Hofes.

Am Auto angekommen will sich der Polizist, der ihn schon zuvor aufhalten wollte, ihm erneut in den Weg stellen. Leon aber hört ihm auch jetzt nicht zu und rät ihm dagegen mürrisch, ihn bitte nicht zu berühren!

Er öffnet einfach seine Wagentür, zieht seine jetzt roten und nassen Laufschuhe aus, stülpt sie um, dass der Rotwein aus ihnen auslaufen kann, und setzt sich barfuß in Isoldes noble Karre. Ohne ein weiteres Wort mit dem Polizisten zu wechseln, fährt er los und sieht den Beamten im Rückspiegel noch seine Autonummer notieren. Schade, dass er nicht dabei ist, wenn Isolde den Strafzettel bekommt, schmunzelt er.

Kaum auf der Straße blickt er erst recht immer wieder in den Rückspiegel. Aber nicht wegen des Polizisten, vielmehr fragt er sich, wo dieser Bruce Lee wohl auf ihn lauern wird? Oder weiß Shao Wang schon, dass sein Compagnon nicht mehr mitspielt, weil er tot ist?

Diesmal nimmt Leon den direkten Weg zum *Weingut von Hohenfels*, fährt erneut in die herrschaftliche Einfahrt, über die knirschenden Kieselsteine unter der Platanenallee durch zu Eugens Gesindehaus. Davor sieht er den alten Lada, aber auch zwei Streifenwagen und Sibolds ziviles Dienstfahrzeug.

Leon stellt seinen schicken Mercedes daneben und geht direkt in das Haus. Schon wieder stellt sich ihm ein uniformierter Beamter in den Weg. Der Polizist steht im Hausgang und will Leon tatkräftig aus dem Haus bugsieren.

Langsam hat Leon die Nase voll von den uniformierten Absperrungen. Er hält ergeben beide Hände in die Luft und ruft laut in das Haus: »Herr Kommissar, kommen Sie doch bitte.«

Sofort geht die Küchentür auf, und Horst Sibold steht im Gang. Er sieht Leon mürrisch an.

Doch Leon lässt sich nicht beeindrucken: »Kannst du deine Bodyguards zurückpfeifen«, riskiert er eine ungewohnt dicke Lippe.

»Seit wann duzen wir uns?«, bellt der Kommissar bissig zurück. »Ein bisschen Respekt vor unseren Beamten würde Ihnen auch guttun.«

»Sind wir nicht Kollegen?«, schmunzelt Leon. »Haben wir nicht gemeinsam den Irrtum des Selbstmordes von Hanspeter Rapp aufgeklärt? Wie ich sehe, nehmen Sie gerade den Mörder fest.«

»Was wissen denn Sie?«, fährt der Kommissar Leon über den Mund.

»Seit gestern Abend weiß ich, wie Hanspeter ermordet wurde, aber du hast dein Handy heute Nacht ja lieber nicht abgenommen.«

»Jetzt reichts, wir bleiben beim Sie! Das hat im Dienst nichts mit Höflichkeit zu tun, sondern mit der Achtung vor der deutschen Polizei«, wird der Kommissar bestimmend laut.

»Gleichgültig wie«, bleibt Leon gelassen, »in den letzten Tagen ist meine Achtung nicht gestiegen. Hätte die deutsche Polizei von Anfang an auf mich gehört, hätten wir heute zwei Tote weniger zu beklagen.«

Plötzlich steht Eugen hinter dem Kommissar im Flur, auch er ist aus der Küche gekommen. Neben ihm zwei weitere Beamte. »Ich habe dir doch gesagt, er verkauft nicht!«, lacht Eugen von Hohenfels mit viel zu hoher Stimme, ein bisschen irre wirkend und doch irgendwie befreit. »Und die Franzosen musst du auch nicht verständigen, ich hab's dir doch gesagt!«, geht Eugen auf Leon zu.

Die Beamten machen ihm verunsichert Platz, der Kommissar lässt ihn gewähren.

»Hast du den Rotwein abgelassen?«, fragt ihn Leon.

»Nichts als geschönte Plörre«, winkt Eugen ab, »das war ich Hanspeter schuldig.«

»Zu spät«, antwortet Leon nachdenklich, »hast du deinen Bruder umgebracht?«

»Zu spät«, echot Eugen von Hohenfels, »früher habe ich mit der Pistole auf fressgierige Vögel in den Reben geschossen, heute Nacht auf einen geldgierigen Baron.«

Leon schaut perplex zu dem Kommissar und fragt diesen: »Und die Chinesen? Wo sind Herr Wang und sein Kettenhund, der mir nächtens nachgestellt hat?«

»Die beiden Arbeiter im *Weinhaus* haben ihr gegebenes Alibi widerrufen. Wir haben eine internationale

Fahndung nach den beiden herausgegeben, aber vorerst sind sie wie vom Erdboden verschluckt«, zieht er ratlos seine Achseln hoch.

»Hast du alle Stahltanks geöffnet?«, fragt Leon Eugen.

Der nickt nur und lacht wieder in irrer, hoher Stimmlange.

»Hat er den Mord an Hanspeter auch gestanden?«, fragt Leon den Kommissar.

»Wir fahren jetzt ins Kommissariat und werden die beiden Taten protokollieren«, nickt der Kommissar.

Leon greift nach Eugens rechter Hand. »Die Weintanks zu leeren, war die beste Tat«, dankt er ihm zum Abschied, »deinen Bruder umzubringen, war unnötig und Hanspeter umzubringen, ist unverzeihlich.«

Dann schaut er zu dem Kommissar, lächelt kurz und verabschiedet sich frech: »Du hast deine Dame verloren, ich habe sie heute Nacht geschlagen. Du bist jetzt so gut wie matt!« Dann schaut er den Kommissar betont ernst an und fügt noch hinzu: »Du, das war eine rein private Feststellung!«

Leon fährt direkt nach Hause. Stellt den noblen Mercedes von Isolde neben seinen Porsche. Er hat noch eine Stunde Zeit, dann kommt Lena am Bahnhof an. Er muss sich beeilen. Zuerst flitzt er die Stiegen hoch zu Helma.

»Du bist ja schon wieder da«, strahlt sie ihn gut gelaunt an.

»Helma, was heißt da ›schon wieder‹«, fragt Leon verunsichert, da ihn die ganze Zeit schon ein schlechtes Gewissen plagt. Die ganze Woche hat er sich kaum um sie gekümmert.

Doch sie antwortet frohgemut: »Ach, du bist doch immer hier.«

»Was hast du gestern gegessen?«, stellt Leon seine Standardfrage, und Helma antwortet wie immer schnell und ohne zu überlegen: »Wiener Schnitzel mit Kartoffelsalat.«

Leon öffnet den Kühlschrank. Darin stapeln sich die Aluminiumschalen von *Essen auf Rädern* von der halben Woche. Er nimmt sie heraus, die letzten drei Tage hat Helma wohl keine der Speisen überhaupt angerührt. Er schaut sie vorwurfsvoll an, doch sie lächelt unschuldig. »Das ist mein Proviant! Wenn Lena mal nicht da ist. Wer kümmert sich dann um mich?«

Lena hatte Leon aufgetragen, jeden Tag darauf zu achten, dass Helma die ihr gelieferten Gerichte auch tatsächlich isst. Jetzt weiß er warum. Schnell nimmt er die drei Schalen aus dem Kühlschrank, leert den Inhalt in eine Tüte, die er nachher spurlos entsorgen wird. Er spült die Schalen aus, gerade rechtzeitig. Da klingelt es an der Wohnungstür, das Sonntagsgericht wird geliefert.

Passt, denkt Leon, schiebt die neue Schale Spaghetti Bolognese in die Mikrowelle, stellt sie ein und rennt hinunter in seine Küche. Dort mischt er ihr die obligatorische Apfelsaftschorle in den Krug, bringt ihn zu Helma und lässt Senta in den Garten. Okay, kack, wohin du willst. Lena kommt gleich, die wird sich darum kümmern.

Er schaut auf die Uhr, noch 30 Minuten. Er sieht Helma mit den Spaghetti kämpfen und läuft runter in seine Wohnung. Nichts wie unter die Dusche, neue Hose an und ab zum Porsche. Hier holt er sein weißes Hemd aus der Karre, das er gestern vorsorglich nach der Beerdigung ausgezogen hat, zieht seine schicken Budapester Schuhe wieder an und entscheidet sich zur Feier des Tages aber für das schicke rote Mercedes Cabrio von Isolde. Mit ihm braust er zum Bahnhof.

Als er auf dem Bahnsteig steht, denkt er noch kurz an Kewian. Dann steht aber schon Lena vor ihm, er nimmt sie in den Arm und freut sich.

»Wie war es ohne mich?«, fragt sie.

Er lacht und gesteht: »Ohne dich ist es in meinen Leben ziemlich langweilig.«

ANHANG

Das *Weingut von Hohenfels* existiert nach dem Tod des Barons nicht mehr. Wer in den Rebhängen über dem Bodensee die Ruinen sucht, dem ist es, als hätte es nie existiert. Zwar wird heute am Bodensee tatsächlich die Rebsorte Merlot angebaut, doch einen Bodensee-Bordeaux wird es deshalb trotzdem nie geben, dafür sorgt schon alleine das europäische Appellationsrecht, das die Ursprungsbezeichnung schützt.

Aber dafür gibt es den in diesem Roman hochgelobten Bodensee-Muskateller. Die Romanfigur Kellermeister Eugen von Hohenfels erklärt Leon stolz, wie er ihn trocken ausbaut. Als Vorlage diente dem Autor die Kunst des Winzers

Thomas Geiger
Weingut Geiger
Meersburg, Baden

Auch alle weiteren in diesem Roman von Leon gestreiften Weingüter am Bodensee gibt es tatsächlich. Meist empfiehlt Leon auf seiner Rundreise um den See sogar eine bestimmte Rebsorte der verschiedenen Bodensee-Winzer:

Weingut Aufricht
Meersburg-Stetten, Baden

Weingut Kress
Überlingen, Baden

Weingut Markgraf von Baden
Salem, Baden

Staatsweingut Meersburg
Meersburg, Baden

Winzerverein Meersburg
Meersburg, Baden

Spitalkellerei Konstanz
Konstanz, Baden

Winzergenossenschaft Hagnau
Hagnau, Baden

Weingut Rebholz
Liggeringen, Baden

Weingut Roland Lenz
Uesslingen-Buch, Thurgau

Theresa Deifel
Lindau, Bayern

Weingut Benjamin Lanz
Nonnenhorn, Bayern

Weingut Röhrenbach
Röhrenbach, Baden

Weingut Arenenberg
Salenstein, Thurgau

Daniel Gantenbein
Fläsch, Graubünden

Battista von Tscharner
Reichenau, Graubünden

Weingut Möth
Bregenz, Vorarlberg

Winzergenossenschaft Reichenau
Reichenau, Baden

Übrigens: Wer Wein einkauft, sollte immer die Flaschen-Etiketten in Ruhe lesen. Nur das Prädikat »Guts-Abfüllung« oder »Erzeugerabfüllung« garantieren einen Wein, dessen Trauben auch aus den Reben des Weinguts am Ort gewonnen wurde. Für Kenner ist ebenso die Lage der Reben entscheidend. Bodenseewein sagt noch nicht viel aus, dagegen garantieren die Süd-West-Lagen eine optimale Ausrichtung, bei Steillagen erhöht sich die Sonneneinstrahlung und lässt die Trauben noch besser reifen.

Zuallererst aber muss der Weintrinker sich entscheiden, welche Rebsorte er bevorzugt. Ist der Wein rebsortenrein, ist die Bezeichnung eindeutig und klar. Bei einer Cuvée sollten bitte auch alle Rebsorten auf dem Etikett genannt sein, am besten auch mit der Verhältnismäßigkeit der Cuvées.

Im Gespräch mit dem Winzer erfährt man, wie die Trauben geerntet werden. Winzer mit viel Fläche setzen heutzutage gerne auch mal eine Erntemaschine ein. Doch nur mit der Hand kann das Lesegut sorgfältig selektiert werden. Da nicht alle Trauben gleichzeitig die perfekte Reife schaffen, finden sich auch Winzer, die sich die Mühe machen und öfters im gleichen Weinberg von Hand lesen. Denn nur eine mehrfache Auswahl garantiert bestes, gesundes und perfekt reifes Lesegut – und das ist die Voraussetzung für gute, langlebige Weine.

Weinkauf ist, wie jeder Einkauf, Vertrauenssache!

Großartigen Weinen begegnet man nicht durch Zufall, man sollte die Winzer besuchen.

Leons Schachkunst ist *Dem Kniff mit der Springergabel* angelehnt. Siehe Videokolumne von Stefan Kindermann: Das taktische Mittel ermöglicht Triumphe des Geists über die Materie. Großmeister Stefan Kindermann erklärt, wie aus einer scheinbar aussichtslosen Situation noch ein Sieg gelingt.